'찰스 램'을 읽는 시간

'찰스 램'을 읽는 시간

초판 1쇄인쇄 2020년 7월 28일
초판 1쇄발행 2020년 7월 30일

저 자 장재연
발행인 박지연
발행처 도서출판 도화
등 록 2013년 11월 19일 제2013 - 000124호
주 소 서울시 송파구 중대로34길 9-3
전 화 02) 3012 - 1030
팩 스 02) 3012 - 1031
전자우편 dohwa1030@daum.net
인 쇄 (주)현문

ISBN ∣ 979 - 11 - 90526 - 15 - 9 *03810
정가 13,000원

도화道化, fool는

고정적인 질서에 대한 익살맞은 비판자,
고정화된 사고의 틀을 해체한다는 뜻입니다.

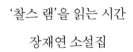

'찰스 램'을 읽는 시간

장재연 소설집

도화

목 차

작가의 말

작가의 말

이번에도 밝고 유쾌한 이야기가 없다. 아마도 플라톤의 동굴에서 동굴 안의 그림자만 보고 햇빛 밝은 밖은 보지 못한 탓인지도 모른다. 비록 인간의 희노애락 중에서 '희'와 '락'이 빠졌더라도 AI시대가 도래한 시점에서 인간의 감정 중 두 가지는 표현해놓을 수 있었다는 위로를 가져본다. 조만간 인간의 감정들이 박제화 될 수도 있는 문제이니까.

홈, 스위트 홈을 생각해 본다. 학창시절 음악책에서 본 제목이어서 찾아보니 1823년 극음악으로 처음 차용된 노래란다. 주로 집 떠난 사람들이 따뜻한 가정을 그리며 불러왔지만 현대로 오면서는 파괴되는 가정을 묘사하기 위해 반어적으로 쓰는 경우가 많이 있다. 홈, 스위트 홈은 또 다른 이상향이 되어가는 중이다.

가정을 이루는 가족들은 어떤 인연으로 만나게 되는가? 부모, 자식, 형제, 가장 기본적이고 가장 특별하고 중요한 관계이지만 애초 비 혈연인 부부의 만남으로 시작되는 관계들은 의도치 않게 행복할 수도 있고 불행할 수도 있다. 소위 사랑을 앞세워 문제 해결을 시도해보아도 대개는 굴레가 되어 나락으로 떨어진다.

불행한 존재는 가치가 없을까? 존재했던 모든 것들은 가치가 있다고 생각한다. 그리고 가치를 부여할 수 있는 하나의 방법으로 나는 소설쓰기를 택했고 그나마 내가 표현할 수 있는 부분이 있다는 것에 감사한다.

즐거운 이야기를 펴내지 못하는 데서 오는 주저함은 있지만 인간의 아픈 구석을 표현할 수 있었다는 것으로 그 주저함을 상쇄시켜 본다.

2020년 7월

코로나19가 하루빨리 종식되기를 바라며

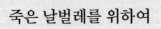

죽은 날벌레를 위하여

산이 있다. 능선이 말의 귀처럼 길쭉하고 경사가 가파른 산, 숲도 없고 절벽도 없는 산, 단지 무릎을 넘지 못하는 잡풀들과 벌건 흙 속에 처박힌 돌덩이들만 듬성듬성 흩어져 있을 뿐이다. 그것들은 내리쬐는 태양 빛에 마취 당한 수술 환자 마냥 팽개쳐진 채 의식을 잃고 있다.

그녀는 누렇게 타들어 간 잡풀들과 돌덩이들 사이에 혼자 서 있다. 나는 왜 또 이곳에 와 있는가… 그녀는 힘없이 중얼거리며 가슴속을 휘도는 바람 소리를 듣는다. 뾰족 산에 올라간 어린 왕자처럼 '나는 혼자다아~', '나는 외롭다아~' 하고 소리를 질러도 메아리 대신 가슴속을 돌고 있는 바람이 우우, 하고 야유의 소리를 지른다. 발밑에는 어느 사이엔가 커다란 바위 하나가 놓여 있다. 눈사람의 한 부분처럼 둥글고 다듬지 않은 화강암의 표면처럼 거친, 낯익은 돌덩이. 그것은 예전보다 더 커져 있다.

좋아… 그녀의 얼굴은 중오심으로 달아오른다. 태양은 눈조차 뜰 수 없을 정도로 강렬하다. 좋아… 그녀는 다시 한 번 중얼거리고 입술을 악문다. 그리고 허리를 굽혀 두 손으로 바위를 밀어본다. 움직일 기미가 없다. 그녀는 다시 한 번 한 다리는 앞으로 굽히고 한 다리는 뒤로 뻗쳐서 온 힘을 다해 밀어 본다. 온몸이 땀투성이로 변하고 머릿속은 뿌연 안개가 스멀스멀 기어드는 것 같다.

바위가 조금씩 흔들거리기 시작한다. 그녀는 그 움직임을 이용해서 곧바로 능선의 아래쪽에 바짝 밀어붙인다. 그리고 바위를 한 쪽 어깨에 올린 다음 한 걸음씩 산 위를 향해 오르기 시작한다. 바위 때문에 시야가 가려져서 그녀는 발의 감각과 옆으로 돌려진 시선에 의지해서만 조심스럽게 방향을 잡아간다.

어디쯤일까. 어쩌면 지난번 그 자리인지도 모른다. 그녀는 통증이 전기의 파장처럼 전신으로 퍼지고 있는 것을 느낀다. 오른쪽 어깨와 팔 다리… 고통 때문에 입술을 깨물고 있는 이빨 사이로 신음 소리가 터져 나온다. 아, 소리 내지 말자. 내 고통의 신음 소리를 즐기려는 자들에게 기쁨을 주지 말자, 그 자들이 사람이든 악마이든 신이든 간에.

그녀는 입술에서 피가 배어나올 정도로 이를 악문다. 그러나 출산의 고통보다 몇 배나 더 큰 고통 때문에 기어이 비명을 지르고 만다. 굴러 떨어지는 바위, 그 바위에 '가람'이의 얼굴이 겹쳐서 구르고 있다. 깊이를 모르는 저 어둠을 향해 구르고 또 구르면서 누구도 귀 기울여 주지 않는 비명을 지르고 있다.

그녀는 미처 비명이 되지 못한 자신의 신음 소리를 들으며 눈을 뜬다. 꿈속의 바위가 아직도 눈앞에 보인다. 그녀는 큰 숨을 내쉬고 눈을 힘주어 감았다가 다시 뜬다. 어둠 속의 바위는 사라졌으나 가슴속에서 울리는 바람의 느낌은 여전하다.

4시 32분. 디지털 시계의 초록빛 숫자가 어둠 속에서 반짝인다. 조금 있으면 해가 뜰 시간이다. 그녀는 아무래도 다시 잠을 청하는 것이 낫겠다고 생각한다. 남보다 두 배의 에너지를 필요로 하는 하루 시간을 보내려면 잠은 더할 나위 없는 보약이다.

그녀는 탁상시계의 알람 지침을 확인하고 돌아누우려다가 어깨와 팔목에 통증을 느낀다. 그제야 온몸이 땀에 젖어 있고 오른쪽 뺨은 바위에 눌린 것처럼 요철이 생겼다는 것을 안다. 베갯잇의 누빈 자국과 테두리의 리본 자국이 그대로 뺨에 찍힌 것 같다. 목에는 담이 들렸는지 고개를 움직일 때마다 통증이 온다. 그녀는 목을 이리저리 움직여보다가 문득 이상한 빛줄기를 발견한다. 거실의 바닥과 벽으로 이어진 그것은 화장실에서 시작되고 있다. 그녀는 자동인형처럼 발딱 일어나 화장실로 간다.

물이 가득 찬 욕조에서 가람이가 놀고 있다. 위험한 놀음이다. 잘못 미끄러지면 익사할 수도 있을 만큼 물이 많다. 그러나 아이는 앉았다 일어설 때마다 잠옷에서 물이 줄줄 흐르자 재미있어 못 견디겠다는 듯 킥킥거리며 물속을 첨벙거린다. 인기척에 힐긋 돌아다본 아이는 장난치다 들킨 것이 더 재미있다는 듯 아예 마음 내키는 대로 깔깔거리며 웃기 시작한다. 아이의 웃음소리가 테니스공처럼 사방 벽으로 튀어 오른다.

8시 20분. 벌써 차안이 더워지기 시작한다. 입추가 지나고 처서를 며칠 앞둔 날씨가 삼복더위 못지않게 후끈거린다. 에어컨을 켜든지 차창을 열든지 하면 조금 나을 터이지만, 에어컨을 켜면 고물 자동차의 기동력이 걱정되고 차창을 열면 아이가 밖으로 물건을 던지거나 몸을 내밀 것이 우려되어 그녀는 잠시 망설인다.

핸들을 잡고 있는 손안에 벌써 땀이 괴어 있다. 긴장한 때문이기도 할 것이다. 차가 밀려서 정지해 있는 동안 그녀는 재빨리 손수건으로 땀을 닦는다. 신호가 바뀌면 뒤에 있는 차들은 바삐 경적을 울려대며 재촉하기 때문에 당황하기가 쉽다. 항상 신속하게 떠날 준비를 해야 한다.

그녀는 서울로 가는 국도로 가기 위해 우회전을 하려는 앞차 꽁무니에 차를 붙여놓고 초조하게 신호등을 바라본다. 이 사거리는 언제나 복잡하다. 시내버스는 물론 직행버스, 시외버스의 왕래가 빈번하고 한편으로는 시장까지 있다. 게다가 우회전을 하는 모퉁이의 도로가 커다란 항아리의 뚜껑만큼 파여 있어 차바퀴가 그곳에 빠지지 않도록 주의해야 한다. 모퉁이에는 수동신호조작기가 있고, 러시아워 때는 교통순경이 그 앞에 서 있을 때가 많다. 그러나 그 사람을 볼 필요는 없다. 익숙하지 못한 운전 솜씨를 눈치 채게 하기 보다는 고개를 뻣뻣하게 쳐들고 자신 있는 표

정으로 정면을 보는 것이 나을 것이다. 그래도 그녀는 매번 잊어
버린다. 자신 있게 사는 것이 몸에 배지 않은 이상, 때맞추어 연기
를 해내기란 그리 쉬운 일이 아니다. 체념하고 살아야 하는 사람
에겐 자조 섞인 비굴함이 몸에 배어 있어서 비명조차 입 밖에 내
지 못한다. 아니, 비명 소리를 내지 못하는 것은 혹시 자존심 때문
이라고도 말할 수 있지 않을까?

그녀는 이럴 적 일을 생각한다. 어쩌면 어리다기보다는 채
성숙하지 못한 사춘기 무렵이었을 것이다. 거대한 태풍이 한반도
를 훑고 지난 적이 있었다. 살던 집의 마루 밑까지 물이 차고, 멀
지 않은 곳에 있는 하천에는 흙탕물이 다리를 집어삼킬 듯이 넘
실거렸다. 그때 그녀의 아버지는 밤새워 마작을 하고 난 터라 늦
잠에 빠져 있다가 어머니의 비명 소리에 놀라 뛰어 나왔다. 사태
파악을 한 아버지는 우비를 걸치고 나가 퍼붓는 빗속에서 동네
사람들을 지휘했다. 아버지는 통장도 반장도 아니었지만 그 허름
한 동네에서 최고의 인텔리로 통했다. 비록 가족의 생계를 책임
질 능력은 상실했어도 동경 유학을 했던 사람은 아버지 혼자뿐인
동네였기 때문이다.

하수도를 뚫어!,하고 소리치는 아버지의 맨다리가 국방색 우의
밑에서 유난히 앙상하고 창백했다. 창백한 지식인… 그녀는 그
당시 아버지의 그 여위고 창백함을 외면하고 살았다. 그런데 그
날, 밖에서 돌아온 아버지는 무엇 때문이었는지 그녀에게 심하게
역정을 내었다.

"이런, 지독한 것! 너는 물에 떠내려가도 살려달라고 비명 소리 한 번 안 낼 계집애야."

그녀는 살아오면서 때 없이 그 말을 기억해내곤 아버지가 그런 말을 하게 된 직접적인 이유를 곰곰이 생각해 보지만 딱히 기억되는 일이 없다. 다만 이제껏 살아오는 동안 누구에게도 살려달라거나 구해 달라고 비명을 지른 적도, 울어본 적도 없었다는 것을 새삼 깨달을 뿐이다. 그리고 그것이 나름대로 터득한 체념관 때문인지 자존심 때문인지 결론을 내려 보지도 않았다. 그런 것은 아무 쪽이든 간에 그녀 자신이 달라지는 것도 없을 터이고 남은 인생도 자신의 의지대로 나아갈 수 있는 것이 아니기 때문이다.

그녀는 자신이 가지고 있어야 할 자유의지라는 것이 일찍부터 포박되어있었다는 것을 느낀다. 기억하지 못하는 혹은 기억할 수도 없는 어떤 사건과 사태들은 선행의 사건이나 사태에 의해 인과적으로 필연성을 가지고 있다는 '결정론'. 그 결정론에 의해 그녀의 인생은 안개 속에서 절벽을 향해 나아가고 있다고 늘 생각해 왔다.

그녀는 '어쨌든 좋다!'라고 생각한다. 다만 그 선행의 사건이나 사태가 어떤 것이었는지를 끊임없이 알고 싶은 것이다. 알지도 못하고 그래서 책임질 수도 없는 그 어떤 것 때문에 그녀는 자신의 생이 너무 어이없이 소멸되고 있다는 생각을 한다. 아무런 설명도 제시받지 못한 채 그저 주어진 그대로의 삶을 살 수밖에 없다는 것은 정말 견딜 수 없는 일이다.

그녀는 힘든 하루를 보내고 잠자리에 들 때면, 밤사이에 시공의 벽을 뚫고 날아 다음날 아침엔 사차원의 새로운 자리에서 눈을 뜰 수 있게 되기를 바란 적도 있다. 그러나 막다른 길에서 자유롭게 날아가기란 여간 어려운 일이 아니다. 시공을 뚫고서는 더더욱 그렇다. 그래도 그녀는 이제 정말 모든 것들로부터 자유로워지고 싶다. 날 수 있는 능력이 없으면 주어진 생의 자리에서 그냥 사라져버리는 것도 하나의 방법이다. 언제 어떻게 이 고단한 삶을 버릴 것인가. 단지 그것이 숙제로 남아있다.

이 지하차도를 나서면 금방 부평이다. 그리고 부천, 역곡을 지나 오류동 인터체인지를 돌면 김포공항이 나온다. 그 길을 달리다 보면 행주대교가 나오고 그 다리를 건너 능곡, 원당을 거쳐 일산에 있는 특수학교로 가는 것이 그녀가 시작하는 하루의 출발이다. 아니, 그것은 정확한 출발이 아니다. 출발은 5시 반에 일어나 도시락을 싸는 것부터일 것이다. 더구나 오늘은 5시 반도 안 된 신새벽에 일어나 욕조에서 신나게 놀던 아이의 치다꺼리를 하느라고 잠을 한 시간이나 밑졌다. 물에 젖은 잠옷을 벗기고 다시 머리를 감겨주는 동안 아이는 웃음을 멈추지 않았다. 비누거품을 문지르는 감촉에 간지러워하며 몸을 뒤트는 바람에 아이와 함께 여러 번 넘어지기도 하였다. 숨이 넘어갈 듯한 웃음소리에 이웃집의 잠을 깨울까봐 조용히 하라고 화를 내면 아이는 겁먹은 얼굴로 그 겁먹음을 덮으려고 더더욱 걷잡을 수 없이 웃어대는 것이다. 그 웃음의 끝은 자칫하면 울음으로 연결될 징조이기도 하다. 그녀는 아이의 웃음을 멈추게 하려는 시도로 타월로 젖은 몸을 닦아주다 말고 차가워진 아이의 몸을 꼭 끌어안아 주었다. 막 울음으로 넘어가려는 웃음소리가 잦아들며 멈추었다. 긴 속눈썹 끝에는 어느 사이 소리보다 먼저 나온 눈물이 한 방울 달려 있었다. 그러나 이 방법이 매번 통하는 것은 아니다. 울음도 웃음도 아이는 제멋대로 시작해서 제멋대로 끝을 낸다. 그 제멋을 아무도 이해할 수 없게 만드는 것이 아이의 문제인 것이다.

아이는 소리 낼 줄은 알아도 말은 하지 못한다. 말을 하지 않는 것인지 하지 못하는 것인지를 알 수 없게 만드는 것도 아이의 제멋일 수 있을까? 아이를 낳아 키우는 그녀 자신도 정신과 의사도 특수교육을 맡아 하는 교사들도 아이의 이상 증상에 대해 아무런 정의를 내릴 수가 없고 미래에 대해 어떠한 확신도 할 수 없다. 그리고 이 아이가 무작위로 어떤 한 가정에 이유 없이 떨어져야 하는 어처구니없는 사실에 대해서도 말해 주는 이가 없다. 운명론을 들추고 인과론을 들추고 원죄론을 들추어보기도 하지만 종교적으로도 아무런 해답을 구할 수가 없다. 해답 없는 물음은 언제나 그녀를 고통스럽게 한다. 그것은 삶의 원기를 빼앗을 뿐만 아니라 뿌리째 흔들어대는 일이기도 하다.

아이는 지금 자동차 시트에 푹 파묻혀 짜증 섞인 눈빛으로 잔뜩 밀려 있는 앞차들을 보고 있다. 이마에는 어느 사이엔가 땀방울이 한 줄 그어져 내렸다. 기막히게 잘생긴 얼굴. 이것은 고슴도치라도 제 새끼는 예쁘게 보인다는 어미의 속성이 아니다. 이 아이는 지나가는 사람들이 감탄을 하며 한 번이라도 더 쳐다볼 만큼의 아름다움을 가졌다. 유럽 각지에서 전해 내려오는 민화 중에 아기 바꿔치기라는 것이 있다. 아름답고 훌륭한 아기가 태어나면 그 즉시 요정이 알아차리고 그 아기 대신에 자기 아기를 바꿔쳐서 놓고 간다는 얘기이다. 그 아기는 전체적으로 냉랭하며 부모가 불러도 아무런 반응을 보이지 않기 때문에 부모는 근심에 씨인다. 때로는 끊일 사이 없이 처량하게 울며, 때로는 몇 시간씩 조용히 있기도 한다. 괴로운 것과 즐거운 것에 대해서조차 별다른 반응을 보이지 않으며 누구에 대해서도, 어떠한 방법으로도 결코 사랑스러운 반응을 보이지 않는다. 사 년 전 소아정신과 의사가 건네준 부모 교육용 교재에서 읽은 얘기이다.

어티스틱 차일드(Autistic child), 그 심리적 기능 발달 양상 및 평가에 관한 연구. 하나의 임상 증후군. 원인 규명이 불가능한 이유는 인간의 두뇌 구조와 그 기능간의 오묘한 관계에 대해 정확히 알려지지 않은 현 실정으로 보아 어티즘의 근본이 되는 원인이나 특성을 정의하는 것이 어려운 상태. 지금까지 논의된 원인설은 정신 역동적 원인으로 보는 환경적 원인설과 중추 신경 발달의 이상으로 뇌의 기능과 구조상의 결함으로 보는 기질적 원인설이 있고, 기질과 환경 요소가 결합된 상호작용설이 거론되고 있다. 그러나 아직 연구 단계로서 치료약이 없고 정의하는 것이 어려운 상태. 정의하는 것이 어려운 상태…

"엠병, 엠병, 엠병!"

갑자기 터져 나온 소리와 그 소리에 맞추어 눌러댄 클랙슨 소리에 그녀는 제풀에 놀라 눈을 크게 뜨고 밖을 내다보았다. 몇몇의 운전자들이 인상을 험악하게 찌푸리고 쳐다보고 있다. 그녀는 미안하다고 손을 들어 보이려는데 이상하게 손이 올라가질 않는다. 다행히 그들은 외면을 하고 무심한 표정이 되어 정면을 보고 있다. 어쨌든 싸우자고 덤비는 인간이 없어 다행이라고 그녀는 생각했다. 예전에는 바보, 맹추라는 말도 큰 욕인 줄 알았는데 운전대를 잡고부터는 욕설을 과감하게 수용하고 있다. 아니, 욕설에 둔감해지기 시작한 것은 어쩌면 아이의 증상이 회복 불가능 쪽으로 쏠릴 때부터인지도 모른다. 그녀는 요즘 과거의 모든 인물들을 떠올려 허공에 띄워 놓고 욕이라는 화살을 쏘아댄다. 신도 물론 예외는 아니다.

차들은 차들 속에 갇혀 있다. 00부대라는 표지판이 붙은 도로는 전방과 후방이 서로 보이지 않게 굽어져 있다. 또 차선 하나에는 차단기가 놓여 있고 길이 경사져 있어서 신경이 쓰이는 곳이다. 군인 두어 명이 워키토키를 들고 오락가락 하는 것이 보였다. 그녀는 [우정의 무대라는 텔레비전 프로그램을 보던 중에 자식을 찾아온 어머니와 아들이 만나는 장면을 볼 때면 덩달아 눈물을 짜던 적이 있었다. 그러나 이제는 그때가 되면 채널을 돌려버린다. '쳇, 누구 약 올릴 일 있어? 내 새끼는 군대도 못 간다!'하고 텔레비전을 향해 소리치면 남편은 슬그머니 신문을 집어 들고 화장실로 간다. 남편은 신문을 보면서 울 것이다. 그러나 그녀는 울지 않는다. 남편은 울면서 신문을 볼 때 안경을 벗고 볼까? 그는 사시가 심해서 잠잘 때조차 안경을 벗으려하지 않는다.

"가람아, 덥지? 엄마가 땀 닦아줄까?"

차들이 움직일 기미가 없자 그녀는 브레이크를 올려놓고 아이에게로 몸을 돌린다. 아이는 그 말을 기다리기나 한 것처럼 마구 발길질을 해대며 소리를 지르기 시작한다. 차가 오랫동안 서 있는 것을 못 견뎌 하고 있다. 치안의 콘솔 박스에 아이의 운동화 자국이 무수히 찍혔다. 몸부림을 치다가 좌석에서 조금씩 미끄러져 내리고 안전벨트의 끈이 목까지 올려져 죄어지자 아이는 낚싯줄에 걸린 잉어처럼 세차게 퍼득인다. 아이는 버튼을 누르면 벨트가 풀어진다는 것을 알고 있지만 장난질을 할 때만 써먹고 급박한 상황에서는 벨트가 자신을 불편하게 하고 화나게 한다는 것에만 매달린다. 영화 [레인 맨]에 나오는 레이몬드처럼 '공포에 속한다'와 '공포에 속하지 않는다'라고 표현되는 것 중 전자의 상태인지도 모른다.

그녀는 아이의 손을 잡아 손가락으로 버튼을 누르게 한다. 벨트가 풀어지자 자유로워진 아이는 찌푸린 얼굴로 줄줄이 늘어 선 차량을 본다. 자신을 불편하게 만드는 것이 엄마인 양으로 여기는 것 같다.

"가람아, 앞좌석에 앉으면 벨트를 꼭 매어야 돼, 불편하더라도. 그래야 교통 순경 아저씨가 잡지를 않거든. 그리고 생명을 보호하기 위해서도 이건 필요한 거야."

아이는 원망이 풀리지 않는 시선으로 앞만 보고 있다. 그녀는 아이가 한 마디도 이해할 수 없는 말을 주절거리는 것이 코미디를 보는 것보다 더 희극적이라는 생각이 든다.

시계를 보니 9시가 다 되어가고 있다. 아무리 빨리 가도 첫째 시간은 놓치게 될 것이다. 첫 시간이 뭐였더라? 아 언어 시간이었지. 아깝게 되었다. 일주일에 세 번, 그나마 한 번에 십 분씩밖에는 할당되지 않는 것인데… 아이의 언어 치료 단계는 아직도 아.어.에.오.우.이의 발성 단계이다. 학교에 들어가기 전에 받았던 삼 년간의 조기 교육은 밑 빠진 독에 물 붓기였을 뿐이다. 한 달에 십오만 원을 주었던 두 시간의 종합교육, 사십 분에 이십만 원을 주었던 언어의 개인지도, 삼십 분 수업 당 만 원을 주었던 미술교육, 그 외 아이의 능력을 파악하여 자료를 만들려고 들여다 본 수 십권의 책과 논문 또 직접 하드 보드지를 대어 만든 사물 카드, 숫자 카드 그리고 수십 권의 스케치북과 크레파스, 물감, 교육용 완구… 그런 것들이 모두 밑 빠진 독으로 들어가 흔적 없이 사라지고 말았다. 그래도 퇴행을 막기 위해 조기 교육은 절대적으로 필요한 것이었다.

특수학교에서의 교육도 무엇을 얼마나 얻을 수 있을 지는 미지수이다. 그 미지수를 찾기 위해 남편과 그녀의 일생은 덧없이 소모될 것이다. 아니, 남편은 이제 그 짐을 벗게 될는지도 모른다. 요 며칠 집에 안 들어 온 것을 보면 김 교수의 요청에 따를 모양이다. 그녀는 시어머니를 김 교수라고 부른다. 김 교수는 자신의 직위와 호칭을 무척 즐기는 사람이다. 그러나 이젠 그나마 불러 줄 기회가 없을 것이다. 김 교수는 근래에 온갖 머리를 짜내어 그녀와 아이를 남편에게서 떼어낼 공작을 꾸민다. 그녀는 김 교수의 그런 모습이 그저 우습기만 하다.

남편에게는 결혼 전에 만들어 놓은 사내아이가 하나 있다. 아이의 어미가 술집 작부였다는 이유로 김 교수는 이미 결혼 전에 그들을 떼어놓는 데 많은 돈을 들였다. 그런데 이제 다시 그 모자를 끌어들이기에 급급해진 것이다. 김 교수는 가람이를 가문에 오점을 남길 아이로 여기게 되었고 며느리인 그녀는 수술 후유증으로 출산 능력을 상실했다는 것을 알고 있기 때문이다.

남편은 용케도 김 교수의 끈질긴 권유를 뿌리치고 일 년을 버티었다. 결혼 후의 그는 평범한 가장으로서의 삶을 충실히 살면서 만족해했다. 자신이 설계한 건축 현장을 떠돌며 김 교수가 요구하는 세계에 반항하며 살았던 그는 평범한 가장 노릇을 할 수 있도록 도와주는 그녀에게서 평안을 느끼며 오래도록 같이 살고 싶다고 여러 번 말했었다. 그러나 그가 김 교수의 계획을 단호히 뿌리칠 때마다 김 교수는 재정적인 지원을 하나씩 가두어갔다. 남편은 예기치 않은 사고로 실직한 상태였고 체불된 노임으로 인해 가산을 축냈다. 이제는 낡고 비좁은 아파트와 고물 자동차만을 남겨두고 있을 뿐이다. 남편이 김 교수에게로 간 것이 확실하다면 그녀는 김 교수와 싸우기에 앞서 생활고와 싸워야 할 판이다. 그러나 싸움은 싫다. 그녀는 싸워서 얻어내야 할 것에 모욕을 느낀다.

코팅이 안 된 차창으로 햇빛이 파고들어 바늘 끝처럼 따갑게 각막을 찌른다. 앞차의 브레이크 등이 꺼지고 기지개를 켜는 듯한 움직임이 보인다. 그녀는 느리게 출발하는 차의 뒤꽁무니를 따라간다. 차는 약간 경사진 내리막길에 이르자 시야가 트이면서 속도가 붙기 시작한다. 아이의 얼굴이 미소를 띠며 밝아진다. 그녀는 속력을 내기 전에 카세트 홀더에 〈가나다라〉 테이프를 넣는다.

안녕하세요, 여러분?. 말끝을 경쾌하게 끌어올리는 낭랑한 여자의 목소리가 흘러나오고 곧이어 선생님 안녕하세요? 반갑습니다, 하는 아이들의 귀여운 목소리가 따라나온다. 자, 여러분, 가나다라는 누가 만들었지요? 세종대왕이요. 아이참, 잘 말해 주었어요. 자, 그러면 '가'자로 시작되는 것에는 무엇 무엇이 있는지 알고 있나요? 가방이요. 가위요. 가게요. 선생님, 가지도 있어요. 여러 명의 아이가 한 마디씩 거들었다. 성우 혼자서 다양한 소리를 내는 것 같기도 하다. 아유, 여러분들 참 똑똑하네요. 자, 그러면 우리 음악에 맞추어 따라 해 볼까요? 새소리가 나면 시작하세요. 가.가.가자로 시작된 말은 가방.가위.가게.가수…

아이는 미소를 풀지 않고 있다. 햇빛이 머문 아이의 뺨 위에 솔솔이 난 솜털이 갓난아이같이 보드랍게 보인다. 그 얼굴 위로 애정의 입맞춤 대신 죽음의 음모가 겹쳐진다. 우리 둘은 어느 때고 같이 죽을 수 있단다…

"가람아, 가람이도 있어요, 해봐. 가, 가, 가자로 시작된 말은 가람이. 가게. 가방. 가위…"

그녀의 과장된 억양에 아이는 간지럼을 타듯이 몸을 꼬면서 키득거리는 웃음소리를 내고 있다. 예쁘고 귀여운 내 새끼… 아이가 좋아하는 표정을 보기 위해서는 모든 것을 희생해도 좋다고 생각한 적도 있었다. 그녀는 갑자기 시야가 흐려 옴을 느끼고 눈을 몇 차례 깜박여서 한 방울 괴던 물기를 없애 버린다.

출근 시간이 지났는지 부전 거리는 의외로 소통이 잘 되고 있다. 그녀는 지난 여름방학에 이 부천을 헤맨 적이 있었다. 새로 생긴 장애자 복지관에서 무료 진단과 아울러 여러 가지 특수교육과 직업교육, 직업 알선까지 해 준다는 홍보가 있었다. 특수교육의 혜택을 받으려면 수용 인원이 넘치기 전에 한시라도 빨리 찾아 가봐야 했다. 외진 곳까지 찾아가느라고 아이는 꽤 지쳐 있었다. 장애인이 다녀야할 곳은 항상 외진 곳에 숨듯이 있어야 정상인의 비위를 건드리지 않는다. 더운 날씨여서 아이의 상태가 위태롭게 보였다. 언제, 어디서 돌발적으로 감당하지 못할 짜증을 부리게 될지 몰라 아이와 함께 있는 그녀 자신도 초긴장 상태로 있어야 했다. 물어물어 찾아간 곳은 그녀에게 최선의 희망을 허용했다. 밝고 넓은 실내에 친절한 봉사자들은 아이에게도 밝은 앞날이 있을지도 모른다는 희망을 갖게 했다. 갖가지 형태의 장애아와 찌든 표정의 부모들이 서성거리고 있었지만 효과적인 교육을 기대하는 마음에서인지 여유 있는 웃음소리도 들렸다.

첫 번째로 거치게 되어 있는 상담실에서 아이는 세면대에서 손을 씻고 수건에 닦는 행위와 우유를 컵에 따라 마시는 행동을 보임으로써 호감을 갖게 하였다. 두 번째는 의사가 신체적 기능과 건강에 대한 기본적인 진료를 하였는데, 건강 상태는 양호하였다. 세 번째는 교육 담당과의 상담이었다. 아이의 능력을 테스트하기 위해 그곳에서는 복잡한 면과 선의 그림을 아이에게 따라 그리게 했다. 비교적 어려운 것도 제대로 해냈으므로 그녀는 선택 대상에 들 수 있겠다는 기대를 가졌다. 그러나 상담자는 아이가 현재 멀든 가깝던 간에 특수학교에 다니고 있으니 특수교육의 혜택을 받지 못하는 다른 아동들에게 양보하라고 충고를 했다. 우리나라에 있는 많은 장애아동들 가운데 교육 혜택을 받는 아이는 23% 정도에 불과하다는 것이다.

그녀는 마지막 언어치료에서나 기대를 걸 수밖에 없었다. 아이의 순번은 맨 마지막이어서 기다림에 지친 아이는 테스트에 응하지 않고 딴전만 부렸다. 상담자도 해 볼 가치가 없는 것처럼 평가자료를 덮어버렸다. 이럴 때는 돈을 주거나 울면서 죽기 아니면 살기로 애걸복걸하며 매달리면 효과가 있다는 소리를 들었다. 그러나 그녀는 누구에게도 그런 방법을 쓰고 싶지가 않았다. 그녀가 그런 방법을 싫어하는 것처럼 그 사람도 그런 방식을 혐오할 수도 있는 것이다. 그래도 그녀는 자식을 위해서라면 수단 방법을 가리지 않고 모든 기회를 잡도록 노력했어야 했다. 투쟁할 줄 모르는 어미를 둔 자식은 불행하다. 그러나 투쟁해서 얻어지는 것에 대한 확신이 없는 어미는 조금 더 불행할 것이라고 그녀는 생각한다.

상담자들은 아이의 종합 테스트 결과를 친절하게 알려주었다. ―지능은 75~78정도의 경계선급 지능. 80부터는 정상지능에 속하므로 부모의 노력 여하에 따라 예후가 좋을 것임. 그러나 지능지수에 비해 언어가 너무 없으므로 이상하게 생각됨. 심리치료를 추천하겠음. 우리 기관은 심리치료사가 없으므로 서울에 있는 00병원의 000박사에게 가보기 바람.―

멀고도 먼 길이다. 도 경계선을 넘나들며 아이의 교육을 해야 하는 고단함과 밑 빠진 독으로 쉴새없이 퍼부어야 하는 시간과 정열이 역겨워서 그녀는 구토를 할 것만 같다. 물리치료. 작업치료. 언어치료. 운동치료. 놀이치료. 치료. 치료… 차라리 심장 수술처럼 어느 한 곳을 수술하여 효과를 볼 수 있다면 거지가 되더라도 만족할 수 있을 것이다. 어떤 치료를 받을 목적으로 병원을 찾아간다면 처음에 할 일은 뻔하다. 소변 검사. 뇌파 검사. 염색체 검사. 심리 검사. 시티 촬영. 엠알아이 촬영 등등. 그 검사들도 하루에 끝날 리 없다. 일주일 혹은 한 달 후에 예약된 날짜. 시간에 맞추어 한 가지씩, 그리고 모두 아무 이상 없음을 확인할 때까지의 몇 개월의 시간. 그 시간 속에서 되풀이되는 모멸과 분노…

마지막으로 피이피(사이코 에듀케이셔널 프로필)를 검사함으로써 아이에 대한 기초자료가 준비될 것이다. 단지 기초자료만 제공하기 위해 그녀는 이미 여러 사람을 만났고 여러 곳을 다녔다. 이번에도 어느 박사의 임상 자료가 되는 것으로 끝날 수 있다. 그들이 맡아서 치료해야 될 인원에는 한계가 있으므로 속수무책으로 기다려야 한다. 아이에게 효과적인 변화를 줄 수 있는 교육이나 치료가 실행될 수 없다면 몇 장의 차트 위에 한 개인과 그 가정의 모든 것을 해부시키고 까발리는 것에 시간과 정열을 허비하고 찾아낸 것은 시행착오라는 네 글자뿐인 것이다. 그러나 미개척 분야의 계발을 위해 또 다음에 올 이런 증상의 아이들에게 도움을 주기 위해, 알지도 못하고 고마워하지도 않을 그 누군가를 위해 또 다른 누군가의 희생을 필요로 한다. 그저 고통과 모욕뿐인 삶을 드러내야 한다. 그러나 그 누군가가 매번 그녀와 자신의 아이여야 한다는 것에 그녀는 간신히 부여잡고 있는 삶의 의무감이 바싹 마른 낙엽처럼 부스러져 가는 것을 느낀다.

이러한 부모들의 심리 상태도 벌써 통계 처리되어 〈부모의 심리적 반응과 관리〉라는 자료가 나와 있지 않은가. 그녀의 한 번뿐인 인생은 해결책이 없는 통계수치의 보이지 않는 점으로 녹아 있을 뿐이다.

─초기충격─불신과 부정─감정적 격동─책임감과 죄책감─분노─우울─협상과 수용─현실적 계획과 교육─.

이제 그녀의 심리 상태는 어느 분야에도 없는 것처럼 보인다. 그녀는 모든 단계를 거쳤고 아직 정의되지 않은 새로운 단계에 자신이 와 있다고 생각한다. 그녀의 자존심은 이제 어떤 자료나 어떤 통계수치에 들어가 있기를 거부한다. 그녀는 협상과 수용을 거쳐 현실적 계획과 교육을 끊임없이 시도해 보았지만 번번이 실패했다. 그 원인은 현실적 계획안이 비현실적이어서가 아니라 실행할 장소를 항상 거부당했기 때문이라고 그녀는 믿고 있다.

차가 다시 밀리고 있다. 역곡의 커브 길에 와 있다. 아이는 차가 달리지 않고 또다시 서 있는 것에 눈살을 찌푸리며 불만을 표시한다. 그녀는 초조하게 아이가 어떤 패닉 상태에 들어가지 않기를 바라면서 핸들을 꽉 잡고 있다. 그때 옆 차선의 운전자가 경적을 약하게 두 번 울렸다. 그녀가 힐긋 바라보니 그는 차창 밖으로 검은 색의 햇빛 가리개를 내밀었다. 방금 지나온 길에 아이가 햇빛가리개를 내버렸나보다. 아이가 앉은 쪽의 창문이 조금 열려 있고 햇빛 가리개가 보이지 않는다. 그가 내민 것을 받기 위해서는 안전벨트를 풀고 핸드 브레이크를 올려서 아이가 체인지 레버를 만질 경우를 대비하고 몸을 거의 오른쪽 좌석으로 옮겨야만 전해 받을 수가 있다. 그녀는 차라리 그것을 포기하는 것이 나을 것 같아 그에게 그냥 가지라는 손짓을 했다. 그는 순간 의아해 하더니 쑥스러운 웃음을 짓고 손을 거두어간다.

차는 신호를 받아 달리기 시작했고 그녀의 기분은 공연히 스멀거린다. 그의 쑥스러운 웃음 속에 내보인 이빨이 그녀의 기억 속에서 낯이 익다. 강하고 단단해 보여서 왠지 차가운 벽을 느끼게 했던 그런 이빨을 가진 사람이 있었다. '첫인상이 데카당스하네요.' 하면서 원하지도 않는 관심을 보였던 신학대학 대학원생이 웃을 때마다 그런 이빨을 내보였다. 그는 데카당스해 보이는 여자에게 술 마시고 시청 앞 분수에다 오줌을 누는 것도 젊음이라

28

고 역설했고, 데카당스한 여자는 그것은 젊음이 아니라 방종이라고 우겼다. 그 다음번에 만난 그는 '별명이 카멜레온 아녜요? 전번에는 데카당스해 보이더니 오늘은 순진한 소녀 같네.' 하면서 그녀가 들고 있던 『논문 지도 작성법』이라는 책의 뒷장에다가 자작시를 유려한 필체로 써 넣었다. 그 시의 제목이 〈당신은 나의 관심〉이던가 〈나는 당신의 관심〉이던가? 그녀는 내용이 별로 생각나는 것이 없다. 하긴 그의 얼굴도 이름도 어렴풋한데 시의 내용이 생각날 리 있을까. 그녀는 그때 다른 사람에게 관심이 있었으므로 그가 써 준 시의 '당신과 나'가 하느님이었는지 자기 자신이었는지 혹은 그였는지 따져볼 염도 가지지 않았다. 그녀는 그가 데카당스하다는 말을 스스로 번복했으므로 더 이상의 만남으로 어떤 발전을 가질 필요가 없다고 생각했다. 스스로 정의 내릴 수 없었던 그녀 자신을 함부로 평가한 타인에게 그 자신의 오류를 시인할 기회를 주었으므로 이제 그는 그의 자리로 가면 그뿐이라고 생각했다. 아마 십여 년이 지난 그의 자리는 푹신할 것이다.

그녀는 몇 년 전에 그가 몸담고 있던 교회가 강남으로 옮겨져서 다방면으로 영향력을 행사할 만큼 거대해졌다는 얘기를 들었다. 그러나 그녀의 자리는 언제나 불행으로 젖어 있다. 불행은 한 인간의 영혼에 노예의 낙인을 찍으려 한다지만 그녀의 자존심은 노예의 낙인을 거부한다. 그녀는 자신의 불행에 동참해 줄 신이나 인간이 없다는 것을 알기 때문에 사랑이란 미명으로 행해지는 어떠한 동정이나 관심도 원하지 않는다. 반주검이 된 상태로

벌레처럼 땅바닥을 뒹굴어야 하는 현실을 타인이 이해할 수 있다는 것은 기적보다도 어려운 일이다. 사람들은 모두 불행을 겁내고 있기 때문에 남의 불행조차 피해 가려고 한다. 그리고 멀찌감치 떨어져서 불행한 사람의 괴상한 몸부림을 지켜보며 손가락질할 뿐이다. 게다가 타인의 불행을 죄에다 결부시켜 자신의 죄 없음을 증명해 보이려고 한다. 그들은 가끔 악마의 소리로 낄낄거리며 그녀의 어깨에 다정히 손을 얹고 말한다.

"아이가 그렇게 되는 것은 엄마 책임이래. 모성 결핍이라던데. TV에도 나오잖아? 그리고 그런 아이들이 증가하는 이유는 엄마가 임신 중에 약물을 남용했거나 음주 흡연을 했기 때문이라고 아나운서가 말하던 걸…"

그녀는 훌륭한 아이를 갖기 위해 임신 중에 태교를 열심히 했던 것을 생각했지만 그들에게 항변할 필요를 느끼지 않는다. 혹시 그가 만에 하나라도 그녀의 불행을 엿볼 기회가 생긴다면 그는 어떻게 할까? 그는 아마도 과학이나 의학이 해결하지 못하는 형이상학적인 것들은 종교만이 해결해 줄 수 있다며 십자가를 앞세워 찾아올는지도 모른다. 그러나 그녀는 이미 자신의 영혼 속에 무기력이란 독소가 퍼져 있어서 구원을 위한 손짓조차 부질없다고 생각한다. 이유 없이 불행에 빠진 사람은, 이런 것을 운명이라는 말로 손쉽게들 표현할 수 있겠지만, 모든 굴욕과 증오와 모멸의 감정들로 달구어진 인두로 자신의 영혼에 무참한 화인을 찍어 놓고 그렇게 상처 입은 영혼으로 세상을 바라보아야 한다. 그녀는 자신과 아이가 허공에 뜬 채로 있는 현실에서 잠시 추억의 한 자락을 잡고 망상에 빠진 자신이 우스워진다. 그놈의 이빨 때문이었다.

　아이가 또다시 발길질을 하며 소리를 높여 울음소리를 낸다. 이렇게 옆에서 끊임없이 스트레스를 주는 가운데서도 그녀는 고래 심줄처럼 질긴 신경으로 하루에 대여섯 시간씩 운전을 할 수 있다는 자신이 기이하게 느껴진다. 차는 서울과의 경계표지인 해태상을 지나고 [성00학교]라는 표지판 밑에서 잠시 멈추었다. 그 표지판 밑에는 작은 글씨로 '정신지체아동을 위한 특수학교'라는 설명도 있다. 아이가 짜증을 부린 것은 혹시 지난겨울의 기억 때문이 아닐까. 지난겨울 영하 17도의 날씨에 이 학교를 찾은 적이 있다. 그녀와 아이는 얼음이 꽁꽁 언 눈앞의 저 길에서 함께 미끄러졌다. 입학시험을 보는 날에 얼음판에서 미끄러졌으니 결과를 미리 보여 준 셈이다. 30명 모집에 200여 명이 모여들고 정상이 못 되는 아이들과 그 아이 때문에 정상에서 비정상으로 떨어진 부모들이 한데 섞여 아우성을 치던 곳. 참으로 입맛이 쓰고 위장이 뒤틀리는 추억이다. 아이가 정말 기억하고 있을까? 저의 미래를 거부당했던 곳이라는 걸…

　처음에 그녀는 아이가 떨어진 것을 당연하게 생각했다. 그 학교는 다른 곳에 비해 선별 기준이 엄격하고 공정하다는 것을 알고 있었기 때문이다. 그러나 합격자 발표가 있은 며칠 후에 후배가 찾아와 '언니 때문에…'라는 말을 했다. 그 후배도 비슷한 장애를 갖고 있는 아이가 있었고 같이 시험을 보았었다. 후배는 시험을 치르기 전에 그 학교에 찾아가서 미리 기부금을 두둑이 쓰는 것이 좋지 않겠느냐는 상의를 했었다. 그녀는 그때 그것을 만류했었다. 그 학교는 돈으로 아이를 합격시키려는 짓은 통하지 않을 거라고 역설까지 하면서 경제적인 여유가 있으면 정당하게 합격된 후에 학교 교육의 질을 높이기 위한 찬조를 하는 것이 어떻겠느냐는 충고를 했었다. 그러나 들리는 후문으로는 후배의 비난을 들어도 할 말이 없게끔 되었다.

그녀는 자신의 모성이 가당치도 않게 비 한국적이어서 아이의 앞날에 더 지장을 주는 것은 아닐까 하는 생각을 했다. 사람은 그가 태어난 지구의 어느 한 장소의 영향을 받으며 그와 함께 동화되어야만 살아나갈 수 있다. 어느 나라, 어느 지방, 어느 환경에서 태어나 살고 있는가에 따라 그의 사고방식과 생활방식이 변화되어야만 하는 것이다. 그러나 그녀는 자신이 늘 주변과 동화되어 살지 못한다는 느낌이 들었다. 언뜻 심리학자 피아제의 말이 생각났다. 그는 그의 저술을 통해 동화의 개념을 생명으로 정의하고 있다. 동화하려는 경향은 '생명' 그 자체라는 것이다. 그녀는 작은 희망조차도 한 조각의 환상으로 부서지고 마는 지난 시간들 속에서 자신의 동화하려는 의지가 조금씩 빠져나갔다는 것을 느꼈다. 그러나 이제는 조금씩 사라지게 하는 대신 한꺼번에 버리는 방법만이 그녀의 마지막 자존심을 살리는 길이라고 그녀는 재차 마음에 새긴다. 막다른 길에서 어떻게 사라지느냐의 답은 아직 떠오르지 않는다.

아이는 이제 평온한 얼굴이다. 차는 아이가 원하는 만큼의 속력을 내고 있다. 아이는 차를 타고 달리는 것을 좋아한다. 하루라도 차타는 것을 거르면 밤에 잠을 안 자고 짜증을 낸다. 외출을 못한 날은 아이의 울음을 달래기 위해 한밤중의 아파트 단지를 유령처럼 떠돌아다녀야 한다. 아이는 늘 엄마가 자기를 어디론가 데려가 주기를 원하는 것 같다. 아이가 정말 가고 싶은 곳은 어디일까? 가게. 놀이터. 유원지. 약수터. 고궁. 전람회. 동물원. 백화점… 그녀는 끊임없이 아이를 데리고 다녔다. 그래도 아이는 성에 안 차 혼자 신발도 안 신고 뛰쳐나갈 때가 있다. 그녀가 집안일에 바빠 있을 때 현관문 꼭대기에 있는 도어 걸쇠를 우산을 이용해서 벗겨버리고 빗장을 연 다음 간지러운 웃음소리를 남기고 뛰쳐나간다. 그리고 문이 열려진 남의 집 안방으로 들어가 화장품을 만져보고 거울을 보기도 하다가 집주인의 놀란 목소리에 깔깔거리며 도망쳐 나오기도 한다.

어느 때는 사거리에 나가 왕래하는 차들 가운데에서 어느 방향으로 뛸 줄 모르는 개구리처럼 팔짝거리며 돌아다니기도 하고, 혼자서 아무 버스 건 올라타고 종점에서 종점까지의 여행을 즐기기도 한다. 도대체 아이는 어디를 가고 싶어 하는 것일까. 원하는 것을 모르는 상태에서 이제 그녀는 아이를 데려갈 마지막 장소로 죽음의 장소를 생각할 수밖에 없다.

아이가 갑자기 손뼉을 치며 웃음소리를 낸다. 평소에 볼 수 있는 모습보다 훨씬 큰 비행기가 미끈한 몸체를 뽐내며 하늘로 떠가고 있다.

"가람아, 비행기다. 그치? 저걸 타면 하늘로 날아가는 거야. 비.행.기. 해봐."

아이는 들릴 듯 말 듯한 목소리로 '비'라고 발음한다.

"옳지, 그담엔 행, 해봐."

아이는 사신 없이 입만 벙긋거리는 시늉만 하고 만다. 받침이 있는 것을 어려워하기 때문이다.

"좋아, 다음엔 기, 해봐."

아이는 아음(어금니 소리)도 역시 어려워한다. 순음과 설음, 후음 등은 따라 해도 치음이나 아음은 따라 할 생각을 하지 않는다. 조음기관에는 이상이 없고 혼자서 무의식적으로 내는 발성에는 받침이 딸린 치음도 자유로이 할 수 있건만 의식적인 발음은 제대로 하는 것이 없다.

비행기는 이제 납덩이로 조몰락거려 놓은 장난감처럼 되어 청회색의 하늘을 배경으로 음울하게 떠가고 있다. 아까와 같은 비행기인지는 알 수 없다. 그녀는 비행기를 보면 '유학 보내 줄게' 하던 김 교수의 헛 약속을 떠올리곤 한다. 김 교수는 맞선을 보던 날 그녀가 자신의 강의를 수강한 적이 없어도 같은 학교의 제자라며 호들갑스럽게 반가움을 표시했다. 김 교수는 자신의 하나뿐인 아들을 결혼시키기 위해 아들의 결점을 상쇄시킬 만큼의 결점 있는 여자를 찾고 있었다. 교정 시기를 놓친 사시를 짙은 색안경으로 눈가림을 해놓고 며느리 감을 찾아보았지만, 김 교수의 저울질은 매번 성에 차지가 않았다. 그러다가 몇 번의 실패 끝에 맏딸 컴플렉스에 적당히 지쳐 있는 그녀를 점찍은 것이다. 그녀는 김 교수가 유학을 보내주마고 했을 때 자기가 유학을 원한 적이 있었던가를 생각해 보았다. 어머니의 병원비와 두 동생의 학비 조달을 하며 그녀는 자신을 위한 아무런 계획도 갖고 있지 않았었다. 그런데 김 교수의 말을 듣자 자신이 오래 전부터 꿈꾸어 오던 것처럼 여겨지기 시작했다.

"나도 시집와서 시아버지가 공부시켜준 덕분에 교수된 거라구. 그런 내가 며느리한테 그만큼 베풀 수 있지 않겠어? 혼수 감도 필요 없어. 내가 다 준비해 두었거든. 자네는 아들 하나만 낳아주면 돼. 공부 뒷바라지는 내가 다 해줄 테니까. 무엇보다도 우리 아들이 자네한테 반한 것 같으니 다행이야."

작달막한 키에 평범하기 그지없는 김 교수의 얼굴은 온통 편안한 웃음으로 주름져 있었다. 그녀는 그 웃음 끝에서 한 가닥 불신의 연기를 보았다. 그것은 김 교수에 대한 불신이라기보다는 자신의 운명에 대한 불신이었는지도 모른다. 그래도 그녀는 스물여덟의 거추장스러운 순결을 합법적이고 합리적인 방법으로 벗어던지고 싶었다. 그리고 새로운 인생을 꿈꾸어보고 싶은 욕망을 가졌다. 그러나 그 꿈의 첫 단계인 비행기는 언제나 그녀의 유치한 환상을 야유하듯이 무감각하게 날아다닐 뿐이다.

차는 어느덧 두 개의 짧은 지하차도를 지나 행주대교를 향해 달리기 시작했다. 짓궂게 따라붙는 유조차와 흙투성이가 된 덤프 트럭들을 아슬아슬하게 따돌리고 그녀는 엑셀레이터를 힘주어 밟았다. 속도계의 바늘이 바들거리면서 100을 넘어가고 있다. 팔다리에 스피드의 쾌감이 달라붙어 기분이 묘해진다. 이런 것을 엑스터시라고 표현하는 걸까? 그녀는 예전에 읽었던 소설에서 연인들이 동반자살을 하는 부분을 떠올렸다. 그들은 모터사이클을 타고 가다가 속력을 최고도로 올려 허공에 뜬 상태에서 황홀감을 맛보고 그것을 마지막으로 인식하고 부서졌다. 생명이 소멸할 때 느끼는 고통에 앞서 쾌감에다 초점을 맞추어 정지시킨 것이다. 그녀는 순간 핸들에서 손을 떼고 무릎을 칠 뻔했다. 오랫동안 머리속에서 맴돌던 숙제의 답이 떠오른 것이다. 어떻게 사라지느냐에 대한 그 막연한 기대와 감상의 해답을 잡은 것이다.

행주대교가 가까워져 올수록 신호등은 계속 푸른색이어서 그녀는 속도계의 바늘을 100 이상으로 계속 유지할 수 있었다. 이 속도에서 조금 더 페달을 밟아 행주대교의 난간을 모로 들이받으면 그녀는 아이와 함께 허공에서 꽃잎처럼 흩어질 것이었다. 그녀는 하늘을 배경으로 튀어 오르는, 핏방울과도 같은 붉은 꽃잎 몇 점을 상상해본다. 끔찍한 사체를 지상에 떨어뜨리고 그녀와 아이의 영혼은 붉은 꽃잎에 실려 허공으로 가볍게 날릴 것이다. 그녀는 심장의 떨림이 커져서 왼쪽 가슴 께에 파르르 경련이 이는 것을 느낀다.

이제 나는 나의 의지대로 할 수 있는 것을 찾았다. 그것은 내

인생 전체를 지배했던 그 무엇에게 최초이자 최후의 일격을 가하고 불행이라는 나의 치사한 자리에서 만족하게 물러설 수 있는 것이다.

그녀는 온몸에 열기를 느낀다. 신호등은 계속 푸른색을 띠고 그녀를 반겨준다. 마지막 신호등까지 푸른색이어서 그녀는 가미가제 특공대의 조종사처럼 목표지점을 향해 빠르게 내달았다.

"가자, 가람아! 우리 하늘로 가자!"

그녀는 자신도 모르게 소리를 높인다. 가슴이 벅차오르면서 눈가에 눈물까지 매달린다. 인생의 마지막 문제를 이렇게 쉽게 해결할 수 있다니…

그러나 막상 행주대교 가까이에 이르자 그녀는 그만 습관적으로 브레이크를 밟고 말았다. 다리의 초입부터 차량들이 잔뜩 밀려 있다. 한 차선의 다리로 남보다 빨리 진입하려는 차들은 그야말로 두 줄, 세 줄, 네 줄로 복잡하게 얽혀있다. 그녀는 좀 전에 마음먹었던 것을 생각할 여유 없이 습관대로 잔뜩 긴장을 하며 커다란 돌을 실은 트럭의 뒤꽁무니에 조심스럽게 차를 정지시킨다. 그 뒤로 철근을 가득 실은 트럭이 바짝 다가와서 멈춘다. 신도시 계획으로 이 다리는 언제나 이곳저곳에서 틈입해 들어오는 트럭들로 붐볐다. 때를 잘 택하면 트럭이 몰리지 않는 시간에 이 다리를 지날 수 있지만 지금 시간은 한창 몰려들 시간대인 것이다.

그녀는 육중한 차들 가운데 끼인 채 사방을 둘러본다. 마치 탱크들 사이에서 세발자전거에 올라앉은 어린애가 된 꼴이다. 그녀가 올려다보는 두려운 시선에 우락부락한 여러 개의 시선들이 얽혀든다. 그녀는 심장의 과도한 떨림을 진정시키고 곧 자세를 고쳐 앉는다. 그러고는 꼿꼿한 앉음새로 앞차의 브레이크 등에다 시선을 박는다. 앞차의 브레이크 등은 한쪽이 깨져 있다. 운전자는 음악을 듣는지 왼쪽 팔꿈치를 창턱에 얹고 손가락으로 장단을 맞추면서 백미러로 그녀의 모습을 흘끔거린다. 앳된 그 얼굴에 경박한 여유가 번들거린다.

아이는 무연한 표정으로 다리 아래 강물을 보고 있다. 그녀는 아이의 눈길을 따라 어쩌면 조금 전에 두 모자가 부서져 내렸을지도 모를 더럽고 초라한 강물을 내려다본다. 강물은 거의 말라 있어서 군데군데 강바닥이 드러나 있고, 거무스레한 개흙 가까이로 희끗희끗한 날벌레들이 날아들고 있다. 그녀는 문득 시커먼 개흙에 처박힌 시신과 날벌레로 변해 날아오르는 영혼의 환영을 본다. 뭐? 영혼을 싣고 갈 붉은 꽃잎이라고? 그녀는 심장이 무두질을 당하는 것처럼 격한 통증을 느낀다. 아이는 혹시 엄마의 계획을 알고 있었을까? 그녀는 숨을 한 번 훅 몰아쉬고 아이를 본다. 아이는 고개를 돌려 엄마의 비위를 맞추려는 듯 살그머니 미소 지으며 눈맞춤을 한다. 아이의 미소에는 '엄마'라는 말보다, '사랑'이라는 말보다 더 아름다운 생명의 기운을 내뿜고 있다. 그녀는 왈칵 울음이 터져 나온다.

"가여운 내 새끼, 가여운 내 새끼…"

그녀는 아이의 작은 어깨를 와락 끌어안는다. 아이는 저항 없이 그녀의 한쪽 어깨에 얼굴을 묻으며 순연한 미소를 짓는다.

"그래, 좋아. 가람아, 우리 다시 시작해보자. 끊임없이 도전해보는 거다. 언젠가는 끝이 보이겠지, 아니, 끝이란 인간의 눈에 보이지 않는 것인지도 몰라. 엄마는 그저 너의 불확실한 미래를 짊어지고 정상이 있는 산꼭대기를 향해 충실하게 오르내림을 반복할 거야. 그리고 그것으로 누구도 침범할 수 없는 내 자존심을 지킬 거야. 어느 날엔가 고개를 내밀던 희망이라는 싹이 또다시 거대한 손과 발에 의해 짓밟히게 되더라도 새롭게 소생하려는 힘만은 언제나 우리를 인간답게 지켜줄 거야. 자. 그렇지? 가자, 가보자!"

그녀는 막 움직이기 시작하는 앞차를 보고 핸들을 잡는다. 그리고 다리를 건너 검문소를 지나 도로공사용 철책이 놓인 좁은 비탈길로 들어선다. 앞서 가던 트럭이 황토먼지를 일으키며 앞을 흐려놓고 있다. 그녀는 뿌연 시계視界를 조심스럽게 가늠하며 이리 구부러지고 저리 구부러진 울퉁불퉁한 길을 헤쳐 나간다. 그리고 험한 길이 끝나자 갑자기 나타나는 코고 거대한 길. 분명 어제 까지 갈 수 없었던길인데 막 개통이 된 길인가보다. 그 길은 검은 아스팔트와 하얀 차선이 비에 씻긴 듯 말끔하고 거창해서 와~하고 절로 탄성을 자아낸다.

아이는 어제까지 갈 수 없었던 새로운 길에 들어서자 목을 빼고 확 트인 시야를 호기심 있게 바라본다. 그녀는 아이의 눈길이 머무는 곳을 함께 본다. 저만치 달려가는 트럭과의 사이에 푸른 하늘이 가득 들어오는 것이 보인다. 그녀는 발에 힘을 약간 보태어 앞으로 나아간다. 길 양쪽에는 일찍 핀 코스모스 두어 송이가 바람에 하늘거리며 그녀에게 손짓하고 있다.

푸른 하늘 은하수

한 젊은 남자가 아파트 9층 베란다 난간에 매달려 있다. 까마득히 내려다보이는 풀밭에는 이미 누군가 떨어져 있다. 여자였다. 여자는 이미 절명한 듯하다. 두개골에서 흘러나온 피가 마른 흙을 적시고 있다. 사람들은 처음에 무슨 일이 났는지도 몰랐다. 퍽, 하는 소리가 들렸을 때 누군가 또 복도에서 쓰레기 뭉치를 무단투기 하는 줄로만 알았다. 고층에 사는 주민들 중 누군가는 쓰레기를 정해진 쓰레기통에 버리는 것이 아니라 그냥 아래로 던져버렸다. 관리실에서 아무리 자제를 부탁한다고 방송을 해도 막무가내였다. 음식 찌꺼기를 던져버릴 때는 비닐봉지가 터져서 쓰레기가 떨어진 집 앞의 현관까지 오물이 튈 정도였다.

아파트 경비원은 퍽, 하는 소리가 들렸을 때 마누라가 정성스럽게 싸준 도시락을 맛있게 먹는 중이었다. 누군가 또 쓰레기를 던진 모양이라고 생각했다. 당장 뛰쳐나가 고함이라도 치고 싶었지만 그래봤자 매번 범인의 꼬리를 놓치는지라 계속 밥을 먹기로 했다. 먹는 도중에 일어나면 밥맛을 잃을 게 뻔했다. 어차피 잡지도 못할 것이 아닌가. 이미 떨어지고 난 뒤에는 몇 층에서 버렸는지 알 수가 없으니 쫓아올라갈 필요도 없다.

언젠가는 화단을 청소하는 중에 퍽, 소리가 나서 위를 보니 어떤 꾀죄죄한 꼬마 녀석이 복도 난간 위에 얼굴을 내밀고 아래를 내려다보고 있었다. 던져진 것은 롤러스케이트 한 짝이었다. 만일 그것이 머리에 맞았더라면 당장 사망했을 것이다. 그 생각을 하니 모골이 송연해졌다. 화가 머리끝까지 올라 엘리베이터를 타고 쫓아올라가자 아이는 도망가지도 않고 무슨 일인지 알 수 없다는 표정으로 그 자리에 있었다. 그가 야단을 치자 녀석은 눈을 동그랗게 뜨고 자기가 한 짓이 아니라고 바득바득 우겨대었다. 한 술 더 떠 방안에서 마늘을 까고 있던 그 애 엄마가 나오더니 자기애가 그랬다는 증거를 내놓으라며 악을, 악을 쓰는 것이다. 사실 CCTV가 없는 바엔 어떻게 증거를 잡을 수 있단 말인가. 그러나 그는 침착하게 롤러스케이트 한 짝이 나오면 증거가 될 테니 집안을 뒤져보겠다고 했다. 그러자 애 엄마는 없이 산다고 저희를 깔본다며 거품을 물고 달려들었다. 그 서슬에 방안에서 같이 마늘 까던 여자들 두엇이 나와 그녀와 합세를 했다. 그는 집안 수색을 포기하고 말았다.

'무식한 것들, 맨 가난뱅이들에다 정신병자만 있으니…' 경비는 하나 남은 총각무를 우걱우걱 씹으면서 아무래도 용역회사에 보증금을 더 내놓더라도 조금 나은 아파트로 옮겨달라고 부탁해야겠다고 생각했다. 세상에, 수준이 있지, 하필 영세민 임대아파트 경비를 맡길게 뭐람… 그가 보기에 이곳의 주민들 절반은 장애인이고 절반은 생활고에 허덕이는 사람들이었다. 얼마 전까지 그는 퇴직금을 탈탈 털어 두 딸을 시집보내고 겨우 조그만 단독주택과 다 늙은 마누라만 남겨가진 자신의 칠십 평생이 가장 비참한 줄 알았었다. 그러나 이곳에 온 뒤엔 친구들 때문에 기죽있던 야코가 바짝 사는 느낌이 들었다. 적어도 그는 자신과 제 식구를 이런 토끼장 같은 곳으로 내몰아 희망 없는 인생을 살게 하지는 않았다는 생각이 들었기 때문이다. 아파트 한 동에 삼백 세대나 들어찰 수 있는 곳이라니… 한 세대에 평균 서너 명이 산다고 치면 대략 한 동에 천여 명 이상이 득시글거리는 꼴이 된다. 그런 동이 여섯 개나 되니 단지 안의 주민은 육천 명이 넘는 것이다. 그리고 그중에 온전한 사람은 또 몇이나 될는지… 그래도 이곳에 이점이 아주 없지는 않았다. 배출되는 재활용 쓰레기가 제법 많아서 부수입은 제법 쏠쏠한 편이다. 경비원은 남은 밥을 먹기 위해 다시 수저를 드는데 밖이 소란스러워지는 듯싶더니 누군가 경비실로 뛰어들었다.

"아저씨 사람이 떨어졌어요! 얼른 119, 전화요!"

경비원은 수저를 던져버리고 전화기를 들었다. 그런데 갑자기 사지가 부들부들 떨리면서 소리가 나오지 않았다.

"어, 어… 여기… 사람이… 주죽었대요… 여기, 여기는…"

"아이고, 이 아저씨가 왜이래."

밖에서 들어온 여자가 수화기를 낚아채고 나서 또박또박 주소를 일러주는 소리를 들으며 경비원은 자신의 바지가 뜨듯해지는 것을 느꼈다. 여자는 주소를 일러준 뒤 전화를 끊으려다 깜짝 놀라듯 소리쳤다.

"아참, 빨리 오셔야 되요. 여기 9층 난간에 사람이 매달려 있는데 곧 떨어질 것 같아요!"

119대원은 잠겨있는 문을 따고 남자가 매달려 있는 집으로 들어갔다. 구조원 두 명이 베란다로 뛰어가 급히 매달린 남자의 양팔을 잡았다. 현관에서 주방을 지나 안방, 베란다까지가 채 열 걸음이 안 될 정도로 좁은 구조공간이었다. 방안에는 스케치북에서 찢겨진 듯한 종이 쪼가리와 물감 등의 그림도구들이 어지럽게 뒹굴고 있었고 먹다만 컵라면도 상 귀퉁이에 놓여있었다.

"괜찮으세요?"

매달린 남자의 손목을 잡고 구조원이 물었다. 남자의 얼굴에는 공포인지 짜증인지 모를 애매한 표정이 묻어나 있었다. 어쩌면 매달려 있는 것이 힘들고 불편하다는 단순한 표정 같기도 했다. 그는 오히려 매달려 있는 것보다 구조원들에게 공포를 느끼는 것도 같았다. 난간을 잡은 손을 풀지 않으려고 더욱 힘을 주었다.

"손을 놓으세요, 우리가 잘 잡아 올릴 테니 걱정 마시고…"

구조원이 얘기 했지만 남자는 얼굴을 잔뜩 찌푸리며 불신의 눈빛을 보냈다. 뭐야, 이거, 의심이 많은 양반이로구만… 구조원은 무전기로 아래에서 매트리스를 깔고 있는 한 사람의 대원을 더 불러 들였다. 둘이서 남자의 양팔을 잡고 한 사람은 강제로 난간을 잡고 있는 남자의 손아귀를 풀었다. 그러나 남자는 한 손을 풀고 나면 다른 한 손을 더 꽉 쥐었다.

"아참, 우리를 믿으시라니까요. 안 떨어지게 할 테니까요."

구조원이 소리를 쳤지만 남자는 입을 꽉 다물고 묵묵부답이었다. 그때 같은 층에 사는 주민들 몇이 들어와 쭈뼛거리며 말했다.

"저기요… 자세히는 몰라도 장애인인 것 같던데. 말을 못하는 사람 같아요."

"그래요? 겉보긴 멀쩡한데… 그렇더라도 살고 싶어서 난간을 잡고 있는 것 같은데 왜 이렇게 비협조적이지? 아무튼 좀 도와주세요. 우리가 끌어올릴 테니까 허리를 잡아 다리를 안쪽으로 당겨주세요."

세 명의 구조원과 주민 두 명이 합세해서 버둥거리는 남자를 겨우 베란다 안으로 끌어들였다. 구출된 남자는 공포에서 벗어났으니 감격에 겨워 한번 쯤 울 것 같기도 한데 줄 곳 못마땅한 표정을 풀지 않고 있다. 키는 커도 아저씨라고 부르기엔 어울리지 않는 아직 앳된 얼굴의 청년이다.

"햐… 한 사람 끌어올리는 데 이렇게 힘들긴 처음이다. 이거봐, 학생, 왜 그리 의심이 많아? 우리가 사람 살리려고 온 거라는 거 몰라?"

구조원 한 명이 도리어 안도의 숨을 쉬며 구출된 남자를 쳐다보았다. 그러나 남자는 무시하듯 그를 보지도 않은 채 갑자기 뜻모를 소리를 지르며 밖으로 뛰어나갔다. 빠르기가 바람 같았다. 구조원 둘은 어? 하고 놀라 쳐다보다가 상황파악을 한 한 명이 재빨리 남자를 좇아나갔다.

"이름! 이름이 뭐냐구?"

"…"

"아, 참… 돌겠네. 니가 죄를 져서 묻는 게 아니고, 일단 누구인지 알아야 되기 때문에 묻는 거라잖아… 신분만 확인되면 놓아줄 수도 있어! 너, 고속도로를 걸어들어 가려고 했다며!"

김 순경은 벌써 삼십분 이상을 같은 소리만 반복하다가 급기야는 주먹으로 책상을 내려쳤다. 마주 앉은 청년은 깜짝 놀란 듯 어깨를 움찔했다 그렇다고 김 순경을 공포스러운 눈길로 쳐다본다거나, 아니면 마음을 바꿔 뭔가를 말할 듯할 표정도 아니었다. 그는 시종일관 못마땅한 표정을 짓고 한 곳만 바라보고 있었다. 그가 바라보는 곳에는 방금 전 김 순경이 먹으려고 했던 컵라면이 있었다.

"야, 근데 너 지금 이 컵라면 먹고 싶은 거냐? 그래 좋아, 그러면 이거 니가 먹고, 대신 먹고 난 다음 이름을 말해줘야 된다."

김 순경은 맥이 빠져 태도를 누그러뜨리며 컵라면에 더운 물을 부어 청년 앞으로 내밀었다. 하필 운 나쁘게 혼자 남아 있을 때에 순찰 경관이 들이닥쳐 청년을 맡기고 간 것이다. 컴컴한 밤에 고속도로 주변을 혼자 어슬렁거리길래 수상해서 잡아왔다는 것이다. 생긴 것도 반듯했고, 차림새도 깔끔했으나 맨발이었다.

"짜식이 뭘 물어도 대답이 없어."

순찰 경관은 청년의 머리를 한 대 쥐어박으며 김 순경을 향해 입을 씰룩이고는 다시 나가버렸다. 무척 감정이 상한 듯한 제스처였다. 김 순경 역시 인적사항이나 적어둘 요량으로 붙잡고 앉았다가 복장이 터진다는 말의 뜻을 실감하던 터였다. 도대체 뭐 저런 외계인 같은 놈이 있어? 그렇다고 성질대로 확 쥐어박을 수도 없고... 김 순경은 옆에 있는 의자에 다리를 올려놓으며 담배를 세게 빨아대었다. 그러다 문득 이상한 기운에 돌아보니 청년은 이제까지와는 달리 아주 기분 좋은 표정으로 그를 보고 있었다. 그냥 보기만 하는 것이 아니라 난데없이 손가락 한 개를 죽 펴서 김 순경의 코앞에 들이대는 것이다.

"뭐야? 이게?"

김 순경이 인상을 찌푸리며 눈을 크게 뜨자 청년은 다시 손가락 두 개를 펼쳤다. 그러고는 잠시 뜸을 들였다가 손가락 세 개, 네 개를 펴고, 나중에는 두 손을 들어 열 손가락을 다 편 다음 입술을 조금 움직이는 것이다. 입모양은 '열'이라고 하는 듯 한데 소리는 들리지 않았다. 그러고는 또 무슨 짝짜꿍이나 하려는 듯 손바닥을 마주치며 아기처럼 천진한 얼굴로 배시시 웃는 것이다. 김 순경이 아무런 동작을 취하지 않자 청년은 허겁지겁 라면을 먹기 시작했다.

"확실히 이상한 녀석이군, 정신병잔가? 쯧쯧, 인물이 아깝구나. 생긴 건 배우 뺨치누만…"

김 순경은 청년이 행복한 얼굴로 컵라면을 먹고 있는 사이 걸려오는 전화들을 받고, 또 드나드는 동료들과 잠깐 말을 나누다가 화장실에도 다녀왔다. 그러다가 뭔가 허전한 기운에 사방을 휘둘러보니 청년이 앉았던 자리가 비어있다. 화장실에라도 간 건가? 김 순경은 다시 화장실로 가보고, 옆방 문도 열어 보고 했지만 청년은 어디에도 보이지 않았다. 범인이라고 데려온 것은 아니었지만 어쨌든 추궁하던 사람을 놓쳤다는 자신의 실수에 수치와 분노를 느끼며 밖으로 뛰어나가 살펴보기도 했다. 그렇지만 청년의 종적은 오리무중이었다. 김 순경은 허탈한 마음에 청년이 알뜰하게 먹고 난 책상 위의 컵라면 용기를 쥐고 손안에서 우그러트렸다. 그러다가 컵라면 밑에 깔아놓은 신문지에 눈이 갔다. 거기에는 지렁이가 기어가는 듯한 삐뚤빼뚤한 글씨로 '김동준'이라는 이름 석 자가 크게 적혀있었다. 라면 값은 하고 갔다 이거군, 김 순경은 자신도 모르게 피식 어이없는 웃음을 웃고 말았다. 그러고는 각 지구대로 김동준을 찾는 신고가 있었는지 연락을 해보기 위해 컴퓨터 앞에 앉았다.

그녀는 온갖 것들이 지나다니며 오물을 떨어트렸을 풀밭에 널브러져 있다. 머리에서는 검붉은 피가 흘러나와 바닥을 적시고 있고 눈은 크게 열려져 있다. 그렇다고 몰려든 사람을 보고 있는 것은 아니다. 그녀는 흰 구름이 둥실 떠 있는 동화 같은 하늘을 보고 있다. 떨어지기 전 마지막으로 올려다 본 하늘이 정지된 화면처럼 눈 속에 갇혀있는 것인지도 모르겠다. 추락하면서 하늘을 보았을 때 그녀는 문득 이무기를 생각했다. 구렁이가 용이 되기 위해 천년을 기다렸지만 훼방꾼들 때문에 결국 승천하지 못한 비운의 용, 이무기… 엄마는 그녀를 가졌을 때 구렁이 꿈을 꾸었다고 했다. 커다란 구렁이가 학교 운동장에 있는 나무를 타고 꼭대기로 오르더라는 것이다. 그때 엄마는 친구들과 여럿이 그 모양을 보고 있었고, 그중 누군가 무어라고 소리치기도 했었는데 확실히 기억나지 않는다고도 했다. 그녀는 아마도 '구렁이 봐라'하고 소리를 질렀을 것이라고 생각한다. 만일 하늘을 향해 기어오르려는 구렁이를 보고 "용 봐라!" 하고 소리를 지른다면 그는 신성을 얻어 용이 될 것이고 "구렁이 봐라!"하고 소리를 지른다면 용이 되지 못한 이무기가 되어버린다는 것을 읽은 적이 있다. 천년을 꿈꿔온 승천의 꿈을 이루지 못한 이무기란 얼마나 원통하고 서글픈 존재인가. 돌이켜보면 그것이 그녀의 삶이었다. 그녀에게도 하늘로 오르려는 꿈이 있었다는 걸 아무도 알려하지 않았다.

그녀는 걸핏하면 엘리베이터를 타고 15층을 눌렀었다. 옥상을 가기 위해서였다. 지난여름 그녀는 다른 동네 아파트에 갈일이 있었다. 20층에 사는 사람이었는데 마침 가는 날이 장날이라 엘리베이터 수리를 하고 있었다. 약속 시간은 지났고 올라갈 일은 까마득해서 한숨을 쉬었더니 수리공이 옆에 동으로 가서 엘리베이터를 타고 꼭대기로 올라간 다음 옥상을 가로질러 다시 옆동의 문으로 나와 계단을 내려가 보라고 했다. 그때 처음 고층아파트의 옥상에 올라가보았었다. 그곳엔 햇빛에 하얗게 탈색된 시멘트 바닥과 커다란 물탱크와 전선들, 그리고 공사용인 듯한 각목 몇 개가 뒹굴고 있었고 사위는 조용했다. 그녀는 문득 감옥에서 탈출한 죄수처럼 하늘을 향해 팔을 쫙 벌렸다. 그러고는 날아가기라도 할 것처럼 양팔로 날갯짓을 해보았다. 부드러운 공기의 역동성이 느껴졌다. 난다는 것, 그건 행복은 아니지만 행복하다는 느낌을 주기에 충분한 것이었다. 그녀는 커다랗게 날갯짓을 하며 차츰 가장자리로 다가갔다. 난간 위에 올라가서 소설의 주인공처럼 '날자, 날자, 날자구나!'하고 소리라도 질러보고 싶은 생각도 들었다. 그러나 그녀는 막상 시멘트 난간에 손이 닿자 오금이 저려왔다. 까마득한 세상을 보니 창자까지 곤추섰다. 그녀는 그냥 한 번 쓸어보는 것으로 비상의 꿈을 대신했다. 지상에서 책임져야할 무언가를 남겨 두고 혼자 비상할 수는 없었다.

그 후로부터 그녀는 살고 있는 아파트 꼭대기 층을 오르는 버릇이 생겼다. 아무도 없는 15층에서 내린 다음 다시 어두컴컴한 계단 몇 개를 올라가면 굵은 체인에 묶여있는 녹슨 철제문이 있었다. 녹슨 문이 열린 적은 없었지만 그 문틈 사이에서는 언제나 강렬한 빛이 새어나왔다. 그 빛 때문에 그녀는 종종 비현실적인 곳에 와있는 듯한 느낌이 들었고 그것을 즐겼다. 이를 테면 영화

'트루먼 쇼'의 마지막 장면에 나왔던 문 앞에 선 기분이었다. 영화의 마지막에선 PD가 트루먼에게 이런 말을 했다.

"트루먼, 네가 살고 있는 세상은 천국이야, 현실은 쓰레기고 거짓이 넘쳐나."

그러나 트루먼은 틈사이로 환하게 빛이 새어 나오는 문을 열고 쇼의 각본대로 행복하게 살아온 인생의 세트장을 벗어난다. 그는 천국의 세트장을 벗어나 거짓과 쓰레기로 넘쳐나는 현실을 택한 것이다. 그러나 그녀는 트루먼과는 반대로 거짓과 쓰레기로 넘쳐나는 현실을 벗어나 천국의 세트장으로 가고 싶다. 그녀는 가짜 행복이든, 소품으로 주어지는 행복이든 평생 그것을 가져본 적이 없기 때문이다.

아이는 그림을 그릴 때면 언제나 흰 구름을 그려 넣었다. 좀 전에 그녀는 어린이 그림 사전을 던져주며 '니가 그리고 싶은 것 찾아 그려 봐' 하고는 곧장 눈을 감아버렸었다. 며칠 전부터 두통이 심하고 속이 울렁거렸었다. 병원에서는 조직검사를 하러오라고 예약을 잡아주었지만 예약 날짜가 지난지도 한 달이 넘었다. 암은 아니겠지, 암은 통증 없이 온다니까… 그녀는 통증이 생길 때마다 눈을 지그시 감는다. 그러면 감은 눈 속에서 칼이 나타난다. 대나무를 깎아 만든 짧은 칼이다. 실제로는 본적이 없는 칼이지만 감은 눈 속에서는 낯익다. 칼은 어둠 속에서 춤을 추듯 지그재그로 날아다닌다. 칼이 지나간 자리에는 마치 비행기가 지나간

하늘에서처럼 흰 줄이 그어지고 어두운 허공에 떠 있던 흰줄은 갑자기 밧줄로 변해 온몸을 칭칭 감아버린다. 허공에 잠시 멈추어 있던 칼은 기다렸다는 듯이 몸속으로 빠르게 날아와 깊숙이, 그러나 부드럽게 박힌다. 아픔도 없고, 피도 없다. 마치 잘 드는 연필깎이 칼로 종이를 긋는 듯한 경쾌한 가벼움만 있을 뿐이다.

"마하!"

갑자기 아이의 목소리가 들린다. 그러나 그녀는 눈을 뜨지 않고 그대로 칼춤을 즐기고 싶다. 더 깊숙이, 더 부드럽게 자신을 죽이고 싶다. 서슬이 퍼런 날로 아직도 뽀족하게 살아서 괴롭히고 있는 꿈과 욕망의 찌꺼기를 날리고 싶다.

"마하!"

아이가 다가와 이번에는 슬며시 손을 잡는다. 칼의 영상이 파문처럼 흔들리다가 사라져버린다.

"마하가 뭐야? 엄마라고 해야지…"

눈을 뜨면서 소리라도 꽥, 지르고 싶었지만 코앞에 아이의 웃음 띤 얼굴을 보고는 그녀는 그만 말꼬리를 누그러뜨린다.

"어하!"

아이는 자못 정성스럽게 입모양을 만들어 다시 발음해 본다. 제 딴에는 엄마의 비위를 맞추어보려는 것인 듯 꽤나 진지한 표정이다. 뭔가 요구사항이 있는 듯하다. 아이는 벌써 싱크대 위에 컵라면 한 개와 주전자를 찾아놓았다. 벌써 보상을 요구하는 것이다. 아이는 엄마가 시킨 것을 해놓고 나서는 먹을 것을 요구했다. 어릴 때부터 특수교육을 받은 결과였다. 칭찬으로 아이가 좋아하는 것을 주는 것을 교육적 용어로는 '강화'라고 했다.

접이식 밥상 위에 놓인 아이의 그림을 보니 기차가 그려져 있다. 그림은 선이 거칠기는 해도 생동감 있고, 물체의 크기도 제멋대로이지만 나름대로 묘사가 살아있다. 땅 위에 삐뚤빼뚤한 레일이 그려져 있고 그 위로 기차가 달리고 있다. 기관차에서 나온 연기는 배경이 된 하늘과 산을 가르고 있고 그 하늘엔 동글동글한 구름 두 개가 그려져 있다. 하늘에 떠 있는 구름은 아이 스스로 그려 넣은 것이다. 짧은 시간이나마 스스로 몰두했다는 흔적이다. 그림이 치료로서 효과를 발휘하려면 우선 그리는 사람이 몰두해야 하는 것이 첫째 조건인데 오늘은 제법 집중력이 엿보이는 것 같아 마음 한쪽이 흐뭇해진다. 그나저나 책에 없는 구름을 그려 넣은 것은 창의력의 소산인가? 아님 그냥 습관성인지 또다시 모호해진다.

"잘했어."

그녀는 아이의 다 자란 엉덩이를 두드려준다. 키 170센티에 몸무게 64킬로그램, 코밑수염이 거뭇거뭇한 스물세 살의 아이. 아이는 지금 연필로 그린 그림에 색을 입힐 도구를 기다리고 있다. 그녀는 도구함에서 새로 산 파스텔을 꺼낸다. 크레파스는 너무 오래 썼기 때문에 아이에게 새로운 흥미를 주기 위해서였다. 아이는 접이식 밥상 위에 놓인 새로운 물건에 강한 호기심을 나타내며 맛있는 먹거리를 앞에 두었을 때처럼 침을 삼키기조차 한다. 그녀는 뚜껑을 열고 푸른색의 파스텔을 꺼내 하늘부분에다 댓 번 그어놓고 다시 손끝으로 문질러 보인다. 그러고는 황토색을 꺼내 레일 부분을 아이에게 칠하도록 한 뒤 물러나 앉는다.

"이젠 니가 혼자 해봐. 이렇게 손가락으로 문질르는 거야."

아이는 지정해준 색을 열심히 문지르더니 나머지 색은 제 맘대로 이것저것 꺼내 들고 마구 문지르기 시작한다. 신문지를 깔아놓은 방바닥에 색색의 가루가 떨어지고 아이의 얼굴이며 온몸에도 현란한 색이 묻어난다. 뿐만 아니라 깔아놓은 요 위에도 가루가 날리고 있다. 이불장에 들어가지가 않아 늘상 깔아놓아야만 하는 물건이다. 아아, 내가 미쳤지, 저럴 줄 알면서 뭐하려고 파스텔을 쥐어주었을까? 이불 두 채만 깔면 꽉 차는 공간에서 애초에 뭔가를 하려한다는 것도 웃기는 짓이었다. 그녀는 아악! 비명이라도 지르고 싶은 마음을 누르고 호흡을 가다듬는다. 이런 상황이 하루 이틀 일도 아니고 다 내가 자초한 일 아닌가? 애초에 대비를 했어야지…

그녀는 펜을 들고 아이의 그림일지를 펴든다. 일지를 마지막으로 쓴 것은 일주일 전이다. 일주일 전에 쓴 것을 읽어본다.

오늘 완성한 그림은 크레파스와 수채물감을 이용한 꽃병이다. 꽃병에는 정체를 알 수 없는 모양의 꽃송이 몇 개를 그려 넣었고 꽃 병 자체에는 제 스스로 눈, 코, 입을 그려 넣었다. 책에는 없는 표현이었는데 창의적인 묘사라기보다는 아주 오래전에 미술학원에서 처음으로 가르쳐주었던 그림으로 생각된다. 맨 첫 것의 기억에서 벗어나지 못하는 것이 자폐 아이들의 특성이다. 색을 몇 개 골라주었는데, 색을 골라주는 건 좋은 방법이 아니지만 그래도 시초는 모방일 수밖에 없다. 아이는 거의 모방을 하지 않는다. 말도, 춤도, 생각도 아이는 흉내 내기를 거부한다. 그게 창의력이라면 그건 바람직한 증상이지만 이 경우엔 창조성과 연결 짓기에는 미흡하다. 그것은 단지 불신의 표현일지도 모른다. 엄마도, 아빠도, 세상도 믿지 못하는 것이다. 믿지 못해서 따르지 않는 것이다. 그동안 아이에게 믿음을 심어주려 꽤나 노력도 해봤지만 아이는 아직 아무에게도, 어떤 것에도 자신을 내어주지 않고 있다. 그렇다고 포기할 수도 없는 일이어서 나름대로 원인을 생각해내보지만 타당한 이유를 찾지 못했다. 의사는 그녀의 판단에 동의하지 않았다. 그러면서 아직 아무 것도 밝혀진 것이 없기 때문에 아무 것도 정확한 것이 없다는 것이다. 그녀는 다음 페이지에 오늘 날짜를 쓰고 그냥 파스텔을 이용, 하늘과 구름 그리고 기관차와 레일을 그림. 구름은 스스로 그려 넣음 이라고 간단하게 써넣는다. 그림이 끝난 다음 좀 더 부연할 생각이다.

아이는 다 그린 그림을 찢고 있다. 무언가 맘에 들지 않은 모양이다. 그녀는 화를 참기 위해 다시 호흡을 고르면서 아이의 관심을 돌리기 위해 티브이를 켠다. 티브이에선 샴쌍둥이를 키우는 부모가 프로그램 진행자와 얘기를 그녀누고 있다. 머리만 떨어져 있고 몸통이 붙어있는 아이들을 분리하는 수술을 하고, 이제 5살이 된 아이들이 아직 병원에서 생활하며 우유로 연명하고 있고,

크더라도 정박아나 다른 장애를 갖고 살아갈 위험성이 많단다. 그러나 엄마는 결코 아이들을 포기할 수 없다고 한다. 지나온 일을 말하면서도 표정은 담담했다. 진행자가 묻는다.

"다른 엄마들은 그런 얘기들을 하면 눈물을 철철 흘리던데 아주머닌 이제 그런 아픔들을 다 소화해낸 상태인가 보죠? 남의 일처럼 말할 수 있을 정도로…"

아이의 엄마는 역시 표정을 바꾸지 않고 말한다.

"쌍둥이들이 태어나서부터 계속 병원생활을 했기 때문에 병원비를 대느라고 집도 팔고 차도 팔고 했지만 무엇보다도 집에 또 한 아이가 있었기 때문에 병원과 집을 오가야 했습니다. 그런데 아이를 제대로 봐주는 사람도 없고 유치원을 보낼 나이도 되고 해서 어느 유치원을 찾아가 집안 사정을 얘기하고 아이를 맡겼어요. 아이를 맡기면서 장애아가 있고 돈이 없다는 얘기를 했죠. 그런데 조금 지나다 보니 아이가 유치원엘 가기 싫어하기에 이유를 물었어요. 짐작하기에 원장이 아이를 업신여기고 아이의 마음을 상하게 하는 일들을 했던 것 같아요. 기가 막혔죠, 왜냐하면 어려운 사정을 남에게 얘기해야하는 자존심 상하는 일을 그래도 아이에게 도움이 될까봐 도움을 청했던 건대 도리어 그걸 약점으로 삼아 아이에게 상처를 주다니요."

여자는 입가에 일그러진 웃음을 띠고 다시 말한다.

"부모 형제는 아이에게 돈 쓰지 말고 갖다버리래요. 이런 일을 겪으면서 부모, 형제, 친척이 남보다 못하다는 걸 알았어요. 오히려 남이 백번 낫지요. 지난번엔 보지도 못한 어떤 시장 아줌마, 신촌에 있는 시장이라는 것만 알아요. 그 아줌마는 방송을 보자마자 알지도 못하는 아이를 위해 천만 원을 보내주었는데, 친척들은 오히려 집안 망신스럽게 그런 일을 방송으로 내보냈다고 야단야단이었어요."

요컨대 동냥은 안 주면서 쪽박만 깨는 인간들이라는 거지. 그녀는 채널을 돌려버리고 입술을 깨문다. 그녀도 다를 비 없다. 부모 형제라고 있어봐야 있을 때만 형제고 없을 때는 연락두절이다. 언젠가 아이 교육비 때문에 몇 년 만에 돈을 구하러 갔더니 이천만 원짜리 차를 할부로 샀기 때문에 단돈 만 원도 줄 여력이 없단다. 그러면서 안고 있는 강아지의 재롱을 즐기고 있다. 강아지에게 한 달에 이,삼십만 원 정도 쓸 수 있지만 교육이 절실한 조카에겐 만 원 한 장이 아깝다는 게 그들의 마음보였다. 더 화가 나는 것은 그들이 아주 착한 얼굴로 당연하다는 듯이 말한다는 것이었다.

물도 끓지 않았는데 아이는 벌써 라면의 뚜껑을 뜯어놓았다.

"손 씻고 와!"

아이가 손을 씻으러 간 사이 그녀는 접이식 상을 밀어놓고 청소를 시작했다. 손바닥 만한 공간에 내려앉은 파스텔의 분진은 청소기로도 해결되지 않는다. 이불 위에 내려앉은 색색의 가루들은 더더욱 처리가 안됐다. 그녀는 이불을 털려나가려다 그냥 던져놓는다.

그녀는 컵라면에 물을 부어놓는다. 이제 아이가 나오면 먼저 숫자를 셀 것이다. 그리고 '푸른 하늘 은하수'라는 노래를 부르며 손뼉을 칠 것이다. 아이는 라면에 더운 물을 부어 놓자마자 그냥 먹어버리는 습성이 있었다. 그래서 라면 불을 시간을 기다리는 동안 숫자를 세게 하고 '푸른 하늘 은하수'라는 노래를 부르게 한다. 물론 노래를 부르지 못하기 때문에 한 소절이 시작될 때마다 맨 앞글자만이라도 소리 내게 훈련시켜왔다. 아이는 푸른 하늘의 '푸'자를 '버'라고 발음하고 '계수나무'의 '계'자는 아예 발음을 못한 채 입만 벌린다. 그래도 '하얀 쪽배'의 '하'자와 '토끼 한 마리'의 '토'자는 제대로 발음하는 편이다. 둘이서 박자를 맞추어 마주 쳐대는 손뼉도 정확하고 무엇보다 이 행동이 끝나면 라면을 먹을 수 있다는 생각에서인지 얼굴에는 웃음이 가득하다. 가끔은 박자에 맞추어 몸을 흔들기도 한다. 심지어 야외에 나가서도 컵라면을 먹을 때면 남이 보든 말든 그런 의식을 치러야만 먹을 정도로 고착화되어 있는 버릇이다. 그것이 몇 년이 흘렀어도 발음하는데 변화는 없지만 언젠가는 그 노래를 제대로 부를 수 있을 때가 올 것이라고 그녀는 억지로 믿고 있다.

물을 부어놓고 면이 불을 시간이 지났는데도 아이가 나오지 않아 돌아보니 화장실 문 앞에 아이가 벗어놓은 옷이 보였다. 혹시? 하며 그녀는 화난 얼굴로 문을 확, 열었다. 아니나 다를까 다 큰놈이 벌거벗고 바닥에 앉아 똥을 누고 있었다.

"변기에 앉으라고 했잖아. 뭐야, 니가 짐승이냐? 개, 돼지야?"

그녀가 회초리를 찾으러 간 사이 아이는 서둘러 화장실 문을 잠가버린다. 깊숙이 숨겨놓았던 열쇠를 간신히 찾아 문을 열었을 때 아이는 벌써 볼일을 다 끝내고 샤워를 하고 있는 중이었다. 바닥도 물에 씻겨 얼추 깨끗해져있다. 그녀는 들고 있던 회초리로 아이의 벗은 어깨를 내려쳤다.

"제발 좀 나쁜 버릇 고치랬지!"

아이는 요리조리 피하다가 세게 맞으면 어, 하는 비명소리를 내며 내가 왜 맞아야하는지 영문을 모르겠다는 표정으로 그녀를 보았다. 그 모습을 보고 그녀는 잠시 망설였지만 엄마가 화가 난 것을 알게 해주겠다는 생각에 다시 매질을 했다. 그러나 얼마 못가 제풀에 지쳐 주저앉았다. 아이는 얼굴을 잔뜩 찌푸린 채 제 어미를 바라보더니 밀치고 나가 옷을 주워 입는다.

화장실을 청소하고 일어서다가 그녀는 문득 거울을 본다. 잔뜩 헝클어져 있는 회색빛 머리칼에 세수도 못한 얼굴은 아직 화가 가라앉지 못해 붉은 빛을 띤 채 오그라져 있다. 군데군데 물에 젖어 얼룩이 진 옷차림 까지 보태지니 꼭 비루먹은 망아지 같은 모습이다. 그녀는 울음보다 피식, 웃음이 터져 나왔다. 저게 나란 말이지…

아이는 옷을 다 입고 컵라면 앞에 다소곳이 앉아 있다가 그녀를 보더니 언제 무슨 일이 있었냐는 듯 활짝 웃으며 손가락 하나를 세운다. 다른 때 같으면 그녀가 일, 이, 삼, 사를 셀 때마다 손가락을 펼 것이겠지만 그녀는 사납게 다가가 라면을 치워버린다.

아이는 놀란 얼굴로 그녀를 본다.

"먹고 살고 싶니? 차라리 니 애비한테 보내주랴? 거기가면 딱 너 한테 맞는 대접받는다. 니 애비가 짐승이니까 잘 맞을 거라구. 교육은커녕 하루 온종일 욕설에 매 타작이나 받을 거다. 니 애비가 버린 걸 내가 아무리 인간 대접해주며 키워봤자 그 씨에서 나온 게 어디 가겠냐? 나가, 이제 정말 꼴 보기 싫어. 나가버려!"

아이는 아직 제 어미의 발악이 무슨 이유인지 모르겠다는 표정이다. 단지 언제나처럼 곧 다시 평온해져서 먹을 것을 주고 쓰다듬어 줄 것이라 믿고 있는 눈치다.

그녀는 내친김에 아이를 호되게 다루어보기로 한다. 아이를 내쫓기 위해 현관문 쪽으로 몰아가던 그녀는 문득 예전에도 한번 현관 밖으로 내쫓았다가 잃어버려 이틀 만에 찾았던 생각이 났다. 그녀는 아이를 베란다로 내몰았다. 그러고는 소리 나게 문을 잠가버렸다.

아이는 좁은 베란다에 서서 볼이 잔뜩 부은 채로 방안을 들여다본다. 방구석에 쪼그리고 앉아 무릎에 얼굴을 파묻고 있는 엄마가 보이고 상 끄트머리에 있는 컵라면도 보인다. 도대체 엄마는 왜 갑자기 저것을 못 먹게 하는 걸까 아이는 얼굴을 찌푸리고 문을 두드려본다. 엄마가 꼼짝도 않자 아이는 돌아서버린다. 눈앞에 뚫어진 방충망이 보인다. 예전엔 아주 조그만 구멍이었지만 심심할 때마다 손가락으로 자꾸 뚫었더니 구멍이 커지면서 찢어져버렸다. 그 찢어진 곳으로 모기가 심심치 않게 들어오자 엄마가 실로 얼기설기 얽어놓은 곳이다. 아이는 팽팽한 실들 사이로 손가락을 집어넣어 당겼다 놓았다를 되풀이했다. 실이 손가락에 감겨서 늘어지더니 몇 올은 끊어져나갔다. 두어 줄이 손가락에 감긴 채 끊어지지를 않자 아이는 세게 당기면서 손가락으로 올을 끊었다. 그 순간 낡은 방충망이 흔들리는 듯싶더니 잠시 후 우당탕 소리를 내며 떨어져나갔다. 아이는 고개를 내밀어 아래를 보았다. 바닥에 떨어진 것이 조그맣게 보이자 엄마가 또 화를 내면 방안의 라면을 아주 못 먹을 것이란 생각이 들었다. 저것을 주워서 제자리에 놓아야 될 것 같았다.

그녀는 얼핏 무슨 소리가 들린 것 같아 고개를 들었다. 베란다 쪽을 보니 아이가 난간위로 넘어가는 것이 보였다. 아악, 저건 안돼, 동준아, 안돼, 안돼! 쟤가 저럴 수는 없는데. 혹시 내가 헛것을 보는 건가? 저애가 저런 행동을 하다니… 그녀는 사지를 떨면서 황급히 문을 열었다. 아이는 벌써 바깥쪽에서 난간을 잡고 있었다. 발이 땅에 닿지 않는 다는 것을 비로소 알아차린 아이의 얼굴에는 그제야 공포와 원망이 퍼졌다. 그녀는 급히 아이를 끌어올리기 위해 팔을 잡았지만 힘이 달리는 것을 느꼈다. 아이를 잘못 끌어올리다가 실수라도 하면 떨어질 건 뻔했다. 구조요청을 하려했지만 전화기를 가지러간 사이 꼭 아이가 떨어져버릴 것만 같았다. 그녀는 아이의 허리춤을 잡기 위해 상체를 내밀어 손을 뻗었다. 허리만 잡으면 할 수 있을 것 같았다. 그러나 그녀는 자신이 아무 것에도 의지하지 못하고 있다는 것은 미처 생각하지 못했다. 그리고 아이의 허리 또한 너무 멀리 있다는 것도 깨닫지 못했다. 아이는 떨어지면 죽는다는 것을 알지 못했고 엄마가 떨어지는 것이 무엇을 의미하는 것인지도 알 수 없었다. 다만 '꽉 잡고 있어!' 하는 엄마의 목소리만 오래도록 기억하고 있을 뿐이다.

.

'찰스 램'을 읽는 시간

〈백일몽〉

백일몽에 대한 사전의 뜻풀이는 '실현될 수 없는 헛된 공상'이다. 찰스 램은 백일몽의 부제로 달린 「꿈속의 아이들」이라는 글에서 자신의 첫사랑이었던 여자와 아이 둘을 낳고 단란한 가정을 이루고 사는 꿈을 꾼다. 아들에게는 자신이 좋아했던 형의 이름을, 딸에게는 첫사랑 아내의 이름을 붙여주고 저녁이면 아비의 발 앞으로 모여 앉은 아이들에게 증조부나 할머니, 커다란 저택과 정원, 고향이나 축제의 이야기를 들려준다. 그러나 어느 순간 사랑스런 아이들은 슬픈 눈빛으로 차츰 멀어져 가고 안타까움에 마음이 아파질 무렵 그는 자신이 몸을 기대고 잠들었던 독신자의 안락의자에서 그만 잠이 깨고 만다. 헛된 공상이 사라진 자리에는 정신병으로 어머니를 칼로 찔러 죽인 누이가 의자 옆을 지키고 앉아 있고 램은 그 누이를 보살피며 사는 변함없는 현실로 돌아오게 된다.

아이는 아직 충분히 제어되지 않은 상태다. 사지가 묶인 채로 침대에 묶여있지만 안정제를 맞을 때 몸을 일으키려고 심하게 용을 쓰자 손목의 끈이 풀려 버리고 그 틈을 타 재빨리 일어나 앉은 아이는 발목에 묶인 끈도 풀려고 했다. 여러 사람이 달려들어 사지를 다시 묶고 이번에는 가슴 압박대까지 사용해서 상체를 일으키지 못하게 했다.

응급실에서 격리실로 옮길 때까지 아이는 성난 표정을 풀지 않은 채 천장을 올려다보고 '어하!' 소리를 몇 번 내다가 압박의 상태에서 놓여나기를 포기했는지 조용해진다. 그 소리를 듣는 어미의 가슴은 숨이 내려앉는 것처럼 온몸이 까부라진다. 아이는 어미가 옆에 있어도 어미를 보지 않고 천장을 올려다보며 엄마를 한숨처럼 부르다가 포기한 것이다. 아이는 구원의 소리로 어미를 부른 것이 아니라 원망의 소리로 부른 것이리라. 자신을 묶으려고 애를 쓰던 어미를, 때리고 욕하던 어미의 모습을 떠올리고 어미를 부르기를 포기한 것이리라.

어젯밤 아이는 오전부터 하루 종일 찬바람을 맞으며 온갖 곳을 걸어 다니다가 집에 돌아왔는데도 선뜻 집안으로 들어가지 않으려고 버티었다. 시간은 오후 11시를 넘어가고 있었고 겨울 밤 기온은 급격하게 떨어지고 있었다. 일기예보에서는 체감기온이 영하 20도라고 했다. 억지로 아이를 현관문 안으로 밀어 넣고 재빨리 안에서 자물통을 잠갔다. 그러자 아이는 아파트 현관문 안에서 자정이 넘도록 나가기를 시도하면서 제 부모와 난투극을 벌였다. 안에서 잠긴 자물쇠를 열라고, 부모가 쥐고 있는 열쇠를 내어놓으라고, 끊임없이 요구하고, 뒤지고, 찾고. 소리를 지르고, 문을 두드리고 했다. 어미와 아비는 난감했다. 아침에 나갔다 잠시 들이오고 점심 때 나갔더기 또 잠시 들어오고 또 저녁때 나갔다 이제 들어오는 것이라 이제는 조금이라도 지친 몸을 뉠 수 있기를 바랐는데 아이의 욕망은 끝이 없다. 새벽이 다가도록 아이의 행동은 멈추질 않았고 그 와중에 아이의 얼굴에는 손톱자국과 멍자국이 생기고 몸에도 상당한 회초리 자국들이 생겼지만 제 요구를 멈추지 않았다.

"그냥 위치추적기 채워서 내보낼까?"

칠십의 어미가 지쳐서 기운이 다 빠진 몰골로 말했지만 칠십 몇의 아비가 눈을 부라리며 소리쳤다.

"미쳤어? 지금 밖은 체감온도 영하 20도라잖아. 얼어 죽으라는 소리야?"

"그래도 이렇게 애를 때리기만 한다고 해결되나? 지가 추우면 돌아올 수도 있지 않을까?"

"아, 지난번에 먹지도 않고 자지도 않고 이박삼일 동안 걸어 다니다가 겨우 발견 되서 찾은 거 몰라?"

머리가 벗겨지고 체수가 짧은 칠십 몇의 아비가 요동치는 아이의 허리를 잡고 용을 쓰며 말한다.

"그래도 난 이렇게 계속 아이를 때려야 하는 게 싫어. 때려서 말을 들은 적도 한 번도 없었고…"

"얼어 죽게 만드는 것보다 낫겠지…"

아이는 그 와중에도 벗어나려고 애를 쓰면서 어미의 손목을 잡아 당긴다. 나를 빼줘, 나를 구해줘, 하는 표정으로. 이마에는 땀이 송송 나 있다. 칠십의 어미는 아이의 손을 뿌리치고 테이프로 요동치는 아이의 몸을 묶어보려고 하지만 여의치 않다. 방금까지도 정처 없이 걸어 다니는 아이를 따라 도 경계선을 이리저리 넘나들며 끊임없이 돌아다니다 왔기 때문에 온몸과 정신이 너덜너덜 헤진 기분이었다. 누가 죽인다고 해도 그러라고 할 정도로 여력이 없는데도 아이는 돌아오자마자 다시 나가자고 떼를 써서 이 사단이 난 것이다. 추위 속에서 아이가 가자는 대로 냄새나고 더럽고 으슥한 길들도 힘들게 따라다니다 겨우 데리고 들어왔더니 다시 나가자는 아이, 허기와 추위 때문에 더 이상 꼼짝도 할 수 없는 지경이어도 이를 악물고 다리를 끌며 따라다녔었다. 아이를 실종상태로 만들지 않기 위해서다. 인근 경찰서에서도 아이의 잦은 실종으로 안면이 익어있어서 신고 전화를 하기도 민망스러울 정도다. 추위 때문에 얼굴과 손발이 언 것은 물론 배가 쌀쌀하고 아파서 더 이상 나가있을 수는 없었다. 밖에서 생리현상을 무시하는 것도 다반사고 기를 쓰고 아이를 쫓아다니다 보니 발바닥은 살이 헤져 피가 나고 구멍이 날 지경이고 모든 관절들도 비명을

질러대고 있는 형편이다. 어미는 작심을 하고 생전 처음으로 119
를 돌렸다.

　서른여섯 아이의 얼굴에는 거뭇거뭇한 수염이 자리 잡고 있지
만 나이를 따라가지 못한 얼굴은 한창 앳되다. 언어가 없고 생각
이 어린 아이에 머물러 있으면 얼굴도 나이를 따라가지 않는 가
보다. 응급실로 오기 전 누세 시간의 난투극의 흔적으로 아이의
얼굴은 많이 지저분하다. 손톱에 긁힌 몇 개의 상처와 아비의 주
먹에 맞아서 아직 가라앉지 않은 붉은 자국이 남아 있지만 한바
탕 악마처럼 굴던 시간이 지나니 이제는 천사의 얼굴이다.
　당직 의사가 들어와 몇 가지 묻는다. 긴 머리의 젊은 여자다.
아가씨 같아 보이기도 한다. 인상은 나쁘지 않은데 얼마 전 만나
본 몇 명의 여의사들 때문에 긴장하게 된다.
　"약 먹는 거 있어요?"
　"네. 가져 왔어요."
　"아. 음… 약이 좀 약한 듯 하네요. 왜 다니던 병원에 가시잖고…"
　"거기 의사선생님도 안 계시고 다른 병원은 파업 중이고 해
서… 그런데 제가 사실 응급실보다는 정신병원에 애를 입원시키
길 원해서였는데 요즘은 강제 입원이 안 된다더군요. 본인 의사
가 중요하다고… 그런데 우리 애는 말도 못하고, 지능도 낮고…
그래서 일단은 응급실로 데려다 달라고 했는데 자기네는 다니던
병원 아니면 대학병원으로 가야 한다고… 여기 마침 당직 의사선

생님이 계시다 해서… 실은 며칠 전에도 얘를 입원시키려고 안양이니 수원이니 갔었지만 안 받아주더라고요. 말로는 자기네는 알콜중독만 받는다, 조현병만 받는다, 또 자기네 병원은 협소해서 얘하고 맞지 않는다. 등등 핑계대지만 생각해보니 우리 애가 기초수급자라서 거절하는 것 같았어요. 그래서 응급으로라도 오면 정신과 병원에 입원시킬 수 있는 방법이 있을까 해서…"

"어머, 여기는 대학병원이라 수급자 입원은 안 돼요. 외래는 되지만…"

인내심 있게 듣고 있던 의사가 급히 말한다. 어미가 멍한 표정이 되어 숨을 몰아쉬자 의사는 뭔가 실수했나, 하는 표정으로 바라본다.

"그러시면 일단 요 옆에 2차 병원이 있는데 거기는 수급자도 입원할 수 있다니 낼 아침에 거기에 얘기해놓을 테니 그리로 가보세요. 00병원인데 병원이 어떤가 인터넷으로 검색도 해보시고요."

의사는 검색을 할 만한 위인인가 확인하려는 듯 새삼스레 아래위로 훑어본다.

어미는 재빨리 검색을 해서 의사에게 확인 차 스마트폰을 들이민다. 의사가 고개를 끄덕이자 칠십의 어미는 일말의 희망이 생겨 내심 안도한다.

"진단은 언제 받았어요?"

"만 세살 때 자폐증 진단 받았는데… 특수교육만 해왔지 한 삼십년 넘게 행동장애 약 같은 건 안 먹이다가 작년부터 제 머리를 때리는 자해행동이 나타나서 약을 먹기 시작했는데… 맞는 약이 없는 거 같아요. 그냥 틈만 나면 집을 나가 끊임없이 낯선 데를 걸어 다니는데 먹지도 자지도 않고 걷는데다가 걸핏하면 고속도로로 걸어 들어가다가 순찰차에 잡혀오고… 의사소통도 안 돼서 뭘 요구하는지도 모르겠는 게 엄마로서 너무 힘들고 죽고 싶을 만큼 안타까워요. 이 증상의 원인도 안 밝혀지고 원인도 모르니 치료약도 없는 거고 그저 특수교육이나 대증요법밖에…”

“일단 약을 하루치 지어드릴게요 아버님은 어디 가셨나봐요. 어머니라도 옆에 계셔주세요.”

푸념이 늘어질까봐 그랬는지 여의사는 눈을 깜박이며 듣고 있다가 서둘러 격리실을 나간다. 그러면서 혼잣말처럼 중얼거린다.

“굳이 응급으로 올 건은 아닐 수도 있었는데…”

어미는 놀란 표정을 짓다가 쓴웃음을 지으며 간이 의자에 주저앉는다. 그래, 부러지고 깨지고 피가 흘러야 응급환자지, 그리고 얼어 죽어야만 응급상황이지. 얼어 죽기 전, 차에 치기 전, 칼에 찔리기 전, 투신하기 전까지는 응급상황이 아닌 것이지.

아이를 정신병원에 입원시키겠다는 부모의 심정까지 이해할 수 없을 것이다. 그게 얼마나 칠십 일생에서 제일 가슴 오그라드는 결정이었는지. 주변에서 이제는 어디로든지 보내야 한다고, 애정으로 데리고 있는 것만이 대수는 아니라고 충고질을 해도, 애는 나 없으면 죽어요. 그런데 보내서 애가 죽으면 나도 죽어요. 그랬었다. 그렇지만 지금은 달라졌다. 그런 일들이 조금 먼 미래의 일이라고 생각했었는데 지금 코앞에 닥쳤다. 남들이라고 애를 하늘로 보내고 잘들 살려고… 애가 죽었어도 살아진다는데… 어쩌면 부모의 그늘보다 그런데서 더 편하게 살 수 있는 가능성도 있지 않을까. 일말의 가능성을 애써 지어내듯 생각해서 내린 결정이었는데 그런데 우습게도 애를 받아주겠다는 곳은 아무데도 없었다. 경제적 능력 없고 이른바 백 없이는 부모노릇은 물론 여하한 결정권에도 자격이 없는 것이다.

아이는 아직도 눈을 뜨고 천정을 바라보고 있다. 어미가 옆에 있다는 것을 느끼고 있는 것 같은데 돌아다보지는 않는다. 잠시 후에 간호사가 채혈을 하기 위해 들어왔다가 아이의 강한 몸부림에 감당이 안 되어 두 사람을 더 불러와서 간신히 채혈을 했다. 그리고 그새 느슨해진 압박 끈들을 다시 조여 놓고 나갔다.

이 인간은 어디로 간 것일까? 잠시 생각이 나서 나가보니 맞은 편 대기실 소파에 잠들어있다. 엉덩이만 닿으면 잠이 드는 인간이다. 단벌 신사복 외에는 옷이 없어 후줄근한 점퍼를 입고 있는 그는 입성이 반 노숙자에 가깝다. 외형만 보면 측은지심이 일어나는 몰골이지만 사실 자신을 인생의 막장으로 들어서게 한 장본인이라고 칠십 어미는 생각한다. 외형이 중요한 게 아니라 내실이 중요하다고 생각했던 젊은 날의 오만한 생각을 저주한다. 눈에 보이는 외형과 달리 내실은 얼마나 오리무중이던가. 알 수 없는 것에 패를 던진 가장 무구한 무식함이었다. 죽은 것 같이 누워 있는 그에게 목도리를 풀러 덮어주고 격리실로 돌아온다.

아이는 아직도 허공을 바라보고 누워있다. 가까이 다가가 얼굴이라도 쓰다듬어주고 싶지만 아이가 원망의 눈초리로 쳐다볼 것만 같아 조금 떨어져 앉아 주시하기만 한다. 문이 열리고 간호사와 남자의사가 들어온다. 엉덩이 주사를 두 대나 놓는데 아이를 제어하기 힘들어하며 한명을 더 불러들인다. 이제껏 아이의 거센 반항에 독감예방주사도 한 번 맞히지 못했었던 것을⋯ 안정제 한 대로는 아이의 의식을 삼재울 수 없는 것 같다. 길에 대한, 방랑에 대한, 아이의 지대한 열망, 거대한 열망, 끝나지 않는 갈망은 그 무엇도, 여하한 강한 진정제의 약효까지도 넘어서는 것 같다. 링거를 맞게 하려고 했는데 바늘 꽂기가 어려워 포기해야겠다며 간호사가 커튼을 치며 방을 나간다.

새벽이 되어서야 눈이 감기는지 아이는 가수면 상태에서도 찡그린 표정으로 눈을 게슴츠레 뜨더니 옆에 서 있는 칠십의 어미를 곁눈질하다 안심하듯 다시 눈을 붙인다. 어미는 아이가 잠든 것 같아 의자에 앉아 잠시 숨을 돌린다. 밖에서 영하 20도의 바람이 질주하는 소리가 들린다.

천박하고도 요염한 붉은 색의 철쭉꽃 너머로 연초록의 미루나무 몇 그루가 보이고 그 뒤로 흰구름이 엷게 퍼진 하늘이 보인다. 그녀는 흙이 있는 적당한 곳을 찾아 이젤을 펼치고 도구상자를 연다. 멀지 않은 곳에서 아이들의 웃음소리가 터지는 것을 들으며 그녀는 엠버 색을 묻힌 가는 붓으로 스케치를 시작한다.

"야, 이거 뭐야? 구도가 해밀턴 핀레이의 정원 같네."

어느 새 다가 온 준오 씨가 두 손을 이용해 액자형태의 사각으로 만들더니 이리저리 허공에 들이댄다. 어제 전시장에서 본 핀레이의 그림이 인상 깊었던 모양이다. 그녀는 굳이 그런 생각까지 들지 않는다. 아마도 철학을 가르치는 그에게는 그림 속 석판의 글 내용에 좀 더 관심이 쏠렸는지도 모르겠다. 그림 속 석판에는 라틴어로 '나, 죽음은 여기, 삶의 한 가운데 있노라'라고 새겨져 있다.

"뭐, 사실 썩 좋은 구도는 아니지만 여기가 그 중 낫긴 하네. 가운데 사람 하나 있으면 딱인데? 은솔아! 오늘 모델 한 번 할까?"

요즘 박물관 스터디를 하며 얻은 나름대로의 지식을 내보이며 준오 씨가 손나팔을 만들어 근거리에 있는 큰딸을 부른다. 리본이 달린 넓은 챙모자에 분홍색 물방울무늬 원피스를 입은 딸은 내년이면 중학생이 된다. 은솔은 동생의 손을 잡고 맴돌이를 하다가 뛰어온다. 나풀나풀 커다란 나비 같아 보인다. 초등학교 3학년인 진솔이도 덩달아 뛰어온다. 하나는 예술가가 꿈이고 하나는 과학자가 꿈인 애들이다.

"저기 나무 가운데서 뭔가 들여다보는 자세로 서 볼래?"

은솔이가 활짝 웃으며 나무들 사이로 가더니 이렇게? 하며 나름대로 포즈를 잡는다.

"굳이 핀레이를 따라 할 필요 없을 것 같은데… 석판도 없구만."

그녀가 재빨리 그 모습을 스케치하며 재밌다는 표정으로 웃는다.

"하긴 그렇다. 석판이 뭐 중요한가? 그냥 그대로 아르카디아에 우리 애들이 있으면 하는 바람인 거지… 그래도 그림은 살잖아 자, 봐."

"아유, 오버하는 것 아니야?"

둘은 젊었을 때 캠퍼스 교정에서 팔꿈치로 툭툭, 치며 웃던 때처럼 팔꿈치로 가슴팍을 치는 시늉을 하며 장난을 친다. 아이들이 돌아오자 준오 씨는 아이들을 데리고 나무밑에 쳐놓은 그늘막 텐트로 들어간다.

그녀는 팔레트에 컴포우즈 블루와 코발트 블루 딥, 퍼머넌트 화이트 그리고 울트라마린 블루를 조금씩 짜놓고 테레빈유 통에 붓을 담근다. 하늘이 파랗다, 아니 옥색이다. 아니 셀룰리언 블루일까? 그녀는 햇빛과 바람 속에서 규정지을 수 없는 하늘색을 오랫동안 바라본다. 햇빛 속에 사위가 녹아들면서 몸이 붕 떠올라 구름 위에 앉은 듯한 노곤함이 밀려온다. 이런 게 행복이란 걸까? 구름 위에서 낮잠 자는 신선이 따로 없다는 느낌이 들 즈음에 어디서가 삑삑 거리는 소리가 어렴풋이 들린다. 뭐지? 관리인인가? 여기가 금지된 구역은 아닌 걸로 아는데 무슨 소리일까? 아이들은? 준오 씨는 왜 보이지 않는 거지? 그녀는 무거워진 눈꺼풀을 들어 올리려 애를 쓰다 퍼득, 잠이 깬다.

아이가 잠들어 있는 침대 머리맡 네모난 생명유지 장치에서는 간헐적으로 삑삑 소리를 내면서 기계장치의 이상 없음을 알리고 있는 중이다.

〈마녀와 그 밖의 밤의 공포들〉

'램'은 늙은이들이 생각하는 마법에 모순이 있다고 생각하지만 그렇다고 그런 것들이 터무니없다고 생각하지도 않는다. 그는 어렸을 때 '스텍하우스'의 『성격의 역사』라는 책에서 두 가지 그림을 보게 되는데 하나는 '노아의 방주' 그림이고 하나는 이스라엘 초대왕인 사울이 무녀를 찾아가 죽은 옛 스승 사무엘을 불러내게 하는 그림이다. 망토로 뒤덮인 늙은 마녀의 모습 때문에 그는 매일 밤 악몽을 꾸며 공포에 시달렸다고 한다. 그러나 이제 어른이 되어 그런 공포에서 벗어나 대신 건축이나 건물들에 대한 상상력으로 바뀌게 된다. 그는 로마나 암스테르담, 파리, 리스본 등의 도시와 사원이나 광장, 시장 등을 지도를 들고 찾아다녀보고 싶지만 그 역시 바람일 뿐이다. 어느 때는 해신의 환영 속에서 어떤 바다의 결혼식에 가보는 꿈도 꾸어보지만 그가 할 수 있는 것은 자신의 분수에 맞는 세계로 돌아와 주저앉을 뿐인 것이다.

아침 9시가 되자 여의사와 교대를 했는지 남자 의사가 들어와 사흘치의 약을 주며 퇴원 수속을 하라고 한다. 소개해준 2차병원까지 어떻게 갈 거냐며 구급차를 불러줄까, 하며 의사가 호의적으로 묻는다. 그러나 비용은 자부담이라고 한다. 택시로 가기로 하고 퇴원 수속을 끝내고 돌아오니 잠깐 잠이 들어있던 아이가 깨어있다. 묶인 끈들을 간호사가 풀어주자 아이는 부시시 일어나 어미의 손목을 잡는다. 외투를 입은 채 누워있어서 옷이 엉망으로 구겨져있다. 처음엔 좀 휘청하는 듯 했으나 출구를 찾는 사이 아이는 손을 놓고 병원을 제멋대로 돌아다닌다. 외부인 출입금지 구역까지 침범한 아이는 새로운 곳을 돌아본 만족감으로 에스컬레이터를 내려오며 얼굴 표정이 밝아진다. 호기심을 해소한 것에 대한 만족감이다. 잠시 후면 부모와 헤어져 병원에 갇혀있을 처지인 것도 모르는 아이의 미소를 보며 어미는 무너지지 말자 마음을 다잡는다. 묻고 물어서 정문을 찾아 나가 마침 손님을 내려주고 있는 택시를 잡는다.

"00정신병원."

기사는 처음에는 위치를 잘 모르겠다 하더니 어디서 들은 듯하다며 제대로 찾아가 내려준다. 복잡하고 분주한 공간에 있는 십이층 높이의 빌딩이다. 그 중 겨우 세 개 층만이 해당 병원이다. 그런데도 의사는 네 명이나 된다니 안심된다. 아이는 엘리베이터를 타고 오르는 동안도 잠시 후 닥칠 일생일대의 커다란 사건, 부모와 떨어져 병실에 갇혀 강제적인 약물과 주사를 맞으며 살게 될지도 모를, 그런 운명적인 상황을 알지 못한다. 어미는 머리가 자꾸 비어지는 것 같아 어지럽지만 마음 가운데 얼음 기둥을 세워본다. 이번에는 정말 아이와 떨어져보자. 입에서 단내가 풀풀 나고 어깨는 굽고 무릎은 휘청거리지만 심장은 차게 유지해

보자. 어미는 자꾸 입을 앙다물지만 아이의 표정은 어제 무슨 일이 있었냐는 듯 밝고 편안한 얼굴이다.

병원 접수대에서는 들어가자마자 처음 오신 분은 인적사항을 써주세요 하며 접수용지를 내민다. 읽으며 써내려가는 동안 아이는 직원이 들고 있던 서류봉투와 볼펜을 뺏어 두드리며 돌아다닌다. 아비는 큰일 아닌 것 같아 내버려둔다. 접수를 하고 난 어미가 아이에게서 봉투와 펜을 뺏어 돌려주고 정수기의 물을 마시게 한다. 주변 소파에 앉아있던 몇몇이 호기심 어린 눈초리를 보내고 있다. 위험하거나 사나운 표정들은 아니고 그저 힘없는 병자들 같은 모습이다. 아이는 대기실 소파 옆에 있던 잡지를 한 권 들고 책장을 팔랑거리며 돌아다닌다. 이번에도 오래 기다리게 하려나… 지난번 수원에 있는 병원에 갔을 때는 한 시간 반을 기다리게 해놓고 진료실에 들어가니 대뜸 이 사람은 받을 수 없어요, 했었다. 그럴 거면 뭣하러 한 시간 반을 기다리게 했는지, 자꾸 밖으로 도망가는 이런 애를 한 시간 반을 붙잡아 놓는 것이 얼마나 힘든 일인지 알기나 하냐며 욕을 해주고 싶었지만 그냥 나왔다. 그 이유를 알 것 같았기 때문이다. 의사는 뒤통수에 대고 약은 해줄 수 있다고 톤을 높여 말한다. 필요 없어요, 하고 같이 톤을 높여 쏘아주었다. 그래도 여기는 대학병원에서 연락도 해주고 마침 한 명이 퇴원해서 입원 가능하다고 확인도 해주었으니 아마도 오늘은 일이 순조롭게 될 것 같다. 그런데 정말 그렇게 순조롭게 되면 어쩌지? 평온을 가장하던 어미의 가슴이 다시금 콩당거린다. 접수대 뒤에서 웬 남자가 하나 나오더니 아이의 이름을 부른다. 쳐다보니까 어머니 한 분만 잠깐 들어오세요 한다. 뭐지? 사무장 같은 사람인가? 혹시 입원 수속에 대해 얘기하려는 걸까? 가운도 안 입고 있는 남자를 따라 들어가자 그는 뭔가 난색을 표명한다.

"새벽에 병원에서 연락은 받았는데요… 아까 보니까 병원에 들어오자마자 간호사한테서 서류며 볼펜을 뺏어 들고 그러던 네…"

"네, 얘가 어려서부터 필기구에 집착이 많았는데 그게 안 고쳐지네요. 그렇지만 남에게 폭력적이거나 그런 성향은 아니에요. 생전 얻어맞긴 했어도 때리거나 한 적은 없으니…"

"네, 바로 그런 문제죠."

"?"

"여기 다른 환자들하고의 마찰을 생각해야하는데 저렇게 남의 물건을 뺏다가는 다른 환자들에게 폭행을 당할 수도 있어요. 그런 문제입니다. 우리가 일일이 그런 부분을 감시할 수 없거든요. 여긴 알콜이나 우울증 뭐 이런 환자들이라서… 아드님의 경우는 간병인이나 보호자가 붙어 다녀야 하는 상황인거죠. 간병인이 있는 병원으로 가시는 게…"

포장은 하지만 결국은 또 아이가 기초수급자인 것이 문제가 되는 것이구나 하고 어미는 생각한다. 그럴듯한 말들로 핑계를 대는 것이지만… 어미는 아무 말 없이 일어나 상담실을 나왔다. 의사인지 모를 남자는 뒤에 대고 소리친다.

"어머니, 그럼 접수 기록 없애도 되지요?

기록을 남기는 것도 손해가 되는 모양이다. 고개를 끄덕여주고 아이의 손을 잡고 병원을 나선다. 그래, 차라리 잘됐다고 생각하자. 아이를 두고, 영문 모르게 쳐다볼 아이의 눈초리를 외면하고 나와야 되는 일은 없게 되었으니 다행으로 생각하자. 택시를 타고 돌아오는 차 안에서 어미는 계속 헛웃음을 짓는다.

집으로 돌아온 아이는 계속 잠만 자고 있다. 커튼 사이로 들어오는 햇빛이 아이의 귓불에 난 솜털을 일일이 세고 있다. 태어났을 때 아이는 털복숭이었다. 간호사는 털이 많은 아기가 크면 미남이라네요, 하며 웃어주었다. 크면서 아이는 정말 유명 배우 아무개 뺨치는 인물이라는 소리도 듣고, 너댓 살 때부터는 여학생들이 아이 뒤를 졸졸 따라다니며 속눈썹이 왜 이리 기냐, 피부가 왜 이리 하야냐며 너무 예쁘다고 어쩔 줄을 몰라 하기도 했다. 아이의 증상이 원인을 알 수 없는, 아직 세계적으로 규명되지 못한 증상임을 알게 되었을 때 어미는 온갖 논문과 관련 책들을 찾아 읽었다. 당시 제일 잘나가는 책의 서문에는 이런 글이 적혀있었다. 서양에서 전해져 오는 얘기에, 너무 예쁘게 태어난 아기는 요정이나 마녀가 몰래 바꿔치기 한 아이여서 아이는 눈도 안 마주치고 말도 안 한다는 것이다. 요정이나 마녀가 바꿔치기했다면 그러면 진짜 내 아이의 혼은 어찌되었다는 것일까? 서양의 요정이나 마녀는 혹시 동양의 귀신이나 무당과 비슷한 존재가 아닐까?

어미는 아주 오래전의 기억들을 떠올린다. 도대체 과학적으로도 영문을 알 수 없는 아이의 증상에 어느 귀신이 해코지를 했다는 것인가? 귀신이라면 짚이는 데가 있었다. 아이 낳다가 죽은 귀신, 암으로 죽은 지 오래 된 이복 언니의 생모가 어느 비오는 날 남편이 출장을 간 사이에 혼자 아이를 낳다가 죽었다는 것이다. 그렇다고 그 후에 상처한 남편이 다시 결혼한 여자의 자식에게 원한이 닿을 수 있다는 것일까? 보지도 못하고 알지도 못했던 죽은 여자의 원혼이 엉뚱하게도 자신에게 닿아있다는 그런 운명이 가당키나 한 것일까? 그렇지만 친척들은 속닥거리듯 말했었다. 애 낳다 죽은 귀신의 원혼이 참으로 독하다고, 어렸을 때 들은 그 얘기는 오랫동안 공포로 자리했었다. 아버지가 병들고 어머니가 사고로 다치고 자신도 중이염으로 고열에 시달릴 때 잠자리에 들면 천정에서 어떤 여자가 머리칼을 잡아 당길 것 같은 공포로 섬뜩해졌던 시기도 있었다. 그러나 시간이 지나면서 내 잘못도 아닌 나에게 무슨 복수할 거리가 있다는 말인가? 이 어리석은 귀신, 덤빌 테면 덤벼봐 내가 지나? 귀신 따위는 두렵지 않다. 난 귀신보다 힘이 센 인간이거든, 뭐 그런 생각을 했던 것도 기억난다. 그러나 다시 시간이 지나니 그런 생각도 이제는 희미해진지 오래고 모두 다 부질없는 생각이 든다.

귀신에 대한 공포는 살아내야 하는 공포에 비하면 사실 아무것도 아니다. 그것도 아주 낮은 자리에서 가난하지만 비루하지 않게, 자존감도 잃지 않게. 그러나 살아내려는 몸부림은 가끔 벌

82

레가 되어 땅바닥에서 굼틀거리는 기분일 때가 많다. 그래도 남들보다 더 꿋꿋하게 살아 낼 수 있다는 자긍심은 잃지 않고 살아왔다. 모든 사람들이 그런 말들을 했다. 위로인지 멸시인지 모를 말들. '난 너 같이 살라면 절대 못 살아 미쳐버리거나 자살해버리고 말지'. '아무래도 전생에 무슨 죄를 지었는가보다 지금의 너는 참 선하게 살아온 걸 내가 알지만.' 부모도 형제도 친구도 마치 불행이 옮을 것처럼 멀리 떨어져서 말했었다, 마치 '욥'을 걱정하는 친구들처럼.

〈제야〉

'램'은 제야의 종소리를 들을 때마다 지난 열두 달 동안 흩어져 있던 모든 영상들을 그러모은다. 대개의 사람들은 새해를 유쾌하게 맞이하지만 램은 장래를 바라보는 것이 두렵기만 하다. 무엇을 바라는 일이 없이 그저 지난날 낙담했던 일들, 불행했던 일들의 귀결을 생각해본다. 그러면서 남은 생존기간을 수전노가 동전을 한 푼 아끼듯이 촌음의 시간이라도 가는 것이 아깝게 생각된다. 그는 목숨이 슬그머니 영원 속으로 실어가는 물결에 떠내려가는 것을 원치 않으며 죽은 자들이 맞이할 수 없는 새해를 맞고 있는 것에 우월감을 느낀다. 그리고 살아 있어야 누릴 수 있는 것들을 생각한다. 해와 하늘, 부드러운 미풍, 외로운 산책, 여름 휴

일, 들판의 푸르름, 고기와 생선의 맛있는 국물, 그리고 사람들과의 사교, 기분 좋게 드는 술잔, 순진한 허영심, 농담, 빈정대기 등등을.

　주사와 약의 효과가 뒤늦게 나타나는 것인지 아이는 하루 반나절을 계속 잠에 취해있다. 아비는 깨워서 무언가를 먹여야한다고 주장하지만 어미는 먹는 것보다 자는 게 더 낫다고 주장한다. 평소에도 아비는 못 먹는 걸 더 큰일로 여기고 어미는 잠을 못자는 걸 더 큰 일로 여긴다. 아비는 냉장고에 먹을 게 가득 차 있는 걸 행복으로 여기고 어미는 눈을 감고 음악을 들으며 휴식을 취하다가 잠에 빠져들기를 원한다.

　어미는 잠든 아이의 발치에 앉아 잠깐 잠들었다가 눈을 뜬다. 커튼 사이로 짧은 겨울 빛이 들다가 앞동의 건물 뒤로 사라진다. 난방을 계속 틀었는데도 어깨가 시리다. 카디건을 찾다보니 아비는 모로 웅크리고 누워 자고 있다. 더욱 조그마해진 아비의 쪼그라진 몸피가 안스러워 담요를 한 장 더 덮어준다. 카디건을 걸친 어미는 구석진 벽에 기대 앉아 눈을 감는다. 차가운 벽의 기운 때문에 몸이 더 으스스 추워진다.

　이제 오늘이 가면 새해가 된다. 지난 열두 달의 일들. 무엇을 했던가? 아무것도 계획하지 않았고 아무 것도 한 것이 없다. 계속 집을 나가는 아이를 잃어버렸다 찾고 또 잃어버렸다 찾고의 반복이다. 그건 것이 벌써 3년이 되어 간다. 전국 실종아동센터의 단골 신고자가 되었고 경찰의 핸드폰에 아이의 사진을 돌린 것도 수십 번이다. 어느 날엔 문이 열린 틈을 타서 맨발로 뛰쳐나가는 아이를 잡느라 역시 맨발로 좇아가서 간신히 목덜미를 잡았더니 티셔츠를 훌렁 벗으며 뛰어가고 또 좇아가서 바지허리춤을 잡았는데 하필 고무줄 허리라서 바지까지 벗어버리는데 팬티까지 딸려 내려가서 급기야는 맨몸으로 찻길을 건너뛰는 일도 발생했다. 112 신고를 두 번이나 했더니 네 명의 경찰관이 출동해 어디선가 아이를 찾아 맨몸에 비옷을 입혀 데리고 왔다. 경찰들은 신발을 신은 채 좁은 방안에 들어와 아이를 눕혀놓고 걱정스레 말했다.

"괜찮으시겠어요. 병원에 데려다주는 게 낫지 않겠어요. 감당하기 힘드실 것 같은데."

어미는 도리질을 했다.

"아녜요, 아녜요. 얘는 병원에 갇혀 있으면 미쳐 죽을 거예요. 그럼 나도 죽어요. 여지껏 잘 지냈는데 이번 처음 있는 일이니 마음이 안정이 되면 괜찮을 거예요."

참 모를 일이다. 비록 언어 표현은 없었어도 다니던 보호작업장에서 일도 잘하고 심성도 착해서 연말이면 '착한 마음상'이라는 상장도 타오고 어쩌다 웃을 때면 '살인미소'라며 주위사람들이 탄성을 지르며 같이 즐거워하기도 했었는데 왜 이렇게 되어버렸을까? 생각해보니 웃는 표정을 본지도 오래되었다. 같은 증상을 갖고 있던 다른 아이들은 어릴 때부터 행동장애 약을 먹여왔다고 했지만 온순한 성격이어서 약을 먹일 생각은 하지 않았었다. 정신건강학과 의사는 아이에게 검증된 효과의 행동장애 약을 처방했지만 큰 효과가 없었고 그후 조울증, 치매, 공황장애, 불안장애, 등등의 약을 조금씩 시도해보았지만 뚜렷하게 나아지는 것은 없었다. 낯선 곳을 한없이 걸어 다니는 병, 먹지도 자지도 않고 걸어야만 하는 병, '분홍신'의 무도병과 같은 것인가? 먹지도 자지도 않고 춤을 추어야만 하는, 신을 벗을 때까지 춤을 멈출 수 없는 병, 아이는 춤추는 대신 죽을 때까지 걸어야하는 병에 걸릴 것인지도 모른다. 분홍신을 벗어야만 춤을 멈출 수 있는 것처럼 아이에게도 어떤 해법이 있지 않을까? 어미는 한때 자신이 집 없이 떠돌아다니며 춤추며 노래하는 집시의 혼을 가졌는가보다고 생각한 적이 있었다. 직장생활을 하며 방랑자여, 방랑자여, 하는 노래를 읊조리며 다닌 적도 있고, 짐승의 썩은 고기를 먹는 하이에나가 아니라 눈덮힌 산정에서 얼어 죽는 표범이고 싶다며 언젠가는 꼭 킬리만자로에 올라가고 싶다는 계획도 세운 적이 있다. 삼라만상의 섭리를 깨치고자 방학 기간에는 암자를 찾아다닌 것도 기억이 난다. 아마도 생의 비의, 어쩌고 하는 단어를 입에 달고 다녔었던 같기도 하다. 몸이 떠돌고 마음이 떠돌던 시절을 기억하며 새삼스레 잠들어 있는 아이를 본다. 언제 어떻게 분홍신을 벗게 되었는지는 생각나질 않는다. 어쩌면 아이가 태어나면서 아이가 그것들을 가져감으로서 벗게 된 것이나 아닐까? 그러면 아이는? 아이는 어떻게 벗어나게 해주어야 하는 것일까? 제 의사를 표현할 어떠한 도구도 갖고 있지 못한 아이에게, 남이 말하는 뜻을 잘 이해도 못하는 아이에게 어떻게 해주어야 그 분홍신을 벗길 수 있는 것일까?

어미는 무릎을 꿇고 앉아 가슴 속으로 피땀을 흘리며 기도를 한다. 주여, 아브라함의 아이를 가진 하갈이 그 아내 사라에 의해 사막으로 쫓겨났을 때 하갈은 자식이 목말라 죽는 모습을 보고 주님께 울부짖었습니다. 주여, 그 자식에게 물을 내려주시어 살려내신 것처럼, 주여, 이 어미의 죄를 보지 마시고 영·혼·육이 말라가는 저 아이에게 생명수를 내려주소서. 죄가 있다면 이 어미의 것이오니 부디 어미의 죄를 보지 마시고 목마른 자식에게 물을 주소서, 물을 내려 주소서~ 물을 내려주소서~ 메마른 영혼을 적시어 주소서…

입안에 침이 다 마르도록 수없이 되뇌이던 칠십 어미는 어느결에 자신도 모르게 모로 쓰러지며 혼미함에 빠져든다. 온몸이 커다란 바위에 짓눌려 조금씩 조금씩 밑으로 가라앉는 기분이 들면서 편안한 기분도 든다. 내가 지금 숨을 쉬고 있기나 한 걸까? 하는 생각을 하고 있는데 뭔가 움직이는 기척이 느껴진다. 아이가 부스스 일어나 자신을 내려다보고 있다. 그러더니 아이는 천천히 양말을 신고 바지를 입고 점퍼를 걸치더니 기절한 것처럼 자고 있는 아비의 바지주머니를 뒤져 열쇠를 찾는다. 얘야, 하지마라. 하지마! 몸을 일으키려는데 커다란 바위 밑에 깔려있는 몸은 꼼짝을 할 수가 없다. 지금 나가면 얼어 죽을지도 몰라, 하는 말을 뱉으려도 소리는 나오지 않는다. 잠시 후 찬바람이 들어와 방안을 한 바퀴 돌다 사라지는 것 같더니 다시 아무 일 없었다는 듯이 눅진한 훈기가 전해진다. 그런데 생각해보니 아직도 눈을 뜨지 못하고 있는 자신을 본다. 눈도 못뜨고 죽은 듯이 누워있는데 무엇을 봤다는 것인다. 그래 이건 꿈이지. 꿈속에 있는 거지 그런데다 아이는 평소 나갈 때면 문을 활짝 열어놓고 나가는 버릇이 있거든. 그래, 그러니깐 이건 분명 꿈이야. 나는 지금 꿈속에 있는 거다.

어디선가 뎅~뎅~ 울림이 긴 종소리가 가깝게 들리다가 아스라이 멀어져 간다. 제야의 종소리인가 보다. 옆집의 혼자 사는 골초영감은 귀까지 어두워서 항상 티브이를 크게 틀어놓는다. 이제 종소리가 끝나면 죽은 자들이 맞이할 수 없는 새해가 시작되리라.

칠십의 어미는 문득 '램'이 말한 산 자의 우월감을 생각해본다. 이제껏 죽은 것처럼 살아온 삶에서 벗어나 나도 산 자의 우월감을 찾을 수 있을까? 그래서 해와 하늘, 부드러운 미풍, 외로운 산책, 맛있는 음식, 사람들과의 사교, 농담, 빈정대기 등등을 누릴 수 있을까?

제야의 종소리는 아직도 길게 이어지고 칠십의 어미는 산자가 누려야할 아름다운 것들을 꿈꾸기 시작한다.

*찰스 램(Charles Lamb : 1775년 2월 10일~1834년 12월 27일)은 영국의 수필가 및 시인. 런던에서 출생한 그는 정신병 발작으로 어머니를 죽인 누나인 메리 램의 보호자로서 일생을 독신으로 보냈다. 아동들을 위한 『셰익스피어 이야기』는 셰익스피어의 작품에서 20편을 뽑아 누이 메리가 희극을 맡고 그는 비극을 맡아서 쉽고 아름다운 문장으로 쓴 것이다. 1863년에 발표된 『엘리아 수필집』은 영국 수필 최고의 걸작으로 불린다.(위키백과)

'보뚜'를 조심하세요

오늘도 새벽안개가 자욱하다. 아무래도 5시에 출항하기는 틀린 모양이다. 오늘은 조금 지나 무시라 우럭 조황은 좋을 듯한데 안개가 또 발목을 잡는다. 물때뿐 아니라 수온도 제법 올라가서 포인트만 잘 찾으면 단골 조사들에게 대어를 안겨 줄 확률도 높을 날이다. 게다가 토요일이어서 인터넷 예약손님만으로도 정원이 다 찼는데 안개가 막고 있다. 그래도 봄철 농무기에 대한 해양 경찰의 단속은 소홀한 것보다 철저한 것이 더 나을 것이다. 지난해 아랫녘에서 어선과 유선이 충돌해 사상자를 낸 큰 사고가 있었기 때문이다.

십 수척의 정박등 사이로 부두에서 서성거리는 사람들의 모습이 흡사 이리저리 번져나가는 먹물처럼 얼룩덜룩해 보인다. 그 모습을 보니 지난밤 꿈속에서 형체를 몰라 애타했던 검은 물체가 떠오른다. 붓으로 쓰윽 반원을 그렸을 때 나타낼 수 있는 어떤 모습. 그 모습이 무얼까, 생각하다가 잠을 설쳤다. 쓰잘데기 없는 꿈에 잠을 설치다니… 아무래도 요즘 아내의 붓글씨 공부에 너무 관심을 많이 가졌던 것 같다. 아내는 관절염이 심해진 뒤로 한동안 우울증에 시달리며 사람을 괴롭히더니 다행히 자식들의 권유에 새로운 취미를 갖기로 했단다. 그러고는 붓글씨 도구를 사들이고 문화센터라는 곳에도 나가기 시작했다. 아내가 집에서 먹을 갈 때면 강 선장은 이상하게 먹내에 끌렸다. 묵향을 맡으면 왠지 가슴 속에 박무가 내리는 듯이 축축하고 아련한 마음이 되면서 뭔가가 자신에게 살포시 다가오는 기운이 느껴졌다.

건너편 부두 쪽에선 수십 개의 오렌지 색 불빛이 안개 속에서 둥그렇게 퍼지고 있다. 희고 자그맣게 보이는 불빛은 아마도 인근 바다에 나가 안개의 척도를 가늠하고 있을 경비정일 것이다. 안개의 가시거리는 부두 뿐 아니라 바다에서도 측정한다. 때로 부둣가만 안개가 걷어지고 바다에는 안개가 그대로 남아있을 경우가 있기 때문이다.

"하 참, 오늘이 오길 은근히 기다렸구만…"

강 선장은 갑판에 서서 하릴없이 담배를 피워문다. 이달 초까지는 예년보다 수온이 낮아 배를 띄우지 않는 날이 많았다. 게다가 사리물 때나 평일에는 아예 출항을 하지 않은 날도 있었으니 마음이 심하게 근질거리기도 했던 참이다. 그러나 안달할 일만은 아니다. 이러다가도 한두 시간 안에 안개주의보가 해제될 때가 더 많기 때문이다. 어디 한두 번 경험해본 일이던가. 조사들 역시 그걸 아는지라 되돌아가는 사람은 거의 없다. 그런데 이상스럽게 오늘따라 안달증이 생기는 것 같다.

강 선장은 담배를 한 개비 더 꺼내 문다.

"커피드려요?"

사무장 일을 보는 일순 엄마가 선실 밖으로 빼꼼이 얼굴을 내민다. 얼굴이 부숭부숭하다. 만보녀석하고 한바탕 한 모양이다.

"왜? 또 싸웠남? 얼굴이 부었구먼."

"아녀요, 괜스리 잠이 안 와서… 이젠 나도 늙어서리 형님처럼 쉬고 싶구만요."

형님이란 아내를 두고 하는 말이다. 생각해보니 일순 엄마도 벌써 오십이 다 되었다. 나이를 속일 수 없는 것이 날렵하던 몸매가 어느 결에 뭉실해졌다. 아내가 몸이 아파 가이드랄지 사무장이랄지 하던 일을 그만 둔 것이 벌써 오년이나 되었다. 처음 이 배를 탔을 때 일순 엄마는 조그만 체구라도 빳빳한 오기가 있어 그런지 가끔 실없는 조사들과 다투는 일도 없지 않았다. 그러나 제 할 일은 알아서 다 하는 씩씩한 여자였다. 그러나 만보녀석의 투전질에 이제 그만 지쳐 가는가 보다. 아이 데리고 한 번 가출했다 돌아온 일순 엄마는 이제 다시 그런 시도조차 못할 만큼 지쳐 보인다. 하긴 쥐뿔도 없는 여자가 아이 둘 데리고 나간들 무슨 뾰족한 수가 있을까마는… 언젠가 한 번 지나가는 얘기로 일순 엄마의 딱한 사정을 얘기했다가 아내에게 한 소리 들은 적이 있다.

"시끄럽소, 오지랖은… 난 그 일 안햅디여? 멀미약 먹어가며 배를 탔던 즈이 마누라 고생은 기억에도 없소?"

아내는 인근에서는 드물게 공부를 한 여자이지만 화가 날 때면 사투리를 쏟아내는 버릇이 있다. 그럴 때면 아주 다른 사람 같다. 사근사근하고 나긋나긋하던 도시형의 목소리가 어떻게 그렇게 변할 수 있는지 강 선장은 의문이다. 하지만 아내가 배를 탔던 것은 아이엠에프로 강 선장이 직장을 잃고 난 한참 뒤였으니 뭐 한 7, 8년 되지 않았을까 싶다. 그때의 고생이 무에 그리 크다고 툭하면 관절염 타령을 하는 것인지… 아마도 아내는 도시에서 자라 이곳 사람들의 생리와 의리를 전혀 이해를 하지 못하는 것일지도 모른다. 그러나 자식 셋을 서울에 있는 대학에 합격시키고 번듯한 며느리까지 들인 아내의 눈부신 활약 때문에 강 선장은 젊었을 때와 달리 맞대거리를 하지 않게 되었다. 나이를 먹다보니 그것이 '싸나이' 운운하며 억누르는 것보다 훨씬 속편한 일임을 터득하게 되었다.

해경 출장소에서 안개주의보 해제 방송이 나온 것은 6시가 조금 넘어서다. 낚싯대를 매고 아이스박스를 든 사람들이 우르르 몰려들어 재빠르게 저마다 예약한 배에 올라선다. 토요일이어서 그런지 아이를 데리고 온 부부도 있다. 열 살 쯤 되어 보이는 사내 녀석이다. 강 선장도 한때는 아들 녀석을 데리고 낚시를 다녔었고 또 그 자신도 아버지에게 낚시를 배웠었던 생각이나 눈이 마주친 아이의 아버지에게 손을 번쩍 들어 보인다.

아내의 전화로는 이십 명분이 다 입금되었다고 한다. 강 선장은 배에 오르는 인원을 속으로 헤아린다. 그런데 마지막으로 헤아린 여자 하나가 아까부터 우물쭈물하며 배에 오르지 못하고 있다. 일행이 없는 것인가? 여자의 행색은 낚시와 어울리지 않게 달랑 등산복차림이다. 게다가 핑크색 일색이다.

"혹시 이 배에 예약했어요?"

강 선상은 도움도 청하지 못하고 어쩔 줄 모르는 여자에게 손을 내밀며 묻는다. 자칫 미끄러지기라도 해서 바다에 빠지면 그것도 낭패다. 여자는 대답대신 고개를 끄덕이며 내민 손을 잡는다. 벙어린가? 대답도 못하게… 하는 사이 여자가 기우뚱하면서 넘어질듯 하다가 강 선장에게 안긴다. 강 선장은 뒤로 자빠지지 않으려고 버티다 짧은 순간 여자를 부둥켜 안은 꼴이 되었다. 배의 선수가 낮아 부두와 연결해 놓은 널빤지의 경사가 심한 탓이다. 속으로 혀를 차며 여자의 얼굴을 보려하니 여자는 재빠르게 선수를 지나 갑판으로 내려가 버린다. 허리까지 내려온 긴 머리채가 여자의 등 뒤에서 출렁거린다. 여자가 지나간 허공에 희미하나마 익숙한 향내가 남아있다. 묵향이다. 강 선장은 순간 멍한 느낌이 들어 좁은 갑판 사이로 걸어가는 여자를 다시 한 번 본다. 단골 조사인 김 사장도 스쳐지나간 여자를 흘끔거리는 중이다. 그리고 보니 혼자 맨손으로 낚시 배에 오르는 여자는 처음이다, 맨손으로 와서 낚싯대를 빌려 쓰는 사람들은 있었지만 일행이 없이 혼자 온 사람은 없었다. 그것도 여자가… 묘한 여자네. 빈손인

걸 보면 낚시광은 아닐 테고… 조타실로 들어가던 강 선장은 문 득 여자와 부딪쳤을 때 뭉클했던 감각이 새삼 떠올라 얼굴이 붉 어진다. 다행히 아무도 눈여겨 본 사람은 없었던 것 같다.

희뿌연 여명 속에 불을 밝히고 거인처럼 누워 있는 인천대교를 지나 삼십 여분을 더 달린 다음에야 어둑했던 시야가 조금씩 밝 아지기 시작한다. 맑은 날씨는 아닌 것 같다. CCTV를 보니 아직 갑판에 나와 있는 사람은 없다. 그래도 아이스박스로 자리 선점 은 다 해놓은 것 같다. 대부분은 선실에 들어가 부족한 잠을 청하 고 있을 것이다. 선미에는 두 사람이 양끝으로 앉아 바다를 보고 있다. 자세히 보니 그 뒤에 있는 테이블 의자에 한 사람이 더 앉아 있다. 긴 머리의 여자다. 세 사람은 정확히 삼각형의 구도로 앉아 바다를 보고 있다.

여자에 대한 궁금증이 뭉클 피어오르지만 강 선장은 애써 무시 해버린다. 지금 이 나인엔 새로운 것보다 익숙한 것이 좋은 것이 다. 주변에 자기만큼 복 받은 사람이 또 어디 있던가? 고생은 똑 같이 했어도 받는 복은 제각기 다른 법이다. 특히 강 선장은 자 식 복이 남다르다고 생각하고 있다. 강남에 둥지를 튼 큰놈도 있 고 중소기업에 다니는 작은 놈과 대학에 다니고 있는 딸도 있다. 어느 누가 이 우쭐함에 대적하랴. 강 선장은 이제 이 복을 마음껏 누려도 좋을 나이라고 생각하고 있다. 그리고 그것을 유지하려면 자신을 다스리는 노력도 필요할 일이다.

멀리 대부도의 끝자락이 보인다. 강 선장은 11노트로 달리던 배를 멈추고 포인트를 잡는다. 위도 37° 27.1172 경도 126° 35.5797. 작년 이맘 때 대형광어의 소나기 입질이 있던 곳이다. 어군 탐지기에는 녹색과 노랑색이 가늘고 굵은 띠를 이루면서 갈매기를 그리고 있다. 부저를 누르기 전에 CCTV를 보니 어느 새 채비를 차리고 모두들 자리를 잡고 있는 것이 보인다. 열일곱 명이다. 부모와 함께 온 사내아이는 보이지 않는다. 강 선장은 부저를 누른다. 전에는 마이크를 사용했지만 세월이 자꾸 변하다 보니 부저를 누르면 다 알아듣게 되었다. 낚시채비가 엉키지 않게 하려면 신호에 따라 움직여야 서로에게 좋다는 걸 알기 때문이다.

선실 옆에 붙은 작은 취사실에서 일순 엄마가 부지런히 라면을 끓이고 있다. 주머니에는 디지털 카메라도 단단히 넣고 있을 것이다. 누군가 물고기를 끌어올리면 사진을 찍어야 하는 것도 일순 엄마의 몫이다. 최근에는 요령이 생겨 잡은 물고기를 팔을 쭉 뻗어 앞에 놓게 하고 사진을 찍는다. 그렇게 하면 물고기만 크게 확대되어 대어를 낚은 듯이 과장되어 보이기 때문이다. 요즘은 인터넷 때문에 조황이 좋은 낚싯배로 사람이 몰린다. 애들 말마따나 낚싯배도 그런 마케팅이 필요한 세상이 되었다.

사위는 아직도 부연 기가 남아있다. 흐린 하늘과 흐린 바다의 경계는 멀리 수평선에 띠를 이루고 있는 안개다. 누군가 선수에 올라앉아 있는 것이 보인다. 오늘 같이 무시나 한물 때는 조류가 흐르지 않는 앞쪽이 더 유리하다는 것을 아는 꾼이다. 대부분은 뒷자리가 유리하지만 조류가 잘 흐르지 않을 때는 앞쪽이 유리할 터다.

여자는 무엇을 할까? 막 CCTV를 들여다보려는데 갑자기 등 뒤에서 여자의 목소리가 들린다.

"낚싯대 빌려준다면서요? 인터넷에 그리되어 있던데…"

여자는 조타실 문 앞에 서서 기웃거리며 안을 들여다본다. 자세히 보니 뒷모습처럼 젊지만도 않다. 눈가에 잔주름이 퍼져있고 입매도 약간 처져있다. 게다가 목소리 또한 갈라지고 탁한 소리를 낸다. 사십은 조이 넘어 보이는데 이상하게 여염집 여자 분위기는 보이지 않는다. 게다가 가무잡잡한 피부에 주근깨까지 있어 입고 있는 분홍색이 촌스러워 보이기까지 하다. 내가 뭘 기대하고 있었던 거지? 강 선장은 속으로 쓴웃음을 짓는다.

"낚시 좀 해보셨어요?"

"아뇨, 첨이에요."

강 선장은 장구통이 달린 낚싯대 하나를 골라준다.

"지금은 채비를 내리지 말고 이따가 다른 데로 이동하면 그때 같이 하세요. 잘못 줄이 엉키면 안 좋습니다."

강 선장은 갯지렁이와 오징어 미끼를 마련해 주고 마침 조타실 문 앞쪽 자리가 비어있어 낚싯대도 걸어준다.

여자가 미소를 띠며 고개를 끄덕인다. 마치 가까운 사이라도 되는 듯한 스스럼없는 표정이다. 그 표정을 보니 오래 전에 알았던 사람인양 착각이 든다. 그러나 한편으로는 등줄기가 몹시 간지러운 듯한 흥분을 느낀다. 생각지도 못한 반응이다. 아무래도 아내와의 잠자리가 너무 뜸했던 탓인가 보다. 아니 뜸했던 정도가 아니라 기억도 안 날 정도다. 강 선장은 붉어진 얼굴을 숨기기 위해 지나가는 말처럼 묻는다.

"근데 무슨 일로 혼자 낚싯배를 타셨나? 가족이나 친구도 없소?"

여자는 희미한 미소만 떠올릴 뿐 이번에는 끄덕질조차 하지 않는다. 아내처럼 말이 많은 것도 탈이지만 저렇게 말을 아끼는 것도 답답해서 질색이다. 그런데 혹시 질색할 남편이나 자식이 없는 여자인 것은 아닐까? 그러다가 강 선장은 도리질을 한다. 아내는 항상 말했다. '여보, 우리 더도 말고 덜도 말고 아버님, 어머님처럼 삽시다.' 팔십을 넘긴 두 분은 아직도 잉꼬부부로 주변의 부러움을 사고 있다.

채비를 내리고 15분 정도 지났을 무렵에야 저마다들 한두 마리씩 올리기 시작한다. 별로 크지 않은 우럭이다. 일순 엄마가 재빨리 나가 디카를 들이댄다. 모자와 선글라스, 마스크로 얼굴을 가린 김 선생의 표정은 알 수 없으나 아마 찌푸리고 있을 듯하다. 그 사람은 언젠가 대형 광어를 하루에 세 마리나 올린 적이 있어 그 후부터 강 선장의 배를 일부러 찾아 다녔다. 그러나 그 후로는 만족한 성과가 없어 그런지 매양 표정이 좋지 못하다. 배가 활기를 띠려면 동호회 사람들이 와야 왁자지껄 소란스럽고 유쾌할 텐데 오늘은 다 개인 출조인 것 같다. 너무 조용하다. 이럴 땐 사내아이라도 나타나 부산을 떨던지 소음을 내던지 하는 것도 나을 텐데… 시끄럽게 굴어도 낭패지만 오늘따라 강 선장은 무겁게 내려앉은 침묵이 편치가 않다.

한두 차례 챔질을 끝냈지만 수확은 신통치 않다. 강 선장은 영흥도와 무의도 사이로 옮겨 다시 포인트를 잡아본다. 멀찌감치에 다른 낚싯배도 자리를 잡고 있는 것이 보인다. 이번에는 제발 씨알 굵은 놈들이 잡히기를 바라면서 강 선장은 부저를 누른다. 여자는 눈치 빠르게 남들 하는 양을 보면서 제법 고패질을 흉내내고 있다. 그러더니 갑자기 '어머, 어머'를 연발하며 릴을 감아올린다. 다들 여자가 하는 양을 설마, 하는 표정으로 지켜보았는데 잠시 후 제법 굵직한 우럭이 물 밖으로 얼굴을 내밀었다. 강 선장은 혹시나 놓칠 새라 여자를 돕기 위해 나간다.

"챔질은 천천히, 낚싯대 끝이 하늘을 볼 때까지 들어올리는 게 안전해요."

급한 마음에 여자를 밀고 낚싯대를 잡은 게 잘못이었던가. 낚싯대를 넘겨준 여자의 몸이 바짝 붙어있어 팔을 돌릴 때마다 강 선장의 팔꿈치에 자꾸 뭉클한 것이 스친다. 게다가 강한 묵향이 콧속을 파고들어 강 선장은 어쩔한 현기를 참느라고 애를 먹는다. 우럭은 넉자짜리다. 주변에서 환호가 들리고 휘파람 소리도 들린다. 일순 엄마는 우럭을 들고 선 여자의 사진을 찍으면서 왠지 달갑지 않은 표정이 된다. 강 선장은 쿨러가 없어 바닥에 팽개

처진 물고기의 아가미에 바늘을 찔러 넣을까 말까 하다가 잠시 후에 다른 포인트로 옮기면 회를 떠주는 게 낫겠다는 생각을 한다.

"아까 무슨 일로 배를 탔냐고 물으셨죠?"

조황이 만족스럽지 않아 다시 새로운 포인트를 찾아 배를 모는 데 여자가 불쑥 조타실로 들어온다. '여긴 들어오지 마세요' 하려다가 강 선장은 말을 삼키고 여사의 얼굴을 본다. 좀전에 먹은 술 탓인지 얼굴에 붉은 꽃이 피었다. 많은 양의 회를 본 여자는 혼자 먹기 뭣했는지 주변의 몇 사람을 불러 앉혔다. 두어 사람과 회를 먹다가 매운탕이 나오자 서너 사람이 되고 술병도 등장했다. 그러면서 웃고 떠들고 서로 툭툭 치다가 누군가는 여자의 머리칼을 쓰다듬고 하는 모습을 CCTV로 흘끔 보면서 강 선장은 공연히 화가 치밀어 올랐다. 분명 여염집 여자는 아닐 터다. 처음 본 남자들과 저렇게 스스럼없이 노는 꼴이라니… 했던 참이다.

"술을 많이 한 모양이네요. 얼굴에 진달래가 활짝 핀 걸 보니…"

강 선장은 약간의 비아냥을 담고 있다가 선수에 앉은 사람과 눈이 마주치자 표정을 가다듬는다.

"우리 엄마가 돌아가셨거든요."

여자는 계기판 위에 놓인 반쪽짜리 사과를 불쑥 집어들며 말한다. 허스키한 목소리에 비음이 잔뜩 달려있다. 제법 애교스럽다. 술 마시면 비음을 내는 습관이 있는가보았다. 그런데 그 사과는 오래 되어서 변색되어 있는 것인데… 먹지 마시오, 하고 말리려는데 여자는 벌써 입으로 가져가 베어 먹고 있다. 강 선장은 어쩔 수 없이 입을 다문다.

"근대, 누가 돌아가셨다고요? 엄마요? 친정어머니요?"

여자는 사과를 맛있게 다 먹고, 먹다 남은 과자봉지에도 손을 뻗친다. 과자 역시 오래된 거라 강 선장은 급히 여자의 행동을 막으려다 손을 덮친 꼴이 되었다.

"과자가 오래된 거라…"

여자는 손을 빼내며 킥킥 웃는다. 웃는 모습이 뜻밖에 천진스러워 보인다.

"그냥 엄마죠. 시어머니가 없으니까 굳이 친정엄마라고할 것도 없는…"

"근데 엄마가 돌아가신 것과 배를 타는 것은 무슨 상관이요?"

여자는 등 뒤에서 아무 말이 없다.

"암튼 엄마가 돌아가셨다니 안됐군요. 좋은 데로 가셨다고 믿으세요."

여자를 돌아보려는 순간 여자는 강 선장의 뒤로 바짝 다가와 더운 숨을 내뿜고 있다. 그러더니 귓전에 대고 '오라버니'하고 속삭이듯 말한다. 강 선장은 아찔한 현기가 생기면서 등줄기가 스멀거리는 것을 느낀다. 아무래도 일순 엄마를 불러 여자를 선실로 데려가게 하는 것이 좋을 것 같다는 생각을 하면서도 선뜻 행동에 옮기지는 않는다.

"해구가 뭐예요?"

여자가 애교 섞인 목소리로 어리양을 부리면서 묻는다. 눈길을 좇으니 해도를 보고 있다.

"아, 이거? 해구는 글쎄… 바닷속 지진이라고 해야 하나… 암튼 자세히 말하긴 좀 뭣하지만 대양판… 그런 게 있지요, 지각이 새로 생겨서 충돌되는 상황을… 아, 하여간 그런 위험의 요소가 감지되지 않는다는 뜻이시…요."

"그럼 그 위 것은 뭐예요."

"아, 이건 좌표. 여기가 위도 37도 17. 8310이고 경도 126도 32. 뭐뭐뭐 그거고 지금 속력은 0.8노트, 방향은 68도방향 뭐 그러거지…요."

강 선장이 이제는 정말 일순 엄마를 불러야겠다고 생각한 순간 여자가 비음을 잔뜩 달고 또묻는다.

"오라버니, 오라버니는 고래 잡아본 적 있어요?"

두 손을 맞잡아 턱밑에 괴고 몸을 흔들며 섰는 여자의 목소리에 강 선장은 속절없이 심장이 빨라지는 걸 느낀다.

"고래? 설마 술고래는 아니겠지? 하하."

깔깔 웃을 줄 알았던 여자가 의외로 조용하자 강 선장은 머쓱해져 버린다.

"아무래도 고래하면 우리 아버지지. 실제 고래잡이 다닌 분이니까… 난 직장 다니다 업종 전환하거고… 그래도 내가 스무 살이 넘도록 우리 아버지한데 고래 잡던 얘기를 얼마나 들었는지 귀에 못이 박힐 지경이었으니까, 저기 울산에 가면 장생포라고 있거든…"

뭔가 풀썩 소리가 나서 뒤를 보니 여자가 주저앉았다. 일순 엄마가 언제부터 여자에게 신경을 쓰고 있었던 것인지 부르기 전에 재빨리 달려온다.

"아니, 이 여자는 논다니야 뭐야. 주접은 다 떨고 있네. 나잇살은 먹어가지고…"

일순 엄마는 아주 작은 소리로 씹어뱉듯 말하고는 여자를 일으켜 세운다.

"그러지 말고 객실에 잘 눕혀드려."

강 선장의 말에 일순 엄마의 눈꼬리가 샐쭉해진다. 그런데 엄마가 돌아가셨다며 왜 배를 탔다는 거지? 강 선장이 문득 돌아보니 끌려 나가는 여자의 늘어진 뒷모습이 무척 애처로워 보인다.

부두로 돌아왔을 때에야 얇아진 구름 사이로 해가 반짝 얼굴을 내민다. 흐렸던 날씨만큼 오늘의 조황은 개운하지 못했다. 겨우 평균을 밑도는 정도이다. 모두들 긴 낚싯대와 아이스박스를 들고 배에서 내리는데 게중에는 투덜거리는 이도 있어 강 선장은 기분이 썩 좋지가 않다. 여자는 이번에도 마지막에 내리는데 혼자 내리는 것을 보니 조마조마해 보인다. 강 선장은 마이크에 대고 소리 지른다.

"아, 거기 남자분들! 거 손 좀 잡아줘요. 여자 혼자 못 내리고 있구만. 에티켓 좀 발휘해 보슈."

웃고 떠들며 지나가던 사람들 몇이 돌아보는데 여자는 용케도 도움을 받지 않고 혼자 내려버린다. 부두로 내려선 여자는 몇 걸음 가다가 갑자기 강 선장을 돌아본다. 그러고는 손가락 하나를 내밀어 귀 밑에서 한 바퀴 돌려 귀에 갖다 댄다. 전화를 하겠다는 제스처 같아 강 선장은 고개를 갸웃거린다. 왜 전화를 한다는 걸까? 정말 논나닌가? 정체가 의심스러워지기 시작한다. 그러나 가면 그뿐인데 무슨 상관이랴. 오늘 하루 참 쓸데없는 생각을 많이 한다고 강 선장은 혼자 자책한다. 여자는 몇 걸음 가다가 주섬주섬 배낭을 뒤지더니 분홍색 모자를 꺼내 쓴다. 사람들이 다 빠져나간 뒤 혼자 자박자박 걸어 나가는 여자는 마치 썰물이 빠져나간 뻘에 혼자 종종거리는 갈매기처럼 외로워 보인다. 이름을 물어볼 걸 그랬나? 생각하다가 강 선장은 혼자 픽 웃고는 통배를 이끌고 천천히 배를 돌린다. 배를 완전히 돌리기 전에 한 번 더 돌아보니 여자의 모습은 사라지고 없다. 짓다 만 수산물직매장의 공사장 가림막만 혼자 봄빛에 추해지고 있다.

"비오는 날이면 님 보러 가고~ 달 밝은 밤이면 별따러 간다~ 엥 헤이 엥헤야~ 니가 좋으면 내가 좋고 엥헤이 엥헤야~"

만보녀석은 아까부터 제흥에 겨워 시끄럽게 노래를 부르고 있다. 젓가락 장단이 서툴러도 아무도 뭐라는 사람은 없다.

테이블이 세 개밖에 없는 제주댁의 국밥집은 오래간만에 낮 손님으로 꽉 찼다. 주로 새벽 손님만 받지만 배가 나가지 못하는 날엔 낮에도 문을 열어 놓고 있다.

강 선장은 때가 덕지덕지 앉은 유리창으로 밖을 본다. 봄비치고는 꽤나 요란스럽다. 멀리서 천둥 울리는 소리까지 들린다. 쏟아지는 빗줄기의 세기가 장맛비 못지않다. 튀어 오른 빗방울로 인해 물안개가 서린 시계가 부옇다. 생선 소쿠리를 올려놓던 야외용 테이블에 검은 고양이 한 마리가 올라앉은 것이 보인다. 생선을 말리던 소쿠리는 치워졌지만 냄새는 남아있는가보다. 비를 맞고 있으면서도 떠날 줄을 모른다. 아니면 아예 거기가 제 집이라고 생각하고 있는 것인지… 강 선장은 검은 고양이의 등선을 보다가 문득 며칠 전 희미했던 꿈의 한 조각을 다시 떠올린다. 붓으로 쓰윽 그렸던 검은 선, 왜 그 선이 자꾸 머리 속에서 살아나는 걸까?

"아, 캡틴 성, 여기 좀 앉으슈. 뭐 마려운 강아지모냥 문간에 서 있지 말구."

"그러게 말야. 강 선장 비오는 거 첨 봐? 좀 이상해졌어. 설마 첫사랑 여자 뭐 그런 거 생각하는 건 아니겠지. 사람이 나이 먹으면 거꾸로 간다니까."

만보녀석이 뭐라 하자 유 선장까지 거들며 껄껄 웃는다.

"뭐야? 짜식이 형님한테 못하는 소리가 없어. 너는 임마 일순 엄마나 좀 잘 챙겨라. 얼굴이 점점 못쓰게 된다. 배 안 탈 땐 무슨 파출부인지, 간병인가도 한다며?"

"성님도 남의 마누라 걱정은 꽤 하슈. 다 지 팔자인거죠. 성이나 형수처럼 사람 잘 만나기 어디 쉬운 줄 아슈?"

만보는 더부룩한 턱수염으로 흘러내린 막걸리를 닦아내지도 않고 충혈 된 눈으로 강 선장을 본다.

"넌 제대로 씻기나 하는 거냐? 바퀴벌레가 수염에 알 까겠다, 추접은 녀석. 그리고 이제 노름 좀 그만해야지 애들도 점점 커 가는데. 돈을 쌓아놔노 시원찮은 시기야, 그걸 알아야지."

"그러잖아도 일 좀 하려했습니다. 네에. 아랫녘에서 꽃게잡이 시작한다고 해서 일하러가렸는데 비가 오잖아요. 오늘 사물이라 완전 풍일 텐데. 안 되는 놈은 뭣 좀 하려해도 안 되는 거, 성님이 아슈?"

"미친 놈, 그게 핑곗거리나 되냐? 나 참, 후배라고 하나 남은 것이 좀 갑갑해야지. 임마, 먼데서 찾지 말고 가까운데서 찾아. 다 일이야. 몸을 써야 한 푼이라도 생기지."

"아, 정말. 그게 맘대로 되냐고요. 에이 씨발. 이깟 술 좀 사준다고 끝난 잔소리는…"

만보녀석이 자리를 박차고 일어서자 유 선장이 급히 만보의 손을 잡는다.

"어딜 가려고 그래, 앉아. 그래도 자네 생각하는 사람은 선배밖에 없는 거 알잖아."

"아, 이거 놔요. 물 빼러 가요."

손을 뿌리친 만보녀석은 보무도 당당히 걸어나간다. 산만한 덩치가 빠져나간 출입문으로 억센 빗방울이 쏟아져 들어온다. 강 선장은 주먹에 들었던 힘을 풀고 녹슨 드럼통과 땔감으로 쓰려던 나뭇조각들이 속절없이 비에 젖는 모양을 바라본다.

"아따 손이 없나 문도 못 닫고 나가."

제주댁이 투덜거리며 문을 닫고는 만보녀석이 앉았던 자리에 와 앉는다.

"유 선장님, 저기 수산물직매장인가 그거 어떻게 되어가요? 진척이 없는 것 같던데…"

"뭘 어떻게 되가. 저러고 그냥 있겠지. 구에서 땅 살 돈이 없다잖아. 살 돈은커녕 빌릴 돈도 없다던데. 괜히 시멘트만 깨놓고 말야. 돈도 없이 계획만 거창했던 게 잘못이지… 애초에 자리를 그쪽에 잡는 게 아니었어."

"대체 주차장 주인이 얼마를 요구한대요?"

"그거 알아 뭐하게 제주댁이 돈 댈 건가?"

"뭔 소리에요? 우리네야 그거 생기면 경기가 나아질까 해서 기대했던 건데 좋았다 말았으니 그렇지…"

"우린 주차장이 없어지는 바람에 낚시 손님 떨어질까 봐 그게 살짝 걱정이네."

"아니 그래도 관광객 유치되면 다 좋은 거 아뉴?"

"아, 됐네, 됐어. 돼봐야 아는 거지 뭐. 뭔들 시원하게 진행되는 꼴을 못 봤으니… 근데 강 선장은 아까부터 뭘 그리 보고 있나?"

강 선장은 열어젖힌 제주댁의 방안을 보고 있다. 한 평 남짓한 방안 풍경은 익히 봐와서 아는 것들이다. 때에 찐 이불 한 채, 벽에 걸린 옷, 그리고 보이지 않는 한쪽에 낡은 서랍장과 선풍기, 둥근 밥상, 다듬다 만 나물 소쿠리, 이런 것들이 있을 것이다. 그런데 벽에 걸어놓은 옷 위에 생뚱맞게 분홍색 모자가 걸려있는 것이다.

"제주댁 거요?"

깅 선정은 눈짓을 하며 묻는다.

"아, 저거. 며칠 전 손님이 두고 간 거여. 원래 문을 닫아놓는 시간인데 내가 마침 장을 보고 와서 잠시 문을 열어놓았더니 웬 여자가 와서 밥 먹을 수 있냐고 하데요. 마침 새벽에 소머릿국 끓인 거 남은 게 있길래 그거라도 먹겠냐고 했더니 잘 먹던데…"

"…"

"근데 여자가 뭘 그리 꼬치꼬치 묻는지 내가 대꾸하기 싫어서 자꾸 밖에 들락날락했다니까. 그래서 계산도 밖에서 하고 나중에 들어와 보니까 모자를 두고갔데."

"뭘 묻길래?"

유 선장이 장난스러운 표정으로 제주댁의 코밑에 얼굴을 들이댄다. 불콰해진 얼굴에 주먹코가 더욱 퍼져 보인다.

"뭐 제주집이라면서 왜 제주사투리를 안 쓰냐, 시답지 않은 소리를 하더니 나중에는 요 옆에선 아직도 배 수리를 하느냐, 옛날에 잠수함 만들었다는 데가 어디냐. 아주 신문기자 저리가라데요. 아, 참 근데 강 선장에 대해서도 묻던데?"

"강 선장? 이 사람 말야?"

유 선장이 채신머리없게 호들갑을 떨면서 강 선장을 쳐다본다. 강 선장은 뜨악한 표정으로 제주댁을 본다. 속으로는 심장이 쿵 내려앉는 것 같다. 여자가 확실히 자신을 목표로 정한 것인지도 모른다. 강 선장은 양미간을 잔뜩 모으고 제주댁을 본다.

"아, 예에. 강 선장 집이 어딘지, 부모님이랑 같이 사는지 뭐 이딴 걸 묻더라고요."

"그래서?"

"그래서는 뭐… 강 선장을 잘 아느냐고, 했더니 아니라잖아요 그래서 그딴 거 알아 뭣 하느냐고, 하고 확 밖으로 나갔지요."

"음 일 났군. 일 났어. 어쩐지 강 선장이 요 며칠 말수가 적어지고 감상적이 된 게 이유가 있는 거야. 어디 이쁘던가?"

조합장이 강 선장과 제주댁을 번갈아보며 아주 신나한다.

"예쁘긴요, 주근깨만 빡시시 있던데. 뭐 몸매는 나보다 나은 것 같긴 하지만서도…"

"제주댁보다 못한 사람 어디 찾기 쉽던가?"

"뭐여? 나도 한창시절엔 따라다니는 남정네가 한 타스였어. 이거 왜 이래요."

제주댁이 발끈하자 유 선장은 어림없다는 표정으로 쿡쿡 웃는다. 둘이서 애들처럼 툭탁거리며 낄낄거리는 모습을 보며 강 선장은 입에 쓴물이 돈다. 도대체 뭘까? 그 여자의 정체는… 갑자기 '오라버니' 하면서 귓전에 더운 김을 쏟던 것이 또다시 생각나서 강 선장은 자신도 모르게 심장이 두근거린다. 전형적인 수법인줄은 알고 있지만 싫지는 않았던 기억이 새삼스럽다.

"요오, 강 선장! 아직 안 죽었어. 부럽네, 부러워. 도대체 강 선장은 안 가진 게 뭐야. 이젠 막판에 여자까지 붙네 그려. 부럽네, 부러워. 암, 부럽고말고."

"계속 씨부리면 확 주먹 날라간다. 뭐나 제대로 알고 말을 만들어. 모른다고 했나잖아."

강 선장이 탁자를 내리치며 화를 내도 유 선장은 '어. 진짜 수상해!'를 외치며 술자리를 끝낼 때까지 유들유들 안주거리로 삼는다. 다행히 만보녀석은 화장실에 간 뒤로 돌아오지 않는다. 강 선장은 모르는 여자에 대한 알 수 없는 불안과 막연한 기대로 종일 시달리면서도 한편으로는 무엇이 다가와도 상관없다는 뿌듯한 자존감을 느낀다.

여자는 오른 손으로 턱을 괴고 탁자에 놓인 커피 잔을 내려다보고 있다. 왼손 중지에는 열쇠고리로 보이는 것을 낀 채 쉴새 없이 손가락을 까닥거린다. 고리에 매달린 것이 손가락의 움직임에 따라 덜렁덜렁 춤을 춘다. 그것도 분홍색이다. 그러나 웬일인지 여자는 오늘 분홍색을 걸치지는 않았다. 검은색 옷을 입고 머리를 틀어 올린 여자는 빨간 테의 안경까지 코에 걸고 있다. 굽 높은 구두를 신고 다리를 꼬고 앉은 모양새는 고혹적이기까지 하다. 논다니의 분위기와는 영 딴판이다. 강 선장은 선뜻 여자의 앞

자리에 앉지 못하고 잠시 망설인다.

여자에게서 처음 전화가 온 것은 보름 전이다. 그러나 출조 때문에 날짜와 시간을 맞출 수가 없어 세 번이나 약속을 미루었다. 굳이 만나야 될까, 하는 망설임 때문에 더더욱 그랬을 것이다. 그런데 네 번째 전화에서 여자는 한국을 떠나야 한다고 말했고 떠나기 전 한 번 만나보고 싶다고도 말했다. 그때까지도 강 선장은 이 여자가 본격적으로 입질을 해보는 것이 아닐까, 하는 생각도 했다. 한국을 떠난다는 것도 어쩌면 진화된 술법일수 있을 것이다. 그러나 만약 그렇다 해도 그런 걸 겁내 한다는 게 스스로에게 체면이 서지 않는 일이다. 사나이 기질은 좀 죽었겠지만 애매모호함 때문에 소심해져가는 자신을 본다는 건 맥 빠지는 일이 아닐 수 없다. 그리고 이런 정체모를 긴장감이 굳이 나쁠 것도 없겠다는 생각도 든다. 강 선장은 천천히 여자의 앞자리로 가 앉는다.

"바삐 오셨나봐요 땀이 많이 났네요."

여자가 고개를 들더니 까닥거림을 멈추고 미소를 짓는다. 그리고는 손수건을 내민다. 강 선장은 사양하지 않고 땀을 닦는다. 손수건에서 나는 강한 묵향이 세포마다 들어서는 것 같아 황홀함이 느껴지고 온몸의 근육이 팽창하는 것 같다.

"영 딴 사람 같네… 근데 왜 나를 만나자고 하는 건지…"

강 선장은 반가운 마음과 뭔지 알고 있다는 마음에 한껏 웃음을 지으려고 하다가 혹시 야비해 보일지도 몰라 조심스럽게 웃는다. 여자는 무람없이 마주 웃어 준다. 그러고는 잠시 침묵이 흐른다. 조명 때문인지 화장 때문인지 여자의 콧등에 난 주근깨는 보이지 않고 오똑한 코의 상큼한 선만 눈에 들어온다.

"혹시 이게 뭔지 아세요?"

여자는 차를 주문하더니 결연한 표정으로 손가락에 낀 채 쉴새 없이 돌리고 있던 열쇠고리를 강 선장에게 보여준다. 돌고래모양인데 분홍색이다.

"예쁜 돌고래네요…"

강 선장은 쌩뚱맞은 질문에 떨떠름한 표정을 짓는다.

"제가 나무를 깎아 색을 입힌 거예요. 가지세요. 이 분홍돌고래는 아마존 강에서만 서식한다고 하데요. 얼마 전에 홍콩에서 일부 보기는 했지만."

강 선장은 여자가 준 것을 손바닥에 올려놓고 들여다본다. 여자는 특별한 공예 기술자일지도 모르겠다. 조그만 것을 아주 깔끔하고 매끈하게 잘 다듬었다. 정성이 많이 들어갔을 것 같다. 그런데 시답지 않게 겨우 이걸 주려고 그토록 사람을 불러냈다는 말인가? 강 선장은 고개를 한번 끄덕여주면서 혹시 정신이 이상한 여자는 아니겠지 하는 걱정을 한다. 아마 아닐 것이다. 방금 홍콩에도 갔다지 않는가.

"분홍돌고래를 브라질에서는 '보뚜'라고 부른다네요. 거기는 이 보뚜에 관한 아주 유명한 전설이 있답니다. 어느 날 아마존 강가에 너무나도 잘생긴 청년이 나타나지요. 그 청년은 6월의 축제날 밤에 인간으로 변신한 분홍돌고래래요. 구릿빛 피부에 힘도 세고, 옷도 잘 차려입고, 향기마저 은은한 멋진 남성으로 변하여, 여성들에게 춤을 신청한답니다. 그리고 여자를 유혹하여 그녀들과 잠자리를 갖습니다. 여인들은 잘 생긴 청년과 한바탕 사랑한 뒤 임신하게 되지요. 그런데 태어난 아이는 돌고래처럼 정수리에 숨구멍이 나있어 버려진다네요. 그래서 아마존에 가면 그곳을 방문하는 여행객들에게 윙크를 하며 '보뚜를 조심하세요' 하고 주의를 준답니다."

강 선장은 지루한 전설 따위에 흥미가 없어 그저 여자를 바라보기만 한다. 대체 분홍돌고래가 어쨌다는 건대 애들에게나 들려줄 만한 얘기를 힘아리 없게 중얼거리는 것인가. 강 선장은 속으로 혀를 찬다. 여자는 허공을 보며 잠시 쉬더니 다시 힘주어 말한다.

"제가 그 분홍돌고래의 아이였어요."

"?..."

"분홍돌고래의 아이가 녹아 없어지듯 나는 태어나자마자 입양되었지요. 외할아버지는 엄마를 다른 곳으로 결혼시켰는데. 엄마는 내가 죽은 줄 알았다더군요. 사십 년 동안…"

여자는 허허롭게 웃는다. 강 선장은 무엇을 어쩔 줄 몰라 멍하니 여자를 본다. 웃는 모습이 왠지 많이 본 듯한 얼굴처럼 친숙하게 느껴지기도 한다.

"엄마를 찾아냈을 때… 엄마는 처음엔 내 존재를 거부했어요. 그러나 유전자 검사를 하고 이런 저런 과정을 지나면서 엄마는 '장생포 그 아이'하고는 마구 울기 시작했어요."

강 선장은 뭔가 떨떠름해진다. 장생포라고? 마침 오늘 아침에 아버지는 신문을 보다말고 큰소리로 장생포를 언급했다.

"봐라, 여기 재밌는 기사가 났구나. 귀신고래 사진 찍으면 오백만원 준단다. 재밌는 세상이야. 사십년 전 장생포에는 귀신고래가 참 흔했는데 말이야. 포경업은 그때가 아주 한창이었지. 어? 좌초된 고래를 신고하면 또 천만원이란다. 야아, 그렇게 고래가 귀해졌나. 내 조금만 젊었으면 다시 한 번 가보는 건데 말야. 내가 한창 때는 그곳에서 날렸었거든."

강 선장은 숨이 턱 막히면서 무언가 심장을 관통하는 것 같은 느낌이 든다. 여자는 알듯말듯 야릇한 미소를 띠고 강 선장을 보더니 다시 주섬주섬 얘기를 이야기를 이어간다.

"엄마는 돌아가시기 전에 일 년 정도 저하고 살았어요. 뭐 치매끼가 있어 다들 마다하다보니까 내가 모시게 된 거지만 말이에요. 거기서 나는 아버지와 어머니에 대한 얘기들을 자주 듣게 되었지요. 엄마는 과거와 현재를 들락거리면서 종잡을 수 없는 얘기들을 많이 했지만 거기서 나는 가닥을 잡을 수가 있었지요. 어쨌든 내게도 형제가 있다는 거… 그래서…"

강 선장은 여자의 얼굴을 볼 수가 없어 눈을 감는다. 호흡이 점점 빨라지면서 두통이 엄습해온다. '그래서 그날 배를 탔어요.' 하는 여자의 말소리가 모기 소리만 하게 들릴 때 강 선장은 문득 꿈속에 끈질기게 남아있던 검은 색의 반원이 어쩌면 고래등이었을 것 같다는 생각을 한다. 강 선장은 오래 전 통배를 타고 나갔다

가 집채만한 파도에 배가 뒤집혔을 때처럼 먹먹하고 고요한 상태
가 된다.

길 위에 눕다

예태보리의 새벽

눈을 뜨니 초록빛 풀밭이 아련히 보인다. 햇빛이 그윽하게 풀밭 위로 내려앉는다. 그 빛줄기를 따라 노란 나비 떼가 금가루처럼 폴폴 날아든다. '참 곱다…' 나비를 잡아보려고 손을 내밀자 갑자기 무언가 손에서 툭 떨어진다. 숟가락이다. 순간 춤을 추던 나비 떼는 사라지고 풀밭은 이내 초록색 카펫으로 변한다.

몸을 일으키니 밥상이 코앞에 있다. 역시나 밥을 먹다 잠이 들어버렸다. 미리 약을 먹었는데도 과도한 긴장은 약효를 넘어선다. 탈력발작이 다시 나타나고부터 수는 바닥에 앉아 식사를 하기 시작했다. 덕분에 의자에서 떨어져 어딘가 부러지거나 하는 사고는 막을 수 있었다. 죽는 것은 두렵지 않아도 다치는 것은 원치 않는다. 돌봐줄 사람 없이 앓는다는 것은 제 상처를 스스로 핥을 줄 아는 짐승보다 못한 처지가 되는 것이다.

거울을 보니 한쪽 뺨이 가관이다. 지렁이가 기어간 것처럼 카펫의 털실자국이 우굴쭈굴 깊게 남아있다. 밥을 먹을 때만이라도 잠들어버리는 일이 없었으면 좋겠지만 어느 것 하나 뜻대로 되는 일은 없다. 그래도 잠 들 때마다 아이들을 볼 수 있어서 서운한 마음은 그리 크지 않다.

꿈속에서 아이들은 언제나 다섯 살과 일곱 살이다. 아이들은 항상 정원 풀밭에서 맨발로 뛰어다닌다. 머리에 커다란 분홍리본을 올린 세희와 포동포동한 얼굴에 동그란 눈을 가진 세영이가 뛰어다니며 깔깔대는 웃음소리는 시시때때로 머릿속에서 경쾌하게 울려 퍼진다.

삼년 전 세희는 이메일로 사진 몇 장을 보내면서 '엄마, 새벽시간에 몰래라도 화상전화를 해볼게요. 엄마 얼굴 보고 싶어요.' 했었다. 그곳의 새벽시간이면 이곳은 딱 점심시간이다. 그러나 삼백육십오일을 세 번이나 보냈지만 아이의 약속은 지켜지지 않았다. 오히려 이메일까지 닫아버렸다. 아마도 남편의 짓일 것이다.

'이런 거지같은 게!' 십년 전 남편은 자신의 몸 위에서 잠이 들은 수를 밀어내고 발로 차버렸다. 그의 분노는 숫제 발로 밟을 기세였다. 그는 자신의 아내에게 찾아온 증상을 자신에 대한 모멸로 받아들인 것이다. '이게 보자보자 하니까. 기도 안차네. 차라리 잘 됐다. 애초에 너 따위랑 결혼하고 싶은 맘 없었거든. 좋아, 이참에 아주 이혼해버리는 게 낫겠다.' 그는 마치 오래전부터 치밀하게 준비해놓기나 했던 것처럼 해외발령을 따낸 다음 서둘러 이혼절차를 밟고 아이들만 데리고 비행기를 탔다. 수에게는 갖가지 오명만 씌어놓은 채.

수는 세희가 이메일로 보냈던 사진들을 들여다본다. 파란 하늘과 파란 바다를 가르는 수평선 위에 하얀 요트들이 줄 지어 서있는 풍경을 뒤로 하고 긴 머리의 소녀 둘이 활짝 웃고 있다. 세희는 여전히 분홍색 리본을 머리에 장식했고 세영은 지아교정기를 낀 채 거리낌 없이 크게 웃고 있는데 그 모습이 낯익으면서도 가슴 저리도록 낯설다. 떠나보낸 게 엊그제 같은데 언제 저렇게 컸지? 아이들은 구스타프 아돌프의 동상 앞에서도 포세이돈 동상이 세워진 조각분수 앞이나 오페라하우스 앞에서도 그야말로 활짝, 구김살 없이 웃고 있다. 아이들에겐 어미에 대한 그리움 따윈 아예 없어 보인다. 차라리 그게 나을지도 모른다. 어차피 아이들의 장래를 위해 어떤 변명도 요구도 없이 자신이 누려야할 것들을 포기하지 않았던가. 그러나 마음 한 구석 서운한 마음은 없지 않다.

모니터에선 몇 시간째 무한궤도가 돌고 있다. 수는 모니터로 다가가 메신저를 끈다. 헤드셋도 치워버린다. 한 번도 제 구실을 못한 채 낡아버린 헤드셋 위로 그에 눈물 한 방울 톡, 떨어진다. 그래도 세희가 말한 새벽시간을 믿고 정오만 되면 늘 컴퓨터 앞을 지켰지만 오늘도 예테보리의 새벽시간은 지난 것이다. 마음만 먹으면 언제라도 화상통화를 할 수 있겠건만… 그래도 절망은 금물이다. 새벽은 언제나 올 것이고 죽기 전까지 컴퓨터 앞을 지키는 일은 결코 어려운 일이 아니기 때문이다.

어브노멀

"오늘은 아주 오래된 곳으로 시간 여행을 해봅시다. 자신이 태어나서 가장 최초의 기억은 어떤 것이었을까요? 잠시 눈을 감고 생각해보세요. 그리고 떠오르는 장면을 그려주세요. 음… 음악을 들으면서 명상을 해보는 것도 좋겠네요."

김 강사의 말에 따라 여섯 명의 그룹원들은 눈을 감는다. 나무나 꽃, 땅과 물, 바람과 별, 등등 자연에서 나오는 생명의 파동을 멜로디로 들려준다는 가제오 메그르의 목소리가 먼 곳에서 물결처럼 조금씩 밀려온다.

햇빛 쏟아지는 황금빛 숲속에 맥고모자를 쓴 한 소녀가 서 있다. 키 큰 나무들 사이로 바람이 쏴~하고 지나가자 연초록 잎새들이 살랑거리고 소녀의 푸른색 물방울무늬 원피스도 살랑거린다. 울울하게 서 있는 나무들 사이로 한차례 바람이 훑고 지나가자 숲은 다시 고요해진다. 고요하게 정렬해 있는 나무들, 그 너머로부터 햇빛이 도도하게 걸어오고 있다. 소녀는 그 도도함에 현기를 느껴 쓰러지고 빛은 소녀를 밟고 지나간다. 어두운 눈까풀 속에서 소녀는 작은 새가 되어 날아간다.

햇빛 밝은 툇마루에 아기가 앉아있다. 앞이마가 짱구처럼 튀어

나오고 보얀 피부에 입술은 산수유 열매처럼 붉다. 제 얼굴보다 큰 리본을 간신히 머리에 얹은 아기는 햇빛 속에 나타난 손을 바라본다. 얼굴은 보이지 않지만 그 손바닥 위에 하얀 구두가 놓여 있다. 그 손은 아기의 작은 발에 구두를 신기더니 정성스럽게 끈을 매어준다. 그러고는 손바닥 위에 아기의 두 발을 세우고 맴을 돈다. 하늘이 돌고, 구름이 돌고, 나무가 돈다. 아, 어지러워라…

"연수 쌤! 일어나세요."

누군가 조용히 귀에서 속삭인다. 김 강사의 손이 살짝 어깨에 와닿은 것을 느낀다. 수는 혹시 침이라도 흘렸을까봐 손을 입을 가리고 고개를 든다.

"또 깜박 졸은 거예요? 호호호. 밤마다 꿈속에서 몰래 님 만나러 다니느라 피곤하신 건 아닌지…"

재미있으라고 한 말일 텐데 모두들 제 일에 몰두해 무심한 듯한 눈빛이다. 그러나 수는 그 눈빛 속에서 미소를 느끼고 의아함을 느끼고 우려를 느끼고 배려를 느낀다. 한차례 자아탐구과정을 겪었기 때문이리라.

"자, 연수 쌤은 어서 그림을 그리시고 우선 다른 쌤들의 그림을 봅시다."

김 강사는 진즉에 그림을 그려놓은 다른 사람들 앞으로 간다.

"음, 유모차에 아기가 있고 또 한 꼬마가 유모차를 잡고 있네요. 한 손에는 무지개 막대사탕을 들고…"

"네."

프리로 애니메이션 일을 한다는 윤영 쌤이 미소를 띤 채 긴 머리채를 한번 흔든다. 버릇이다.

"작업하는 과정 중에 어떤 기분이 들었어요?"

"무섭고 두려웠어요. 그러다가 좀 편해지긴 했지만…"

"그림의 장면에서 어떤 역할을 했나요? 본인이 주인공이었어요? 아니면 그냥 보았던 장면인가요?"

"아니요. 유모차에 동생이 타고 있고 나는 유모차가 굴러갈까 봐 꽉 붙잡고 있었어요. 엄마가 어딜 갔는데 너무 오랫동안 오질 않는 거예요. 나중에 물어봤더니 화장실 간 거라고는 하드만…"

"무지개 막대사탕은?"

"사탕을 들고 있었지만 먹을 수가 없었어요. 손을 놓으면 유모차가 어디로 움직일지 몰라서. 그 후로 막대사탕을 싫어했다죠. 하하."

"몇 살이었나요?"

"한 서너 살 정도인 것 같아요 동생과는 두 살 터울이고…"

"지금 동생과의 관계는 어때요? 아니 자랄 때 어땠어요?"

"많이 때려주었지요. 엄마가 나에겐 항상 책임만 요구하고 동생이 원하는 건 잘 들어주는 쪽이었거든요. 사춘기 때는 아주 피터지게 싸우기도 했고요. 그런데 재밌는 건 내가 지금 내 아이한테도 그러는 거예요. 딸이 아니라 아들들이긴 한데 맏이더러 항상 동생을 돌봐주라고 야단치거든요."

"어머니하고는 잘 지내세요?"

"엄만, 뭐… 아무래도 섭섭한 게 많죠. 동생은 유학까지 보내주면서 나한텐 신경도 안 써주셨으니. 그래도 결혼할 때 혼수는 잘 해주신 것 같아요."

"지금 기분은 어때요?"

"지금요? 뭐, 엄마가 애지중지하던 동생보다 내가 더 잘 살고 있는 것 같아 쾌감이 드는 것도 같고… 하하. 엄마의 자랑이었던 동생은 남편 잘 못 만나 죽 쑨 팔자가 되었어요. 근데 안쓰럽지는 않아요. 그 애한텐 언제나 엄마가 있으니까요."

"하, 윤영 쌤은 겉보기만큼 속도 건강하고 씩씩해 보여요. 사실 오늘은 최초 기억 속에 등장하는 인물이 가족이었나를 보고 가족에 대한 부정적 측면과 긍정적 측면을 생각해 볼 거예요. 그리고 현대사회의 노멀 패밀리에 대한 얘기로 지평을 넓혀서 의견을 서로 나누어 볼 거예요. 치유라는 건 상처가 더 이상 아파지지 않게 되고 자신을 둘러 싼 현실을 이해하고 수용하는데 있으니까."

'노멀 패밀리?' 수는 검정색 머메이드지에 흰색 아크릴로 하얀 구두를 그려 넣고 있다가 움찔한다. 아아, 노멀이라… 생각해보니 자신에게는 노멀이라는 단어보다 어브노멀이라는 단어가 더 익숙한 것 같다. 치유라는 것은 어쩌면 '노멀' 앞에 달린 '어브'를 떼어내는 작업이 아닐까 하는 생각도 든다. 그러나 지겹게도 떨어져나가지 않는 '어브'들…

검정 색지가 그대로 검정색 아스팔트로 표현된 길 위에 노란 도로표지선이 그려지고 그 길 위에 작고 하얀 구두 하나가 외롭게 놓여있다. 길은 저 멀리 소실점을 향해 달려가고 하늘에는 몇 점의 구름이 동동 떠있다. 수는 하나의 구름 속에 커다란 손을 그려 넣는다. 그리고는 길 위에 덩그러니 놓인 하얀 가죽구두 옆에도 얼굴 없는 사람 하나를 그려 넣는다. 그러나 아무리 생각해도 그 얼굴이 생각나지 않자 손 안에 땀이 고이기 시작한다.

"이봐요, 난 그대들을 사랑하지 않아!"

막 잠이 들려는 찰나에 전화벨 소리가 날카롭게 정수리를 뚫고 지나간다. 수면안대도 귀마개도 바르비탈도 벨 소리를 막는 데는 도움이 안 된다. 시계를 보니 12시다. 잠들기 전 전화코드를 뽑아 놓으려다 한동안 잠잠했었던 것이 생각나서 그냥 놔두었던 것이 실수다. 발신번호를 보니 역시 그 여자다. 수는 코드를 뽑으려다 피하는 것만이 능사가 아닌 것 같아 수화기를 든다.

"야! 너, 지금 누구랑 있어?"

성 마른 목소리. 미인이라고 소문났다는 여자의 목소리는 선술집 주모 같다. 수는 그냥 수화기를 내려놓고 코드를 뽑을까, 망설이다 이제는 강하게 대꾸하는 것도 나을 것 같다는 생각을 한다.

"혼자 있지 누구랑 있겠어요?"

"응 아주 당당하네. 거짓말 치지 말아. 내 남편이 안 들어왔단 말야."

"당신 남편 안 들어온 거랑 나랑 무슨 상관입니까?"

"시끄럽고, 내가 지금 당장 확인하러 갈 테니까 거기 꼼짝 말고 있어."

"맘대로 하시죠. 대신 없으면 당신 고발할 겁니다. 벌써 몇 달 쨉니까? 이젠 그만 둘 때도 되지 않았어요?"

"하, 고발? 좋아 어디 해봐. 나는 간통죄로 고소할 거다. 이년아!"

"무슨 근거로 고발을 합니까? 그리고 도대체 욕은 왜 해요? 동갑인 줄 알고 있고만."

"그래 나 무식해서 그렇다. 네년은 고상해서 좋겠다."

탁, 거칠게 수화기를 놓는 소리가 둔탁하게 머리를 때린다. 수는 절로 나오는 코웃음을 참지 않는다. 여자는 말은 그렇게 했어도 분명 오지 않을 것이다. 석 달 전에도 제 언니와 함께 찾아와서 동네 창피를 주겠다고 으름장을 놓았지만 오지 않았다. 처음엔 여자의 터무니없는 의심이 가엽다는 생각이 들었다. 전화를 걸어 욕을 하다 갑자기 우는 때도 있었고 연필로 꾹꾹 눌러 쓴 하소연 투의 편지를 세 장이나 보내기도 했었다. 가엾게도 의부증인가 봐… 수는 여자가 전화를 했을 때 성의를 다 해 말했다.

"우리 한 번 만납시다. 만나보면 의심이 풀릴 거예요. 그렇게 괴롭게 살 필요 없어요. 난 남자들에게 호감 가는 스타일이 아니랍니다. 오히려 여자들과 더 잘 통하는 성격이에요. 댁의 남편과는 순전히 공적인 만남이었어요. 그것도 공적인 자리였고요. 사회생활에서 그런 건 피할 수 없는 것 아니에요?"

그때 여자는 솔깃해 했었다. 그러나 사태를 심각하게 만든 건 그 여자의 남편이다. 그는 어떤 작은 모임에서 회장이라는 감투를 쓰자 갑자기 몇 안 되는 여자회원들에 대한 관심이 생겼다. 장미꽃 같은 아내는 집안에 모셔놓고 국화꽃이나 패랭이꽃 같은 다른 여자와 색다른 감정을 느껴보는 것도 더 늦기 전에 남자가 해야 할 일이라고도 생각했다. 그리고 그 만만한 대상에 수가 들어간 것이다. 수는 자신이 어떤 대상에 점 찍힐 수도 있다는 것을 조금도 눈치채지 못했다.

그는 마치 문학청년이라도 되는 양 아침마다 전화를 걸어 시를 읊어주기도 하고 생뚱맞게 수에게 여왕님, 이라는 호칭을 사용하기도 했다. '이 사람 뭐야? 코메디 하나?' 처음엔 촌스러운 유머감각인가보다 생각하고 지나쳤으나 어느 때는 밤늦게 전화를 걸어 나올 때까지 기다리겠노라며 고집을 부리기도 했다. 그러고는 끝내 수가 나타나지 않자 기다림의 흔적으로 가로등 밑에 수십 개의 꽁초를 남겼으니 확인해 보라는 아쉬움을 전하기도 했었다. 그러나 수는 그가 말하는 것들이 진심이 아니라 희롱이라는 것을 알고 있었다. 수가 후회하는 것은 자신을 희롱의 대상으로 삼은 것에 대한 분노를 좀 더 일찍 표현하지 않았다는 것이다. 귀찮아서였지만 일과성인 문제를 부풀릴 필요가 없겠다는 생각에서였다. 상대는 그걸 긍정으로 인식했던 것 같다. 그러니까 남자는 두 여자의 문제를 즐기고 있었던 것이다. 아내의 과도한 질투가 싫지 않았고 수의 예상치 않은 거부가 잊고 있던 젊음의 의지를 되찾게 해준다고 믿었다.

어느 날 수의 성의 있는 해명에도 불구하고 갑자기 여자는 "그러니까 누가 널더러 이혼하래!" 하며 악을 썼다. 순간 수는 모멸감으로 온몸이 탈 것 같은 느낌이 들었다. 남자의 진심인척 하는 것들이 희롱인지는 알고 있었지만 그것이 그저 밀져야 본전인 이혼녀에 대한 희롱이었다는 것이 확인된 순간 수는 한밤중에 택시를 타고 그들의 집 앞으로 달려갔다. "둘 다 나와!" 하는 수의 진화질에 놀란 남자는 혼자 머쓱한 표정으로 나타났다. 그러고는 놀랍게도 아내의 막된 언행을 사과하겠다며 시멘트 바닥에 무릎을 꿇었다. 수는 이제 쓸데없는 신경 소모를 끝낸 것이라 생각했다. 그러나 그는 아직도 자신의 실수를 진심이라고 포장하고 있는가보다. 한동안 사라졌던 한밤중의 벨소리가 또다시 시작된 것을 보면. 이제 잠자기 전 잊지 않아야 될 일이 또 생겼다. 코드 뽑아놓기.

네시에서 여섯시 사이

하루 중에 제일 무섭고 쓸쓸한 시간은 오후 4시부터 6시 사이이다. 외출을 하지 않고 집에 있는 날이면 수는 한 마리 동물처럼 죽은 듯이 늘어져 잔다. 낮에는 프로비질을 먹고 밤에는 바르비탈을 먹어도 신체현상은 늘 약효를 무시한다. 쏟아지는 햇빛이 숙면을 앗아가긴 해도 수는 그냥 누워 있는다. 그리고 자신이 엎드린 그 무게만큼의 존재감을 침대의 스프링 속으로 가라앉히며 의식을 비워낸다.

창문 앞에 길게 버티고 있는 나무에는 어느덧 수액이 올라 싱그러운 초록 잎을 달고 있다. 겨우내 입 닫고 있다가 비로소 말문이 트인 듯한 잎새들의 조잘대는 소리가 소란스러워 수는 그만 돌아눕는다. 고요함이 가져다주는 무기력 속에서 수는 자신의 존재를 놓아버린다. 그리고 누워있는 것이 지겨워질 때가 되면 수는 천천히 자리에서 일어나 동물처럼 배고픔을 끄기 위해 먹기 시작한다. 밥도 먹고 빵도 먹고 과자도 먹고 술도 먹고 쥬스도 먹고 커피도 먹는다. 한꺼번에 먹는데도 포만감은 생기지 않는다. 그래도 얼추 허기가 가시게 되면 수는 유령처럼 느릿느릿 방안을 돌기 시작한다.

피돌기가 제대로 잡히는 듯하자 아까부터 혼자 돌아가던 CD의 음악이 비로소 귀에 들어온다. 아주 오래 전 서점에서 구입했던 Dreyfus Jazz Collection이다. 들을 시간이 없었다가 이제 들어보니 귀에 익은 제목이 더러 있다. '그랑데 아모르(위대한 사랑)'? 아 그래, 이건 아주 오래 전 스물아홉의 청년이 친절하게도 수에게 녹음을 해주었던 곡이다. 귀에 익은 곡은 수를 불편하게 하지 않는다. 그런데 왜 자꾸 쓸쓸한 기분이 들까? 아홉 번째로 나오는 저 '빌리'라는 곡 때문일까? 이 역시 귀에 익은 음악인데 이 곡은 마치 낙엽이 쌓인 가을 길을 비를 맞으며 걷는 듯한 처연함과

청승스러움을 느끼게 한다. 아, 그런데 음악 때문에 쓸쓸한 것 같지는 않다. 무엇때문일까? 수는 추위를 느끼고 숄을 찾아 걸친다. 그리고 그때야 눈에 띤 벽시계… 벌써 4시가 지나고 있다. 아, 그랬구나. 조금 있으면 어둠이 내리겠지. 수는 아직도 느껴지는 이 쓸쓸함이 무섭다. 수는 어둠이 연기처럼 스며들지 못하게 덧문까지 닫고 방안의 불을 환하게 켜놓는다.

마그리트의 〈연인〉

'알림: 박인석 님이 회원님을 Facebook으로 초대하였습니다.'

메일함을 열자 목록의 제일 윗부분에 있는 제목이 눈에 들어온다. 세 번째다. 처음 그애 이름 석 자를 보았을 때 수의 눈은 커졌다. 그러나 그리 큰 동요는 없었다. 12년 만에 날아든 메일이지만 굳이 일상을 흔들 필요는 없었기 때문이다.

수는 지난번처럼 메일을 열지 않고 마우스 포인터를 미리보기에 갖다대본다.

'안녕하세요, 박인석 님이 회원님을 Facebook에 친구로 초대하였습니다. Facebook에 가입하려면 아래를 링크하세요.'

첫 번째 내용과 과히 다르지 않다. 발신인만 다를 뿐이다. 처음에는 그애의 이름으로 왔고 다음에는 Facebook이라는 이름으로 왔을 뿐이다. 그런데 친구라니? 피식 웃음이 나온다. 수는 메일을 열지 않은 채 삭제 버튼을 누른다. 이렇게 하면 그애는 수신자가 메일을 읽었는지 안 읽었는지 굳이 확인을 하지 않아도 될 것이다. 더 나아가 수신자에게서 이제는 자신의 존재가 지워졌다는 것을 알아챌 수 있을 것이다. 수는 더 이상 아무와도 소통을 원치 않는다.

그애의 메일과 함께 광고성 메일 몇 개와 스팸 메일을 지우고 나니 새로운 메일이 하나 남는다. 모르는 이름이기는 하나 블로그와 동호회 카페에 내놓았던 카메라에 관심이 있다는 내용이다. 그러나 거래조건이 맞지 않는다. 상대방은 인터넷으로 안심거래를 하자고 하면서 가격도 조정해주길 원했지만 수는 직거래를 원하며 가격도 깎을 수 없다고 답을 보냈다. 꼭 팔아야하는 사정이 있는 것도 아니다. 그냥 조금씩 주변을 정리하고 싶어서 오래 된 카메라 중 하나를 처분하려는 중이다. 요즘 들어 건강이 자꾸 나빠지고 있다는 것을 수는 자주 느낀다.

컴퓨터를 끄려다가 문득 바탕화면에 있는 마그리트의 그림을 본다. 거친 바다 위 허공에 거대한 바위가 있고 그 위에 자그만 성이 있는 '피렌체 산성'이다. 허공에 뜬 바위 뒤로 파란 하늘이 있고 하얀 구름이 떠있다. '빛의 제국'에서 보여주었던 하늘과 같은 느낌이다. 허공에 뜬 바위, 허공에서는 뿌리를 내릴 수도 없고 쉴 수도 없다. 불안과 허무만 있을 뿐이다.

그애가 좋아했던 마그리뜨의 또 한 그림이 생각난다. 수를 따르던 그애의 심리를 이해해야만 했던 그림이다. 두 얼굴이 흰 천으로 덮여있던 '연인들'. 그애는 수의 얼굴에 흰 천을 씌우고 사진을 찍어보고 싶어 했다. 수가 거부하자 그애는 마그리트의 그림을 보여주었다. 제목은 〈연인들〉, 넥타이를 맨 남자와 헐렁한 옷을 입은 여자가 흰 천으로 얼굴을 가리고 있다. '싫어' 수가 도리질을 하자 '그럼 함께 찍는 건 어때요?' 하며 그애는 하얀 실크를 두 장 준비하고 거울 앞에 셀프 카메라를 설치했다. 그리고 그림 속의 인물처럼 둘이 실크를 얼굴에 덮은 채 촬영을 마쳤다. 촬영 내내 수는 툴툴거리고 그애는 입을 굳게 다물고 있었던 것이 기억난다. 그 사진이 지금 어디에 있는지, 어떻게 되었는지는 알 수 없다. 그러나 헤어진 한참 후에야 수는 마그리트의 어머니가 한밤중 뛰어나가 물에 빠져 죽었고 하얀 잠옷이 그 얼굴을 덮은 모습을 어린 마그리트가 보았었다는 사실을 알게 되었다. 그리고 그애 역시 어머니의 죽음에 관한 기억 때문에 괴로워했던 사실을 새삼 기억해내었다. 그러나 수는 어머니의 얼굴이나마 기억해낼 수 있는 그들이 그나마 부럽다.

수는 검색창에 그애의 아이디를 쳐본다. 새삼 그 애와의 소통은 원하지 않지만 근황이 궁금해진다. 포털 사이트 갤러리에 그애의 사진들이 주르르 달려나온다. 프로필 사진에서 그애는 스키복을 입고 고글을 쓴 채 소위 아빠 백통이라 부르는 커다란 망원 렌즈 카메라를 들고 있다. 복권이라도 당첨됐는가 한참 호강하고 있는 모습니다. 갤러리에는 온갖 기교를 동원해 찍은 듯한 야생화와 명승지의 사계절 등을 찍은 사진들이 지나가더니 갑작스럽게 캐나다의 로키산맥이 나타난다. 아버지를 만나러갔던 모양이다. 한국에서 혼자 궁핍하게 사는 자유보다 권위의 그늘에서 안락하게 사는 삶을 택한 것 같다. 캐나다의 풍경들이 지나가고 젊은 여자와 자전거를 타고 있는 어린아이의 사진이 나타난다. '응, 결혼도 했네. 잘 했어.' 수는 혼자 중얼거리며 고개를 주억거린다. 그애는 어느 새 '어브'를 떼어낸 '노멀'이 되었나보다. 최근의 사진들은 좀 더 안정되고 편안한 분위기를 연출하고 있다. 그런데 갑자기 이상한 사진 하나가 눈에 띤다. 어떤 대머리 아저씨가 헐렁한 옷을 입고 앉아 익숙하게 웃고 있다. 낯설지만 어디서 본 듯한데… 그러다가 수는 그것이 그애의 현재 모습이라는 것을 깨닫는다. 수는 한참동안 그 사진을 들여다보다가 가슴 속에 새털이 하나 들어간 것처럼 자꾸만 속이 간지러워진다. 대머리라니… 니가 그렇게 늙었다는 거야? 수는 그만 참지 못하고 발작적으로 웃음을 쏟아낸다. 웃음소리가 진공관에서 나는 소리처럼 마구 떨려나온다.

스퀴글게임

"오늘은 두 사람이 한 조가 되어 재미있는 게임을 해봅시다. 짝이 다 맞지요?"

김 강사는 종이와 채색도구들을 가운데 쌓아놓으며 말했다.

"우리 지난번에 해보았던 난화처럼 해보는 거예요. 그리고 그걸 상대방과 바꾸어서 형태를 찾아봅시다. 색을 두 가지만 사용하고, 우선은 선으로만 해 주세요. 그 다음 수채로 컬러링을 합니다. 아, 그리고 오늘은 세 장을 그립니다. 그걸로 마지막에 이야기를 만들어보는 작업도 해봅시다."

수는 녹색과 푸른색의 사인펜 마카를 집어 들고 팔이 움직이는 대로 곡선과 지그재그를 반복한다. 우주를 유영하는 기분이다.

"너무 복잡한가요?"

옆에 있는 서희쌤이 선을 그린 종이를 건네주면서 상냥하게 웃는다. 수는 항상 미소를 띠고 목소리도 예쁜 서희쌤이 부럽다. 그러나 그는 아이를 여러 번 유산한 경험이 있어 어미가 되지 못한 아픔을 갖고 있다.

수는 서희쌤이 건네 준 선들에서 물고기와 천사의 날개를 찾는다. 두 번째 그림에서는 나선형의 계단과 파도와 긴 속눈썹이 보인다. 세 번째 그림은 떠오르는 것이 없다. 긴 응시에도 불구하고 선들은 어둠속처럼 흐릿하게 멀어지다가 먹구름으로 변한다. 수는 단순히 먹구름을 본 것으로 메모를 하지만 갑자기 머릿속에 통증을 느낀다. 거대한 뿌리가 머리를 감싸면서 죄어드는 것 같은 통증이다. 수는 눈을 감고 지그시 통증을 누른다. 종이 위에 선들이 감은 눈 속에 떠오르고 그것들은 움직이면서 하나의 그림을 완성한다. 어두운 밤바다. 나룻배가 한 척 있고 사공이 노를 젓고 있다. 물결은 잔잔하지만 사위는 어두워 보이는 것이 없다.

사공은 앞을 보고 있어 표정을 알 수 없다. 그러나 뒷모습은 여자임을 알 수 있다. 혹시… 어머니? 수는 사공의 얼굴이 보고 싶어진다. 돌아봐, 나를 봐. 사공이 천천히 얼굴을 돌린다. "아, 서희쌤. 이야기 구성까지 다 끝냈어요?" 갑작스런 김 강사의 목소리에 사공은 다시 고개를 돌리고 빠르게 사라져버린다.

"우리 서희쌤은 항상 일착이라니까. 그럼 이야기를 들어봅시다."

"네, 저는 첫 번째 그림에서 시시포스의 바위를 찾아냈습니다. 그리고 두 번째에서는 나비와 왕관, 여의봉을 찾아냈고요, 그 담엔 자궁 속에 있는 아기를 찾아냈습니다."

마지막 말에서 서희쌤의 목소리가 살짝 떨려나온다.

"계속하세요. 순서는 바뀌어도 되는 거 아시죠?"

"예. 아, 그런데 스토리 만들기가 영 어렵네요."

"자유연상이니까 무슨 모범 답안이 있는 것도 아니고 그냥 떠오르는 대로 하시면 돼요. 쌤들도 아시겠지만 무의식은 억압된 의식의 저장고로 볼 수 있어요. 그것들을 끄집어내려는 것은 묻어두지 말고 현실 속에서 부딪치고 싸워 이기는 힘을 기르자는 거죠. 분리된 자신을 통합해보려는 시도이고요."

"네, 저는 좀 동화스러운 얘기 같기도 한데요. 어느 날 시시포스가 매양 하던 대로 바위를 정상까지 밀어올리고 있었어요. 땀이 비 오듯 흘러 눈뜨기조차 힘든데 어디선가 하늘하늘 아주 가벼운 날갯짓을 하며 노랑나비 한 마리가 콧등에 앉았지요. 나비는 먼 인간세계에서 날아와 많이 지쳐있었지요. 나비는 시시포스에게 협상을 요구해요. 당신은 신을 속인 죄로 형벌을 받고 있는 줄 아는데 형벌에서 놓여날 방법이 있다, 라고 말합니다. 뿐만 아니라 예전에 잃어버린 나라와 왕관도 되찾아주겠다고 합니다. 흐음, 그래? 니가 무슨 힘이 있어서? 시시포스는 나비에게 야유를 보냅니다. 나비는 계속 말합니다. 만일 당신이 힘을 얻는다면 대신 아직 태어나지 않은 생명을 위해 예전에 당신이 죽음의 신을 한때 묶어놓았던 힘을 잠깐 보여주어야 합니다. 시시포스가 말하죠. 애야, 나는 이제 아무런 힘도 능력도 없단다. 보면 모르니? 내가 가진 것은 이 처치 곤란한 바위덩어리일 뿐이야. 그러자 나비가 콧등에서 날아오르며 소리칩니다. 내가 비밀을 알려줄게요. 바위를 던지세요. 바위를 깨트리세요. 바위 속에 여의봉이 있습니다. 그걸로 당신은 힘을 되찾을 수 있습니다. 찾지 않고, 구하지 않고 얻을 수 있는 것은 없어요. 시시포스는 잠시 생각합니다. 그리고 말합니다. 애야, 미안하구나. 나는 지상의 삶을 살만큼 살았다. 그리고 삶과 죽음의 경계를 허무는 것은 한번으로 족해. 바위를 밀어 올리는 거? 힘들지, 보람 없지, 외롭지. 그런데 지상의 삶도 크게 다르지는 않아. 나비는 화가 난 듯 시시포스의 눈앞을 어지러이 날아다니며 외칩니다. 허지만 아직 인간의 삶을 살아보지 않은 생명도 좀 생각해주세요. 제발요. 당신은 다 살아봤잖아요. 그러니 살아보지 못한 생명을 도와주세요. 나비가 안달을 하자 시시포스가 말합니다. 나비야, 인간에겐 각자 따로 주어진 생명이 있어. 그건 어쩌지 못해. 내가 깨달은 건 내게 주어진 걸 형벌로 생각하지 않는다는 거야. 그게 힘없는 자의 지혜지. 나비는 날개가 찢어질 정도로 날갯짓을 하며 악을 씁니다. 안돼, 당신이 못하면 내가 할 거야. 이 이기주의자, 교활한 놈. 내가 바위를 깨트려서 여의봉을 찾아 우리 아가를 구할 거야! 나비는 바위로 돌진합니다. 그러나… 그렇지만… 결국…"

서희쌤의 목소리가 위태롭게 흔들리기 시작하더니 그에 울음을 터트린다. 모두들 눈가가 붉어지지만 아무도 위로하지 않고 잠시 울게 놓아둔다. 수는 사라져버린 사공을 얼굴, 두건으로 가려진 그 얼굴을 자꾸 눈앞에 그려본다.

길 위에 눕다

햇살아래 투명해진 갈대숲 밑으로 검둥오리 몇 마리가 유유히 노닐고 있는 것이 보인다. 뷰파인더로 들여다보니 꽤 그럴싸한 그림이 되겠다. 수는 서브 카메라를 꺼내든 채 숨소리조차 내지 않고 조심스럽게 발걸음을 옮긴다. 그러나 셔터를 누를 시점에 이르자 새들은 약 올리듯 일제히 날아가 버린다. 바람이 한차례 지나가자 갈대가 바람결에 일제히 눕는다. 아직 봄은 이른지 손등을 스치는 바람이 제법 차갑다. 그래도 칼칼한 긴장감 때문에 정신이 명료해지는 것 같다. 오래간만에 맛보는 명료함이다.

어디선가 제법 큰 날개를 가진 새가 날아와 앉는다. 수는 황야의 총잡이처럼 빠르게 카메라를 빼들었지만 민감한 새들은 또다시 화르르 날아오른다. 타이밍을 맞추어 날아오를 허공에 대고 셔터를 눌러보아도 걸려든 것은 없다.

바다로 이어지는 길고 긴 하천에는 놀랍게도 흰뺨검둥오리를 비롯 왜가리와 가마우지, 살매기까지 있다고 표지판에 적혀있다. 세상의 찌든 일상을 훔쳐보며 길게 구비진 하천 옆에는 자전거 도로가 나 있어 산책하는 사람들과 하이킹 하는 사람들의 움직임이 햇살 아래 정겹다. 그러나 근처에 공단이 있어 그런지 가까이 보이는 물은 더럽기 짝이 없다. 그래도 멀리 보이는 수면은 마치 유리판에 쏟아놓은 보석가루처럼 반짝거린다. 아침 햇빛 때문이다.

수는 어깨에 맨 카메라 가방을 추스른다. 마침 중고로 내놓은 것을 사겠다는 연락이 와서 가지고 나선 길이다. 나오는 길에 서브 카메라를 습관처럼 들고 나왔더니 슬슬 가방의 무게가 느껴지기 시작한다. 애지중지까지는 아니지만 손때 묻은 카메라를 누군가에게 넘겨야한다는 것은 별로 유쾌한 일이 아니다. 하지만 이제 슬슬 주변정리를 하고 싶다. 구속되어 있는 잡다한 물건들을 하나씩 처분하고 간편하게 살다가 홀홀 떠나고 싶은 마음이다.

약속 시간까지는 한 시간이나 남아있어 수는 약속장소인 터미널까지 걷기로 한다. 구매자는 지방에서 오는지 터미널에서 만나자고 했다. 알록달록 전문 레이서 복장을 한 남녀 둘이 자전거를 타고 스치듯 지나가고 그 뒤로 한 떼의 아이들이 재잘거리며 지나간다. 그 중 한 아이가 아는 얼굴이다. 작년까지 수에게서 미술수업을 받던 아이다. 아이에게 반가운 손짓을 하려다 수는 급히 손을 내린다. 아이의 어머니가 여러 명의 아줌마와 더불어 뒤를 따라오는 중이다. 수는 카메라를 꺼내들고 다시 하천 쪽으로 몸을 돌린다. 아이의 어머니는 두어 달 전 자기 아이를 빼가면서 남아있는 다른 아이의 어머니들도 들쑤셔놓아 결국은 수에게 수업 받는 아이들을 다 빼가고 말았다. 수는 그 아이의 어머니가 떠들고 다녔던 얘기를 전해 들었다. '그 여자 멘탈에 문제 있어. 마트에서 갑자기 픽, 쓰러지는 거 내가 봤다니까. 내 애를 그런 여자한테 맡길 수 없잖아?' 쓰러지는 것이 죄가 아니건만 사람들은 왜 쓰러지는 사람을 벌레 보듯 하는지 알 수 없다. 아마도 약한 것에 대한 경멸일 것이다.

둔덕진 길 위에는 미루나무가 도열하듯 서 있고. 여러 마리의 까치가 이 가지 저가지로 날아다닌다. 무거운 가방을 오른쪽에서 왼쪽으로 바꿔들며 수는 카메라를 판 돈으로 장을 봐야 되겠다고 생각을 한다. 아침에 보니 냉장고 속에 횅한 바람이 일고 있었다. 카메라를 팔고도 팔아야 할 것이 아직 많이 남아 있으니 아이들을 만날 때까지 희망을 버릴 필요는 없겠다. 아니 생각해보니 굳이 앉아서 아이들을 기다릴 필요기 있을까? 모든 것을 다 팔아서 예테보리로 날아가 보자. 왜 진작 그런 용기가 없었을까? 그냥 기다리기만 하면 되는 줄 알았던 자신이 미련스러워 보인다. 오래 볼 수 있을 날을 기다리느니 한 번이라도 보고 죽는 것이 더 나을 수도 있는 일이다. 가슴 속에서 폭죽이 터지는 것만 같다.

수는 마음이 바빠져 발걸음을 빨리한다. 그런데 갑자기 자전거 경적 소리가 들리고 사람들의 외마디 소리가 들린다.

"저런, 왜 갑자기 뛰어들어. 잘 좀 보고 다니지."

"아네요, 부딪친 게 아니라 그냥 쓰리진 건대요?"

끝없이 뻗어있는 길. 길 위에는 아무도 보이지 않고 얼굴 없는 여자와 하얀 구두만 외롭게 놓여있다. 지평선 위의 구름들이 빠르게 달려오고 있다. 마치 운해전술이라도 쓰는 것처럼 한없이 꾸역꾸역 달려들다가 획획 소리를 내며 옆으로 지나간다. 구름의 꼬리에라도 맞을 것만 같아 수는 몸을 움츠린다. 얼굴 없는 여자가 수를 내려다본다. 수는 붓을 들어 얼굴 없는 여인에게 얼굴을 그려준다. 자신을 낳고 사라졌다는 어미의 얼굴을 알고 싶었지만 결국 그려 넣은 것은 자신의 얼굴이다. 자꾸만 졸음이 쏟아진다.

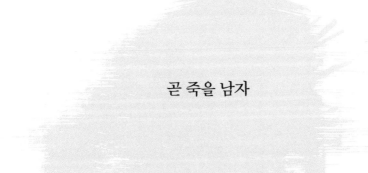

곤 죽을 남자

1.

이제 때가 온 것인가?

복도 끝을 일별한다. 언제 버려졌는지 모를 낡은 매트리스와 이가 빠진 플라스틱 함지박이 그저 난간 앞에 부려져있다. 19호 것인지 20호 것인지 알 수 없다. 쓰다 버린 것인지 아니면 좁은 곳으로 이사와 놓을 데가 없어 버린 것인지도 알 수 없다. 그 집에 누가 사는지 이사를 온 것인지 혹은 간 것인지 알 수 없을 만큼 대부분의 사람들은 자신을 꽁꽁 숨기며 산다.

천천히 걸음을 옮긴다. 긴 복도에 현관문이 다닥다닥 붙어있다. 호수가 많으니 그만큼 세대수도 많겠지만 복도는 언제나 조용하다. 서로 얼굴이 마주치는 적도 드물고 문을 여닫는 소리도 극히 드물다.

15호 앞에서 발걸음을 멈춘다. 복도 창문이 아직 뜯겨진 상태로 있다. 어둠이 고여 있는 방안에 혹시라도 여자의 영혼이라 남아 있을 지도 모른다는 생각이 들어 잠시 걸음을 멈추고 들여다본다. 뭔가가 마주 보는 것 같아 흠칫 놀랐지만 곧 걸려있는 옷과 모자라는 것을 알 수 있었다.

어제 여자의 사체가 구급차의 들것에 실려 차로 옮겨지는 것을 베란다에서 몰래 훔쳐보았다. 누가 뭐랄 것도 없는 일이지만 왠지 숨어서 보아야 할 것 같았다. 여자의 얼굴이 먼저 보이고 흰 티를 입은 상체가 보였다. 봉긋하게 도드라진 젖가슴이 눈에 확 띄었다. 뒤이어 주홍색 반바지를 입은 하체가 차안으로 들어갈 때 짧은 반바지 아래 드러난 뽀얀 허벅지가 사체임을 의심케 했다. 저런 여자가 같은 층에 살고 있었던가? 여자의 두 손은 배 위에 가지런히 올려져있다. 긴 단발머리에 하얀 얼굴, 한마디로 젊고 예쁜 아가씨였다. 정말 죽은 것일까? 여자의 집에서 나온 경찰관이 무전기에 대고 '30대 여자 사망'이라고 간략히 말하는 것을 들었음에도 불구하고 여자는 잠깐 기절했거나 잠이 든 사람 같아보였다. 늙고 병든 괴팍한 영감들과 딸 자랑이 늘어지는 노파들 속에 섞여 있던 젊고 예쁜 여자가 그동안 눈에 띄지 않았던 것은 여자 역시 감추고 싶은 게 있거나 숨기를 좋아하는 성격이었는지도 모르겠다.

현관문을 밀어보니 힘없이 열린다. 아직 보수 팀이 오질 않았나보다. 여자는 모든 문을 잠그고 자살 했었던 것 같다. 그만큼 죽음에 대한 의지가 확실했었는지도 모른다. 조금이라도 빨리 안으로 들어가기 위해 119 대원들은 베란다 난간에 매달리기도 하고 현관문을 두드리기도 하더니 나중에는 복도 창문을 잡아 뜯고 현관문 잠금장치도 뜯어냈다. 여자는 죽음을 방해 받지 않기 위해 모든 문을 잠궜지만 그래도 숨이 붙어있을 때 누군가에게 연락을 했었나보다. 문을 두드리는 소리가 시끄러워 나와 보았을 때 빨간 점퍼를 입고 하얀 강아지를 안은 젊은 여자가 울먹이는 소리로 여자의 이름을 불렀다. 미희야, 문 좀 열어봐…

현관 벽에 있는 스위치를 누르니 탁하게 시야를 막고 있던 어둠이 지잉, 소리를 내며 둥그렇게 물러난다. 좁은 통로에 신발자국이 어지럽다. 현관 등이 꺼지기 전에 신발자국들을 밟고 들어가 주방의 불을 켠다. 여자는 준비를 꼼꼼하게 했나보다. 주방이 깨끗이 정리되어있다. 혼자 사는 젊은 여자의 방은 처음 들어와 본다. 앞 못 보는 늙은 어미와 사는 방과 얼마나 다를까? 크게 다를 건 없는 것 같다. 화장대가 있다는 것 밖에. 그리고 꽃무늬가 있는 빨간색 강아지 방석이 있는데 강아지는 보이지 않는다. 아마도 빨간 점퍼의 여자 친구가 데려갔나 보다. 처음 여자의 이름을 부르며 현관문을 두드린 빨간 점퍼의 여자는 흰색 마르티즈 강아지를 안고 있었다. 여자는 죽기 전에 미리 자신의 강아지를 빨간 점퍼에게 맡겼는지도 모르겠다. 그들은 아마도 강아지로 인하여 가까워진 친구일 것이다.

이 아파트의 놀이터는 강아지들의 놀이터나 마찬가지다. 젊은 부부가 없으니 당연히 애들은 없고 강아지를 데리고 놀러 나온 할머니, 할아버지, 수다쟁이 아줌마들로 놀이터가 소란스러울 때가 많다. 그들 중 강아지의 목줄을 준비하거나 배변봉투를 준비한 사람들은 거의 없다. 게 중에는 제 몸집 작은 줄도 모르고 사납게 이빨을 드러내며 달려드는 강아지들도 있건만 견주들은 해피니 뽀삐니 하는 이름들만 몇 번 부르고는 별일 없다는 듯 수다 삼매경에 빠져든다. 발길질 한 번이면 그 시끄러운 강아지를 작살내버릴 수 있지만 그런 걸로 얼굴을 알리고 싶지 않아 그냥 지나친 적이 더러 있다. 그래도 그들은 어디 사는 누구인지 모를 리 없을 것이다. 아마도 그들은 멀어지는 뒤통수에 대고 수군거릴 것이다.

"00동 00호에 사는 남자래. 마누라는 도망간 지 오래됐고 어머니와 둘이 산다는데 그 할마시도 통 나오질 않드만. 듣기로는 앞이 안 보인다고 하는 것 같기도 하고…" "허우대는 멀쩡해 보이는데 마누라는 왜 도망갔데?" "아, 허우대 보고 사나? 그것도 하루이틀이지. 뭐 돈 벌러 외국으로 갔다는 얘기도 있고…" "나라도 안 오겠구만 새끼도 없는 가 본데 뭣 하러 붙어살아?" "차암~ 공부도 많이 했다던데…" "어유~ 공부가 뭔 소용이여~ 먹거리가 없는디. 통장이 그러는데 여기에도 공부 많이 한 사람들 많디야. 어떤 여자는 이대 나오고 어떤 남자는 학군단인지 훈단인지 출신이고 또 저번에 관리소에서 지랄하던 여자, 그 여자도 영어선생이었다는데 공부를 너무 많이 해서 머리가 살짝 가서 그러고 다닌

다잖여~ 돈 없고 빽 없으면 배우나 안 배우나 그게 그거여~" "맞아 맞아 크크크."

여자는 어떻게 죽었을까? 목을 매지는 않은 것 같다. 매달만한 무엇도 없다. 요즘 인터넷에 백 만원짜리 자살세트가 판매된다고도 하던데 그런 것을 이용한 흔적은 없다. 질소 가스통, 타이머, 가스 호스, 신경안정제 따위를 백만 원에 파는 인간도 있고 사는 인간도 있나니 그런 걸 살 돈 있으면 그걸로, 그걸로… 글쎄… 무얼 할까? 백만 원어치의 삶을 더 연장한다고 삶의 내용이 달라질 수 있을까? 그것보다도 여자는 대체 왜 죽었을까? 늙고 추한몰골로 끝까지 삶을 붙들고 있는 인간들이 수두룩한데…

옷장 하나와 화장대 하나, 에어컨이 있는 벽에 액자 사진 하나가 걸려있다. 보조개가 패이도록 활짝 웃는 여자 옆에 K 라는 로고가 새겨진 야구모자를 쓴 남자가 다정하게 여자의 어깨에 손을 얹고 있다. 그런데 남자가 조금 어려 보이는 듯하다. 군대를 갓제대한 듯 모자 밑의 머리가 파르스름하다. 사진 속의 저 젊은이는 여자가 죽었다는 것을 알기나 할까? 현실의 욕망을 불러일으키는 여자의 존재는 사라졌는데 욕망이 아직 남아있는 여자의 웃음은 슬프다.

한자 반 정도 되는 어항에는 제법 굵직한 금붕어 세 마리가 유유히 헤엄치고 있다. 가만히 보니 집에 있는 금붕어와 비슷한 종들이다. 여자도 무슨 신경질환 같은 것이 있었던가? 오 년 전 상담을 받으러 갔을 때 의사는 약과 함께 마음의 안정을 위해 수족관 놓기를 권했는데 수족관씩이나 놓을 공간이 되지 않아 작은 어항을 놓고 금붕어를 키웠다. 그것으로 숨쉬기 상태가 나아진 것인지는 알 수 없으나 심장을 죄어오는 고통의 횟수가 줄어들기는 했다. 술이며 담배를 멀리한 까닭도 있을 터였다.

인기척을 느꼈는지 금붕어들이 갑자기 한곳으로 주둥이를 밀며 결사적으로 모여든다. 옆에 있는 먹이통에서 6알을 꺼내 어항 속에 넣어준다. 금붕어 사료가 집에 것과 다르긴 하지만 너무 많이 주면 물이 쉽게 더러워지므로 두 알갱이가 딱 좋다. 검정색 툭눈금붕어가 잽싸게 먹이를 먹는다. 제일 활발한 놈인 것 같다. 붉은색 난주도 먹이를 채 가는데 웬일인지 흰점무늬가 있는 왜금은 아랑곳없이 가버린다. 금붕어들을 데려가 볼까 하다가 그만두기로 한다. 내 집에 있는 금붕어들도 곧 주인을 잃을 것인데 뭣 하러… 앞이 안 보이는 어머니가 금붕어 먹이를 챙겨 먹일 지 만무다.

참, 건너편 동 1004호 남자의 어머니는 어찌되었을까? 얼마 전 남자가 죽었을 때 경비는 그 어머니에게 차마 아들의 죽음을 알릴 수 없었다고 한다. 그래서 아들의 이름이 맞냐고 확인하는 경비에게 '우리 아들 어제 안 들어왔는데요' 하자 경비는 '지금 병원에 있는데요. 좀 다쳤나봅니다.' 하고는 급히 자리를 물러났다고 한다. 굳이 자식의 죽음을 알리는 역할을 맡기 싫었던가보다. 경비는 죽은 남자의 성격이 꽤나 점잖아보였고 조용한 성격이었던 것 같다고 한다. 가끔 아침 산책을 나오는 것을 보았는데 마주치면 조용한 눈인사와 미소를 잃지 않았다고 한다. 더구나 종교생활까지 착실히 하는 사람 같았다는데, 왜 자기가 사는 동도 아닌 남의 동 11층에서 뛰어내렸는지 알 수 없다고 했다.

그랬다. 남자는 희한하게도 제가 사는 아파트 동이 아닌 건너편 아파트 동에서 밤을 지새우고 아침에 뛰어내린 것이다. 어쩌면 11층 복도에서 밤새도록 건너편에 있는 10층의 제 집을 바라보고 있었는지도 모르겠다. 남자가 뛰어내린 시각은 아침 9시로 기억하고 있다. 왜냐하면 쿵, 하는 소리가 났을 때 설마 사람이 떨어진지는 모르고 무슨 대포나 총소리 같은 것으로 착각하고 티브이 화면을 눈여겨보았기 때문이다. 아침 방송 화면에는 급한 뉴스를 자막으로 내보내기도 한다. 최근에는 연일 북한에서 미사일을 쏘아올리고 핵무기에 온통 신경이 쏠려 있는 상태이다. 그런데 사실 제 앞가림 못하고 희망이라고는 눈곱만치도 없는 인간에게 전쟁이 나든 인류가 어찌되든 신경 쓸 바 아니다. 방송 자막에 급한 뉴스는 없었지만 잠시 후 밖이 소란해서 베란다로 나가보니 웬 남자가 아파트 현관 출입문 옆 경사로에 떨어져 죽었다는 얘기가 들렸다. 남자가 경사로에 남긴 핏자국은 곧 물에 씻겨 사라졌다. 세상에 존재했던 아무개의 흔적은 그것으로 끝인 것이다. 곧 아무 일 없었던 듯이 그 위로 휠체어나 전동차의 바퀴들이 지나다닐 것이고 계단을 오르기 힘든 노인들이나 장바구니 캐리어를 끄는 사람들의 못 발자국들이 쉴 새 없이 밟고 지나다닐 것이다.

흔적이 작은 구덩이로 남겨진 여자도 있었다. 아직 사십도 안 돼 보이던 여자였다. 8층에 살던 그 여자는 술 취한 남편과 말다툼을 하다가 분이 치밀어 복도 난간을 뛰어 넘어 아래로 몸을 던졌다한다. 남편이 뒤늦게 아내의 사체를 끌어안고 통곡을 했지만 살아나지는 못했다. 여자는 뒤편 화단에 움푹 패어진 작은 구덩이로 자신의 마지막 흔적을 남기고 갔다. 오래 전 일이지만 아직도 가끔 여자가 떨어졌던 자리를 눈여겨본다. 지금은 고르게 심어진 맥문동의 푸른 잎들이 싱그럽지만 여자가 떨어진 자리는 정확히 기억하고 있다. 아마 여자의 남편은 벌써 잊어버리고 재혼해서 잘 살고 있을지도 모를 일이다. 산자의 역할은 그렇다. 그러나 그 역할을 제대로 못해내는 사람도 있다. 그의 이름은 아마도 패배자, 아니 방관자라고 해두자.

금붕어들이 또다시 입을 뻐끔거리며 모여든다. 먹이가 부족한 것일까? 손끝에 집히는 만큼 어항에 뿌려주고는 쓰러지듯 벽에 기대앉는다. 매우 피곤하다. 생각해보니 어젯밤도 악몽에 시달리느라 잠을 제대로 못 잤다. 약을 끊은 탓일까? 일부러 약을 안 먹은 지 꽤 되었다. 숨이 안 쉬어질 때의 고통은 피할 수 없겠지만 느닷없이 호흡이 멈추는 증상으로 그렇게 죽어도 괜찮겠다는 생각이다. 어젯밤 꿈은 새로웠다. 칠성판 위에 눕혀져 고문을 당할 위기에서 꿈이 깼는데 문제는 고문의 위협이 가해질 때 그래, 니들 맘대로 해라, 하면서 겉으로 껄껄 웃어젖혔다. 그런데는 속으로는 엄청 공포스러웠던지 꿈이 깨고서도 그 공포감이 지속적으로 남아있어 기분이 씁쓸했다.

자꾸 눈이 감겨 멀찌감치에 있는 쿠션을 끌어당긴다. 뒤집어 보니 하트로 천이 덧대어져있고 거기에 여자의 얼굴과 벽에 걸린 사진의 남자 얼굴이 프린트되어 있는 쿠션이다. 그 둘의 얼굴을 베고 눕는다. 옅은 화장품 냄새가 난다. 아니 향수 냄새 같기도 하다. 왠지 낯설지 않은 냄새이다. 예전에 아내가 좋아했던 향수 냄새이다. 이름이 화이트 다이아몬드였던가? 아내는 리즈 테일러가 아니었건만 리즈를 위해 만들어졌다는 향수에 집착을 했다, 심지어 콩나물 값을 깎아 아긴 돈으로 향수를 사고 싶어 했을 정도로. 참 어울리지 않는 일이었다.

어스름한 시야에 무언가 희끄무레한 것이 보인다. 눈을 크게 뜨고 응시하자 산발을 한 여자가 조금씩 다가오는 듯 하더니 갑자기 확 달려들어 목을 조르기 시작한다. 산발한 머리채를 잡아채 보니 아내의 얼굴이다. 흘겨보는 눈이 소름끼쳤지만 잡은 머릿채에 힘을 주고 힘껏 돌려버린다. 입가에 비웃을 담고 있던 아내의 형상은 햇빛을 받은 드라큘라처럼 재가 되어 흩어진다. 흩어지는 형상을 잡으려고 손을 젓다가 벌떡 몸을 일으킨다.

잠깐 사이 또 꿈을 꾸었나보다. 힘을 주었던 손아귀가 부르르 떨려온다. 전신에 축축한 기운이 느껴진다. 향수냄새 풍기는 쿠션을 던져놓고 여자의 집을 나온다. 잘 닫히지 않는 현관문 사이로 문득 어떤 음습한 기운이 손목을 잡는 듯한 느낌이 들어 황급히 손을 휘젓는다. 그 바람에 뭔가에 스쳤는지 손톱 끝이 두개나

뜯겨졌다. 오랫동안 손, 발톱을 깎지 않아 길어질 대로 길어진 상태였다. 자살하는 사람의 대부분은 목욕재개하고 손발톱을 단정히 깎는다던데 아무래도 오늘은 계획을 미루는 것이 좋겠다. 목욕재계한 다음 실행하는 것도 나쁘진 않을 것 같다.

2.

어머니는 벽 쪽으로 누워있다. 오른쪽 어깨가 미세하게 오르락내리락 하는 걸로 보아 벌써 잠이 깊이 드신 모양이다. 아들이 들어오지 않는 것에 대한 걱정도 놓았나보다. 언제부턴가 어머니는 아들보다 요양보호사를 더 많이 의지하기 시작했다. 그 덕분에 하루 몇 번씩 아들의 손을 부여잡고 '내가 어서 죽어야 할 텐데' 하며 꺽꺽거리던 버릇이 줄어들었고 그 때문에 동반자살이라는 카드를 슬그머니 버릴 수도 있었다. 어쩌면 죽는 것보다 살게 하는 것이 어머니에게 더 고통을 주는 일일지도 모른다.

어머니 옆에 등을 대고 누워 티브이를 켠다. 새 정부가 들어선 지 얼마 안 되어 요즘 티브이는 새로운 장관 후보자들과 정부 요인들의 이름들이 들먹거려지고 청문회도 진행되고 있다. 가끔 아는 이름들이 나온다. 오래 전에 들어 본 이름들. '구국의 강철 대오 전대협!' 아무개 아무개들이 떠들어대던 것들을 혼자 중얼거리고 피식 웃는다. 어쨌든 꼬리들은 어느 시대건 꼬리에 지나지 않는다. 민주주의는 완성이 없고 과정만 있을 뿐이고, 어느 세월, 어느 시간이든 소소한 자리만 지키고 있는 꼬리들에겐 무슨무슨 주의보다 코앞의 삶에 매인 무의미한 시간만 축적될 뿐이다. 가난은 삶의 목표를 개인적인 사소한 것으로 만들기 십상이다.

"언제 왔니?"

티비 소리 때문이었는지 부스스 일어난 어머니는 검은색 안경부터 찾아 쓴다. 내연녀를 찾아 도망간 아버지 대신 학업도 포기시키고 강제로 가장의 감투를 씌워버린 어머니. 동생을 공부시킨다고 돈 놀이를 하다가 채무자의 멍에까지 지워 준 어머니. 당뇨로 시력을 잃고 애꿎은 며느리만 닦달하다가 우울중 걸리게 만든 어머니. 정작 공을 들인 동생은 도망치듯 외국으로 이민을 가버리고 남은 것은 철두철미 희생을 강요받던 못난 홀아비 아들뿐이다.

"밥은?"

습관처럼 묻는다. 대답하기 귀찮아진다. 앞이 보일 때나 안 보일 때나 밥상 하나 옳게 차려준 기억이 없지만 질문하는 습관은 유지하고 있다.

지상파 티브이에서는 대부분 청문회 중계를 이어가고 있다. 채널을 돌리다가 얼핏 눈에 익은 얼굴 하나가 비쳐진다. 삼십년의 세월이 지났지만 웃는 입은 변치 않은 것 같다. 서혁이... 그런데 사실 그 얼굴의 주인공보다는 그의 여자 친구 S가 더 기억에 뚜렷하기는 하다.

삼십 년 전 몸에 달라붙은 매운 최루 가스를 털어내며 S는 투덜거렸다. '이젠 정말 지겨워…' 마스크와 모자 사이로 붉게 충혈된 눈이 분노와 짜증을 담고 허공을 노려보는데 눈물이 잔뜩 고여 있었다. 그건 최루가스로 인한 눈물과는 다른 것이었다. 지금까지 해 온 모든 것에 의미를 잃어버린 허탈함에서 오는 빈 눈물이었다. 학기 초 다연발 최루탄 속에서 이리저리 쫓겨 다니고 도망 다니면서도 누구보다도 열심히 '호헌철폐'와 '군부독재타도'를 외치고 다녔고, 유월의 뜨거운 열기 속을 뛰어다니며 시내버스에 전단지를 투척하는 일도 지치지 않고 해냈던 S의 유난한 열정이 갑자기 사라진 것이다. 방금도 '최루탄 추방 국민결의의 날'이라는 전단지 살포를 끝내고 골목길로 숨어든 뒤였다. '왜? 서혁이가 걱정되는구나.' 하려다가 "들어가고 싶으면 들어가. 이쪽은 내가 알아서 할게" 했다.

열흘 전 서혁이가 방독면을 쓴 네 명의 백골단에게 잡혀간 뒤로부터 시위 참여에 대한 S의 열기가 점점 사그라들고 있다는 것을 느끼고 있었지만 이런 식으로 나오는 것은 의외였다. 끌려가는 서혁이의 웃는 낯빛을 보아버렸기 때문일까? 그놈은 어느 때건 잘 웃었다. 서혁이의 가방 속에는 하필 밤새 작업한 '6·10 국민대회 행동요강'이라는 유인물이 들어있었고 약속된 장소에 있는 몇몇의 친구들에게 오고 있던 중이었다. 그때 하필 백골단이 잦아드는 최루탄 연기 속에 나타나 친구들 쪽으로 가고 있었고 서혁은 백골단과 친구들의 위치를 동시에 확인한 다음 일부러 반대방향으로 뛰기 시작했다. 나 잡으라는 듯이 뛰는 서혁을 백골단이 놓칠 리 없었다. 아직 남아있던 희부연 연기 속에 끌려가는 서혁의 모습이 보였다. 그가 웃고 있었던 것은 친구들을 지켰다는 자부심 때문이었을까? 아니면 여자 친구를 지켰다는 안도감 때문이었을까? 그는 청바지에 노란 티셔츠를 입고 있었고 선명한 빛깔의 오렌지색 스포츠 백을 들고 있었다. S 역시 그날 청바지에 노란 티셔츠 그리고 오렌지색 빈 스포츠 가방을 들고 있었다. 그 와중에도 그들에겐 연애가 가능했던가 보았다.

S는 모자를 벗어 다시 한 번 몸을 털어내고는 땀에 젖은 긴 머리칼을 한 번 흔들었다. 그러더니 주저 없이 팔자걸음으로 톡톡톡 걸으며 골목 밖으로 향했다. 뛰어다닐 때는 느낄 수 없었지만 무용과였던 S의 걸음걸이는 팔자걸음으로 톡톡 찍으며 걷는 특이한 걸음새였다. S는 골목을 벗어나기 전 뒤돌아서서 한 마디 했다. '배신자라고 생각해도 좋아. 갑자기 못 견디게 지겨워졌을 뿐이야. 모두가 투사일 필요는 없잖아.' S가 사라진 뒤 생각했다. 아마도 S의 민주주의는 서혁이었던가보다고, 아니면 호기심의 대상이었던지… 그리고 S는 한국을 떠났고 그 뒤의 소식은 들리지 않았다.

3.

"할아버지, 할아버지~"

새벽 5시가 다 되었나보다. 어김없이 옆집 문을 두드리는 여자의 걸걸한 목소리가 들린다. 깐에는 나직이 부르는 것 같지만 조용한 새벽이라 아주 또렷이 들린다. 좀 이어 문이 열리는 소리가 나고 '할아버지, 담배 좀 주세요' 하는 여자의 당당한 소리와 함께 문이 닫힌다. 둘이 새벽부터 담배를 피우며 무슨 짓거리들을 할 것인지 좀 역겨워진다.

두어 달 전 웬 영감 하나가 옆집으로 이사 오더니 복도 창문을 열어놓을 수가 없을 정도로 담배를 피워댔다. 작달막한 키에 얼굴에 커다란 사마귀 여러 개를 주렁주렁 달고 있는 영감은 온몸이 담배 연기로 만들어진 담배폭탄 같았다. 지나간 자리에 늘 담배냄새가 진하게 남아있고 어쩌다 입을 열면 마치 동굴에서 연기가 나오듯 입안에서 담배 연기가 기어나왔다. 그의 일과는 오로지 담배 피는 일이었다. 끼니는 독거노인에게 배달되는 점심 도시락과 빵으로 해결하는 듯 보였다. 기초수급비를 받으면 그것으로 몽땅 담배만 사서 피는 모양이다. 길을 걸어도 그는 담배를 피우며 걸었고 멈추어있어도 담배를 피우고 있었다. 그러더니 드디어는 새벽같이 담배를 구하는 여자까지 들락거리게 하고 있다. 간신히 든 잠을 깨우는 행위를 단죄하리라 여러 번 생각했지만 그들의 얼굴을 대면하고 말을 섞어야 될 행위가 지겨워져 그냥 돌아눕고 만다.

멀뚱멀뚱 누워있는 귓속으로 조용한 빗소리가 스며든다. 아내를 마지막 본 날도 비 온 뒤라 대기가 축축했었다. 풀숲에 아내를 밀어 눕혔을 때 젖은 풀잎들이 온 몸을 스쳤다. 그때의 축축한 느낌이 살아나 양 손으로 맨살을 쓸어내린다. 땀으로 끈적해진 피부가 불쾌감을 더해주고 있다. 하루가 또 시작되고 있다.

4.

"넌 여전히 멜랑꼴리한 냄새를 풍기는구나."

가식도 자연스럽게 웃음 섞인 악수를 끝내고 자리에 앉자마자 K는 눈웃음을 친다. 가끔 전화 통화를 한 적은 있지만 얼굴 보는 것은 근 삼년 만이다. 삼년 전 K는 평생교육원 강의 자료를 만드는 중이라며 도서관으로 불러내 점심을 산 적이 있다. 물론 자료 정리를 도와준 수고의 대가이긴 했지만. 그리곤 소원해졌는데 오늘 또다시 불러낸 것이다.

"얼굴에 아주 써져 있다. 도대체 언제적 염세주의냐? 그것도 학생 때나 귀엽게 봐주는 거지."

숯불 위 석쇠에서는 미리 시켰던 것인지 장어 두 마리가 한입 크기로 잘려져 모로 세워져 있다. 생각해보니 외식이라곤 해본 기억이 까마득하다.

"멜랑꼴리는 염세주의보다는 오히려 흑담즙과 관계있다고 생각한다."

제대로 된 대화를 나누어본지가 오래된 탓인지 목소리가 탁하게 갈라지며 떨려나온다. 오래 된 칩거 생활을 들키기 싫어 최대한 자연스럽게 K에게 소주를 따라 주고 자작으로 마신다. 호흡곤란증이 올까 봐 술 담배를 멀리했었는데 오늘은 신경 쓰지 않기로 한다. 이래 죽으나 저래 죽으나 죽음에 이르는 길은 같지 않던가. 비록 어느 한쪽은 고통에 몸부림을 치다가 죽는 길이긴 하지만.

"흑담즙이라니?"

"이천 년 전 그리스 의학자들이 네 가지 체액설을 구분했는데 뭐 혈액이나 점액 그런 것들. 그 중에 흑담즙이 있는데 과하면 우울이 생긴다고도 했지. 멜랑이 그리스어로 검은색이라니까⋯ 뭐 그리고 멜랑꼴리를 예전엔 천재병이라고도 했다는데?"

"프핫, 천재병? 흠, 그래 들은 것도 같다. 아리스토텔레스의 물질 원소설 비슷한 거겠구나."

"뭐 그렇게 볼 수도 있겠지 그런데 재밌는 건 르네상스 시기에 어떤 학자는 멜랑꼴리에 대해 말하길 연구나 사색을 많이 하다보면 뇌의 수분이 마르고 차가워지고, 뇌의 혈액도 묽어지고 그러다보면 다른 부분의 피는 농도가 진하게 된다는 거야. 그래서 건조해지고 검어진다고 했다는데 흑담즙과도 연관이 있는, 지극히 맞는 말인 거 같아."

"흠, 그럴 듯하네, 잡학박사 실력 여전하시구만⋯ 그건 그렇고

모친은 안녕하시지?"

K는 빈 잔을 채우고는 친밀한 웃음으로 눈을 마주본다. 그러고 보니 몇 안 되는 친구들 중에도 어머니의 일까지 알고 있는 것은 K뿐이다. K와 내가 그렇게 가까운 사이였던가? 그건 아닌 것 같기도 한데… 아무튼 아무도 돌아보지 않고 기억해내지도 않는 사람을 가끔 불러내는 K가 좀 신기하다는 생각도 든다. 어쩌면 그 친구라는 것이 K의 수많은 친구들 중에 희미하게 여겨지는 한 명이긴 하겠지만. 그런데 K는 왜 아내의 안부를 묻지 않고 어머니의 안부를 묻는 것일까? 뭔가를 눈치 채고 있는 것일까? 들숨과 날숨에 순조롭지 않은 기운이 느껴진다. 평온을 가장하고 상 위에 놓인 K의 담배에 손을 뻗쳐 본다.

"오~ 술에다 담배까지. 이젠 공황장애에서도 벗어난 모양이네. 좋았어. 넌 극복할 줄 알았어. 마음을 편히 가지면 이젠 좋은 일만 생길 거야~"

마치 상담사 같은 말투다. K에게 사적인 일을 얘기한 기억은 나지 않지만 어쨌든 친구로 여기는 것도 나쁘진 않을 것 같다.

"우리 모자야 여일하지. 얘깃거리가 생기지 않는 관계야. 근데 넌 어떠냐?"

독한 연기 때문에 두개골이 쪼개지듯 아프면서 눈물이 핑 돈다.

"나도 뭐 특별난 건 없고… 뭐 한 이 년 동안 광화문에서 농성을 하고 있는 중? 이건 좀 별다른 일이긴 하겠지? 같은 박사학위 소지자인데도 누구는 교수가 돼서 억대 연봉인데 누구는 보따리

장사로 연봉이 천도 안 된다는 거, 이거 웃기지 않아? 방학도 없죠, 연구실도 없죠. 4대 보험도 안 되죠. 나이는 먹어가죠. 학생들은 강의 내용에 관심도 없고 쓸데없는 질문조차 안 할 정도로 관심이 없죠. 그저 학점이나 쉽게 따려고 시간 떼우기나 하고… 이런 젠장! 뭐 맛이 나야지 말이지."

"그래? 뭐 새 정권이 들어섰으니 뭔가 달라지겠지. 지금 비정규직들 정규직 전환 작업에 시동 걸었잖아. 좋은 일 있겠지."

식사 제공 값으로 기분 좋은 말을 던져본다.

그러고 보니 K도 어느새 머리숱이 확연히 줄어들고 살이 늘어졌다. 왕년엔 눈에 확 띄는 미남이었는데… 그래도 표정만은 늘 호감형이다. 눈꼬리에는 항상 눈웃음이 담겨있고. 입꼬리도 올라가 있어 상대가 긴장하지 않고 다가가게 만든다. 그 때문일까? K의 인생은 참 많이 좋아졌다. 처음에는 둘 다 아르바이트로 힘들게 학비를 벌어가며 심지어 가계까지 책임져야 하는 힘든 출발점에 같이 서 있었던 것 같은데, 어느 때부터인가 조금씩 길이 달라지기 시작했다. 결정적인 것은 K의 경우 부자 아내 덕에 순조롭게 석.박사 까지 공부할 수 있었고 교재 상대가 달라지기 시작했다. 운 좋은 놈이다. 자빠져도 코가 깨지는 놈은 평생 일어서지도 못하는데…

"내가 오랫동안 붙들고 살아온 게 하나 있지. 그게 뭔 줄 알아? 가능주의. 포시빌리즘. 얼마나 발음 좋냐. 알버트 허시만이 말했지. 결과를 만들어낼 확률은 희박하지만, 그럼에도 불구하고 그

길을 발견하려는 노력을 중시한다. 이게 가능주의라는 거야, 어때? 임포시빌리즘보다야 백번 낫지. 안 그러냐?"

허시만인지 허만 멘빌인지 이제 그따위에 관심 없어진지 오래다. 아무리 이러저러한 법이 개정되어도 사각지대는 남게 마련이고 그중에는 영원히 포시빌리즘 따위을 떠올리지 못하게되는 부류도 있는데 K는 언제나 그걸 무시하는 버릇이 있다. 낙관주의자는 비관수의자를 일부러 이해하러하지 않는 경향이 있다. 경험치가 다르기 때문이다. 빚쟁이와 실직, 투병, 배신, 그 속에서도 희망의 끈을 놓지 않으려고 했던 때도 이제는 다 지났다. 남은 것은 콧구멍만한 임대아파트에서 어머니의 병수발로 냄새나는 시간들이다.

"너, 또 멍 때리냐? 으이구. 어서 좀 먹어라. 비쩍 말라 눈만 커가지고… 내가 이런 거 사 준 사람은 마누라 빼곤 너뿐인 걸 알아둬. 자, 술도 한 잔 더 하고…"

K는 역시 신기하다. 요즘 같은 세상에서 무엇하러 자빠져서 일어나지도 못하는 부류와 친분관계를 유지하는 것일까? 아무것도 남아있는 것이 없는데… 짐작컨대 둘의 근접 점은 둘 다 아이가 없다는 것뿐이다. 그런데 그것조차 사실은 엄청난 차이가 있다는 것을 K는 모를 것이다. K는 일부러 아이를 가지지 않는 것이지만 누구는 능력이 없어 아내에게조차 조롱거리로 남은 경우이니까.

"고맙다. 근데 요즘 티비 보니까 아무개 아무개들이 감투들 쓰고 그러던데… 삼십 년 전 그들이 대단한 일은 한 것은 맞지?"

"그렇다고 봐야겠지. 근데 그들이 한 게 아니라, 우리 모두가 한 거로 생각되는데…"

"그럼 그들만 성공한 게 아니라 우리 모두 성공한 거겠네."

"맞아, 우리 모두 성공한 거지."

"집단의 성공이 개인의 성공으로 연결될까?"

"그럴 수 있지. 집단은 개인을 초월한 실체이긴 하지만."

"그건 전체주의 발언 아닐까?"

"뭐 그렇게 볼수도… 어쨌든 개인은 사회나 집단의 한 부분일 수밖에 없으니…"

"그럼 개인의 도덕적 흠결은 집단의 도덕성에 어떤 영향을 미칠까?"

"글세… 아무래도 영향이 있긴 하겠지만…"

"그럼 한 개인의 자살도 사회나 집단에 어떤 영향을 미칠 수 있을까?"

"어떤 의미를 갖느냐에 있겠지."

"개인의 존재에도 각기 다른 가치가 존재한다는 거네. 의미 있는 존재, 의미 없는 존재, 그러니까 뭣에도 영향력 없는 무가치한 존재도 있는 거고."

"물론, 그래서 가치는 스스로 만들어내야지… 야, 근데 뭔가 신선한 기분이 든다. 이런 분위기. 만날 새로 산 자동차나 골프 얘기에 질렸는데. 야하! 우리 한잔 더하자~ 반갑다, 친구야!"

기름 냄새 가득한 식당 한구석에서 K는 갑자기 호쾌한 웃음을 터뜨린다. 뭔가 능치는 기분이 들지만 밥 먹자, 소리에 참으로 오래간만에 외출을 하고 게다가 몇 년 입에 대지 않던 술도 한 두잔 걸친 꼬락서니가 스스로 재밌어서 함께 웃어본다. 뭐 죽기 전에 지인을 만나 평상적인 모습을 보이는 것도 자살자들이 보이는 흔한 짓이긴 하니까.

5.

아파트 옥상으로 가는 문은 묵직한 자물쇠를 단 쇠사슬로 묶여 있다. 하릴없이 돌아서서 지저분한 계단들을 내려오다 보니 11층이다. 건너편 동 1004호의 남자가 섰을 만한 자리로 가본다. 그때는 이곳에 의자가 놓여있었다고 했는데 보이지 않는다. 창틀에 담배꽁초가 수북하다. 뿐만 아니라 좁은 창문 아래를 내려다보니 아파트 동 현관 지붕 위에도 꽁초가 널려 있다. 1004호의 남자는 아마도 의자를 밟고 이 좁은 창문으로 올라가 몸을 날렸을 것이다.

불 꺼진 창문들이 제법 많다. 이제는 자야할 시간, 밤은 짧은 잠도 영원한 잠도 자연스럽게 만든다. 빛 밝은 창문들에는 간혹 사람의 그림자가 어른거리기도 한다. 이유없이 잠들지 못하는 사람들에게 밤은 인내의 시간이다. 고만고만한 토끼장 같은 공간 속에서 한 동에 300 세대가 사는 영세민 임대아파트. 우습기만 하다. 인생사의 희망도 절망도 지루하고 역겹게 느껴질 정도로 시간이 흐른 뒤인데도 마지막은 결국 이런 곳에서 마무리하게 되다니. 아주 작은 염원 하나라도 가질 수 있다면 삶을 달라질 수 있을까? 그러나 삶이 이어져도 영세한 인간의 영세한 죽음에는 가치나 의미부여 조차 영세해지기 마련이다.

창틀에 쌓인 담배꽁초에서 역한 냄새가 코를 찌른다. 그래도 마지막엔 담배 한 대가 제격이다. 주머니에 손을 넣으니 K의 담배가 잡힌다. 뿐만 아니라 K가 주었던 돈 봉투도 잡힌다. 봉투 안에는 강의 계획서와 자료목록이 들어있을 것이다.

"나 이번에 강의교재 출간하려고 준비하고 있어. 니 도움이 필요한 부분이 있어서 말이야. 사실 웬만한 학생들보다야 니가 백번 낫잖아. 써 달라는 건 물론 아니고 옛날 석박사 학위 때처럼 자료들 참고해서 주석을 찾아 달아주었으면 해서… 이건 수고비."

택시 안으로 봉투를 던져주고 K는 대리기사를 만나러 가는 척 핸드폰을 들고 급히 뛰어갔다. 기분 나빠해야 할지 그냥 받아들일지 잠시 망설였지만 어쨌든 택시에 두고 올 수는 없는 일이어서 주머니에 넣었다. K는 자신이 원하는 것 대신 부고장을 받을지도 모를 텐데 쓸데없는 짓을 하고 있는 것 같다.

K는 말했다.

"요나 콤플렉스라고 알지? 자신의 소명을 피해 달아나기만 했던… 난 가끔 네가 요나 같다는 생각이 들 때가 있어. 니 가치와 능력으로부터 항상 도망가기만 했잖아. 좀 자신을 갖고 행동을 해봐. 생각에만 몰두하지 말고."

웃음이 난다. 요나는 어땠을까? 요나도 씨 없는 수박이라는 콤플렉스에 갇혀 자신의 능력과 가치로부터 도망 다녔던 것일까? 아무도 모른다. 가장 믿었던 아내로부터 비웃음 섞인 차가운 한마디에 세상의 모든 가치가 녹아내릴 수도 있다는 것을.

아내는 목이 졸려 켁켁거리면서도 저항하거나 비명소리조차 내지 않았다. 대신 벌어지는 입술 사이로 조용히 내뱉었다.

"흐흐, 씨 없는 수박주제에…"

누군가 뒷머리를 후려치는 느낌이 들어 갑자기 손아귀의 힘이 풀려버렸다. 그리고 다가온 발작. 몸이 떨리고, 숨이 가빠지고, 진땀이 나면서 토할 것 같다가 또 금방 숨이 멎을 것 같은 고통에 시달릴 때, 남의 아이를 가졌다고 당당하게 고백했던 아내는 부스스 일어나 자리를 털더니 뒤도 안 돌아보고 가버렸다. 아내가 아이를 낳아 어떤 놈과 알콩달콩 살고 있는지 풍문으로라도 전해지지 않는다. 어머니 역시 진작부터 며느리가 없었던 양 묻는 일이 없다.

다리를 창틀에 걸쳐본다. 작은 창문이지만 몸에 살집이 없어 걸리거나 하지는 않을 거 같다. 그러나 창문에 올라가는 일이 관건이다. 의자 같은 받침대라도 있어야 가능하다. 두 손으로 창틀을 잡고 뛰어오르기를 해본다. 쉽지가 않다. 원숭이처럼 창틀에 올라앉을 수 있다면 좋을 텐데…

창틀에서 휘잉, 날 때 무엇을 생각할 수 있을까? 인간이 죽으면 미생물에 의해 분해되고 분해된 원자들은 탄소나 질소, 산소, 수

소들로 변해 흩어져서 다른 무엇들 속에 섞여 식물이나 열매, 짐승이나 인간의 한 부분이 될 수 있다는데, 되고 싶은 것은 무엇일까? 생각나는 것이 없다.

"아저씨, 담배 하나만 주세요."

귀에 익은 여자 목소리가 들린다. 소리 난 곳을 돌아보니 가무잡잡한 얼굴에 머리를 뒤로 묶고 몸피가 제법 퉁퉁해 보이는 중년 여자가 뒤뚱거리는 걸음으로 다가오고 있다. 그런데 옛날 주막집 주모 같은 걸걸한 목소리는 아무래도 귀에 익다. 새벽마다 옆집 영감의 문을 두드리며 '할아버지'를 연신 불러대던 그 목소리다.

"아저씨, 담배 하나만…"

여자는 바로 앞으로 다가와 손가락에 끼어진 담배를 탐욕스럽게 내려다보고 있다.

"그런데 라이터가 없어서…"

"어머낫, 라이터는 제게 있답니다."

여자가 어울리지 않게 콧소리를 낸다. 죽어서 무엇이 되고 싶은지에 대한 생각을 멈추고 지금 무엇을 할지 생각해본다.

"그럼 여기 말고 다른데 가서 태웁시다. 담배 피우기 좋은 데를 알고 있으니…"

"어머, 좋아요."

여자는 어울리지 않게 애교스러운 몸짓을 한다. 엘리베이터 쪽으로 걸음을 옮기자 여자는 좋아라, 따라 붙는다. 이 여자를 죽일 것인가 살릴 것인가 아니면 돈으로 성매매를 해볼 것인가. 우선은 아내의 목을 졸랐던 그 자리로 유인해 보는 거다. 젖은 풀들이 온몸을 적셨던 그 자리로 데려가는 동안 계속 생각해보고 결정해보기로 한다. 확실한 것은 오늘 역시 죽기는 글렀다는 것이다.

목요일의 병病

벌써 열 시가 지난 모양이다. 반쯤 열린 창문 밖으로 희끔하게 물줄기가 지나가는 것이 보이더니 곧이어 잎사귀에 부딪히는 물방울 소리가 들린다. 조만간 주인 여자의 다리가 나타날 차례이다. 주인 여자의 취미는 화단에 물주기인 것 같다. 매일 이 시간이면 나타나 화단에 물을 뿌려댄다. 화단은 시멘트 마당 한 구석에 흙을 쌓아놓고 조악한 돌로 가장자리를 마감해 놓은, 좀 우스꽝스러운 곳이다. 그런데도 주인 여자는 마치 에덴동산이나 되는 것처럼 공을 들이고 있다.

갑자기 주인 여자의 다리 하나가 슬쩍 들리는 것이 보인다. 아마도 화단 위쪽으로 손을 뻗는 모양이다. 위에서부터 완만하게 경사진 화단에 골고루 물을 주기 위해서 여자가 간혹 발돋움 하는 일은 가끔 있어도 한손을 앞으로 뻗으며 다리를 뒤로 뻗치는 자세는 오늘 처음 보는 일이다. 들린 다리 사이로 살진 허벅지가 보인다. 나는 고개를 돌리고 피식 웃음을 삼킨다. 지난번에도 주인 여자의 허벅지를 본 일이 있다. 주인 여자는 월세라든지, 전기세, 수도세 등을 청구하러 올 때면 현관으로 들어오는 것이 아니라 꼭 창문 앞에 쪼그리고 앉아 총각, 총각 하며 나를 불렀다. 그때 여자는 통이 넓은 반바지를 입고 창문 앞에 쪼그리고 앉아 있었기 때문에 위로 들린 반바지 틈새로 여자의 허벅지가 시작되는 깊은 곳까지 훤히 들여다보였다. 나는 주인 여자가 혹시 독수공방을 오래 한 과부가 아닐까, 하는 객쩍은 생각을 해본다.

아무러나 나는 이제 장가를 갈 예정이다. 장가를 가는 것이라기보다 결혼을 하는 것이겠지만. 신부의 이름은 '흐엉'이라는 베트남 여자인데 깡마르긴 했어도 밉상은 아니었다. 그러나 왜 꼭 결혼을 해야 하는 것인지는 잘 모르겠다. 오래 전 베트남에 건너가 자리를 잡은 형과 형수는 이제 나에 대한 책임을 완수하고 홀가분해지겠다는 생각인 것 같은데 굳이 거절한 명분도 없어서 결혼에 응하긴 했다. 요즘 같은 세상에 씨 다른 형제에게 그렇게 관심을 두는 사람이 얼마나 된다고. 내겐 과분한 처사이다. 그러나 앞으로의 내 생이 얼마나 달라질지는 굳이 생각하고 있지 않다. 자기 인생에 확실한 자신감과 믿음이 없으면 어차피 패자의 인생을 살기는 마찬가지이다.

볼륨을 높인 음악 소리에 섞여 희미한 벨 소리가 들린다. 창문 턱에 올려놓은 휴대폰을 쳐다보니 램프가 깜박이고 있다. 혹시 그녀가 집 앞에 와 있는 것인가? 나는 반사적으로 몸을 일으켜 휴대폰을 잡다가 '이런 멍청이' 하고 중얼거린다. 정말 어이없다. 벌써 몇 년이나 지났는데도… 예전에 그녀는 쪽문 앞에서 전화를 하곤 했었다. 주인집의 독일식 철제 대문은 범접을 못하게끔 위풍당당하고 쪽문의 벨은 고쳐도 늘 고장 나 있다. 반 지하에 사는 세대는 세 집이나 되었기 때문에 고쳐놓아도 늘 말썽을 부렸다. '문 열어' 하던 그녀의 목소리는 아직도 귀에 살아있다. 생각해보니 그녀가 찾아오던 이 방이 내게는 에덴동산이었을지도 모르겠다.

"어이, 미스터 리, 여기 00센터야. 내일 한 건 떴어. 새벽 5시까지 나올 수 있지?"

익스프레스 김 반장의 목소리다. 이삿짐센터에서 익스프레스로 명칭이 바뀐 지 십수 년이 지났어도 김 반장은 발음이 새 나가는 익스프레스 대신 센터로 고집하고 있다. 융통성이 없어 그런가, 일도 대형 익스프레스에서 부스러기로 하청 받은 건수만 받고 있다.

"그럼요, 시간 대서 갈게요."

"좋아 그럼 내일 보자구. 우린 자네가 있어야 돼. 티비에 나오는 이사의 달인 못지않잖아?"

"아따 뭔소리유? 그 사람은 번듯한 집에 가족도 있는 모양이던데 나는 고작 알바일뿐이구만 갖다 대기는…"

"하하, 그래도 나한테는 자네가 그 짝이란 말이지."

김씨의 목소리에 생기가 있다. 아마 나처럼 일을 기다리고 있었던 처지였나 보다. 하루에 두 탕씩 일이 있을 때는 새벽까지 강행군을 할 때도 있지만 요즘은 일이 없었다. 계속 일을 해야 할 때는 좀 쉬었으면 좋겠다는 생각이 들기도 하지만 막상 집에서 쉬게 되면 하루를 못 넘기고 좀이 쑤시기 시작한다. 이삿짐 센터의 일은 일이 끝난 즉시 일당을 받을 수가 있어서 아무리 힘들어도 쉽게 손을 놓지 못하는 매력이 있다. 그러나 요즘엔 연예인이 광고하는 대형 익스프레스에게 거의 넘어가고 작은 건수만이 떨어진다.

결혼을 하면 이 일도 끝이다. 여기를 떠나야하니까. 그렇다고 그쪽에 가서 어떤 일을 해야 할지 계획도 딱히 없다. 예전에 형과 형수가 작은 가게를 마련해주었어도 건사를 못했으니 뭔가를 벌여볼 자신도 없다. 그래도 작은 형에 비해 큰형은 마지막까지 내 생각을 놓지 않고 있으니 그곳에 일자리도 마련해놓았을 터이다.

베트남으로 갈 때까지 몇 건 더 있으면 그녀에게 도움을 더 줄 수 있을 것도 같다. 그런데 그녀에게 내가 이곳을 떠난다는 말을 어떻게 하지? 뭐 굳이 말할 필요도 없겠다만… 그녀는 아직도 나를 기억해내지 못하고 있을 것이다.

햇빛이 강해지는 시간이라 선글라스를 챙겨들고 길을 나선다. 쪽문을 나서는데 육중한 대문을 나서는 주인집 여자와 마주친다. 여자는 짧은 치마에 선글라스와 양산을 들고 있다. 하이힐을 신은 다리가 울근불근하다. 소매 없는 블라우스 사이로 잉어의 살이 무방비 상태로 노출되어 있다. 나이가 육십을 바라보는 것 같은데 용기가 대단하다. 그러고 보니 주인 여자는 그녀와 비슷한 또래가 아니었던가 싶다. 처음 만났을 때 그녀는 자신의 나이를 '아직은 마흔아홉이라 말했었다.' 그로부터 7년은 좋이 흘렀다.

"총각이 나간다니 나도 집 내놓으려고, 호호 농담."

여자는 꽃무늬 양산을 펼치면서 눈가에 웃음을 짓는다. 세 개의 주름이 곡선을 그리며 길고 깊게 파인다. 물질이 풍요한 사람은 같은 나이라도 얼굴 표정이 욕망으로 더 늙어 보이는 건 내 착각인가? 그녀와는 사뭇 다른 영역에서 빠르게 나이를 먹는 것 같다.

"실은 나도 아파트에서 살아보려고… 남들은 나이 먹으면 주택이 좋다고들 하는데 이젠 관리하기 지쳐서 좋은 값에 팔고 몸 좀 편하게 살고 싶은 맘이 드네. 마침 이 동네도 개발이 된다는 소문이니…"

골목 밖으로 나가기까지 여자는 양산을 받쳐주며 나란히 걷는다. 일부러 어깨까지 부딪치며 공연히 친숙한 척하는 느낌도 들어 어색하기 짝이 없다.

"어머, 어머, 저 영감탱이 지나가네."

어깨를 펴고 보무도 당당히 걷던 여자가 호들갑을 떨며 등짝을 치는 바람에 퍼득, 고개를 들고 보니 김씨가 자전거를 타고 저만치 가고 있다. 평소에는 뒷칸에 도시락 가방을 실었는데 지금은 도시락 대신 쌀자루가 실려 있다.

"점심 먹으러 가나보네. 참 대단한 영감이야. 그치?"

나는 희미하게 웃어 보이며 주인 여자에게 눈인사를 하고 길을 건넌다. 여자는 뭔가 더 할 말이 있는 듯한 표정을 짓다가 부동산 쪽으로 발길을 돌린다. 김씨가 지나간 쪽을 바라보니 벌써 사라지고 없다. 그는 사실 영감 소리를 들을 만한 나이는 아니지만 다들 그리 부르고 있다. 같이 사는 여자가 스무 살이나 연상이란다. 나이 사십에 육십이 된 여자를 만났는데 그 여자가 또 옐로우 하우스의 창녀였다고 해서 오랫동안 남의 입에 회자되고 있는 중이다. 김씨는 혈혈단신으로 노동일을 해서 오두막 같은 집칸을 마련했는데 혼자 살기 싫어서 창녀촌에서 만난 여자를 데려다가 같이 산단다. 게다가 번 돈을 꼬박꼬박 갖다 바치며 남부럽지 않게 부부생활을 하며 산다는 소문이다. 창녀였다던 여자는 이제 칠십을 바라볼 텐데 그저도 열심히 잘 살고 있는가보다.

　전철이 한강 철교를 지나는데 사람들이 일제히 와~하고 탄성을 지른다. 무슨 일인가 밖을 보니 쌍무지개가 떴다. 전철이 지하를 지나오는 동안 소나기가 쏟아졌던 모양이다.

　"쌍무지개는 앞엣 게 1차 무지개고 뒤엣 게 2차 무지개인데 색이 반대로 나타나지."

　그녀는 어디서건 무엇에서건 아는 척을 많이 했다. 잡학박사 수준이었는데 나는 그게 싫지 않았다. 빛의 굴절과 반사 어쩌구 하던 말까지 생각났지만 다 기억할 수는 없다.

　어렸을 때 나는 무언가를 물어도 답해 줄 대상이 없었다. 다른 애들은 제 부모에게 '엄마, 하늘은 왜 파래요?' 라든가 '아빠, 바람은 어디서 와서 어디로 가나요?' 등의 질문을 할 대상이 있었겠지만 나는 질문할 대상도 답을 주는 대상도 없었다. 형과 큰 형수는 언제나 가게 일에 바빴다.

나는 그녀가 자주 흥얼거렸던 오버더 레인보우를 속으로 흥얼거린다. '썸웨어 오버더 레인보우 웨이 업 하이~ 지금 생각해보니 예전에 그녀는 항상 무지개 니미 이딴기를 향해 날아가고 싶어 했던 것 같다. 그런데 지금 그녀는 아예 날 생각조차 할 수 없는 곳에 갇혀있다. 그리고 난 그녀에게 곧 한국을 떠나 다른 곳에 가서 결혼할 것이라고 말해주어야 한다. 사실 그냥 떠나도 아무도 뭐라 할 일은 아니지만 왠지 그렇게 하는 것이 내 깐에는 도리이며 의리를 지키는 일 같아서다.

병실 입구에 들어서니 대변 냄새가 진동한다. 요양보호사들이 한차례 기저귀를 갈고 지나갔을 시간인데 누군가 실례를 한 모양이다.

"아이, 자꾸 이리하면 날더러 어이하란 말이네?"

양쪽 벽면으로 세 개의 침대가 있는 6인용 병실에서 그중 왼쪽으로 두 번째에 있는 여자 환자가 대변을 본 모양이다. 남편은 성이 잔뜩 나 붉어진 얼굴로 소리를 지르지만 여자는 멍한 표정으로 다른 곳을 본다. 탈북민인지 조선족인지는 알 수 없으나 여자는 젊은 나이에 치매가 온 모양이다. 사십 초반으로밖에 보이지

않는데 저 여자에게도 충격적인 뭔가가 뇌 속의 시냅스의 길을
틀어놓았을까? 여자의 치부가 다 들어나건 말건 남편의 성난 손
길이 매우 거칠게 움직인다.

"아이구, 어서 오세요. 목요일의 남자 오셨네."

일행과 뒤처진 요양보호사가 하나가 창가에 있는 환자의 뒷치
닥거리를 하다가 그녀의 자리에 눈길을 주며 농처럼 말한다. 목
요일마다 방문하다보니 어느새 별칭이 붙었다. 그녀의 자리는 오
른쪽 창가에서 두 번째인데 자리에 일어나 앉아있다. 그러나 그
소리를 들었는지 마는지 푸른 잎이 무성한 창밖의 나무만 열심히
보고 있다. 나무는 수피가 하얀색인 것으로 보아 자작나무 같아
보이는데 병실밖에 웬 자작나무인지는 알 수 없지만 키 큰 나무
의 꼭대기 부분에 푸른 나뭇잎이 모여 있어 3층 병실에서도 갇혀
있다는 느낌을 잊게 해줄 것도 같다.

재작년 그녀를 찾아 헤매다 우연히 발견했을 때 나는 변해버린
그녀의 모습을 쉽게 알아볼 수 없었다. 친구가 소개해준 신경정
신과가 하필 요양병원 1층에 있었는데 처음 가는 곳이라 두리번
거리며 문을 밀고 들어갈 때 마침 엘리베이터에서 내리는 휠체어
에 탄 여자와 마주쳤다. 머리는 온통 하얗게 세고 입술과 팔이 쉴
새 없이 실룩거리며 떨어대는데 시선은 딱히 어디라고 지정할 수
없는 허공을 주시하고 있었다. 그녀의 휠체어를 잡고 있던 여자
는 내가 가려는 신경정신과 옆의 한방치료실로 그녀를 데리고 들
어갔다. 그때 그녀가 나를 보려는 듯 고개를 돌리더니 이내 비스

듬히 고개를 꺾었다. 나는 무언가 내 뒤통수를 후려치는 기분이 들었다. 설마, 그녀일까? 아니겠지. 그래도 일단 확인이라도 해볼 양으로 나는 접수를 미루고 서성거리다가 그녀의 휠체어가 나오기를 기다렸다. 삼십여 분이 지나 그녀가 나왔는데 떨림 증세는 줄었지만 허공을 향한 눈빛은 여전하다.

"실례지만 이분 성함이 은수경씨 맞나요?"

"왜 그러세요? 맞기는 맞는데 누구세요?"

간병인이 경계하는 몸짓을 보이며 의심의 눈초리를 보낸다.

"먼 친척인데 소식을 몰랐다가 지금 우연히 보네요."

나는 되도록 두근거리는 심장 소리를 진정시키며 친숙한 표정을 지어보인다. 대개의 여자들은 내 목소리와 표정에 경계를 풀게 되어있지만 거기에 약간 겸손한 미소까지 덧붙여본다.

"그래요? 이분은 가족이 없는 걸로 나오던데, 찾아오는 분도 없고. 병원비는 미국에서 언니가 입금 해오는 걸로 알고 있는데…"

나는 재빨리 간병인의 명찰을 훑어보고 내 전화번호가 적힌 명함을 건네주었다. 예전에 카페를 할 때 만들었던 명함이지만 전화번호는 바뀌지 않아서 그나마 유용하게 쓰일 때가 있다.

"죄송하지만 무슨 일이 생기거나 하면 연락주세요. 부탁할게요."

"뭐, 그러죠… 근데 내 맘대로 할 수 있는 일은 아니에요. 언니분 한테 물어보고…"

여자는 명함을 주머니에 넣고는 고개를 갸웃거리며 엘리베이터를 탄다.

그날 신경정신과에서 수면제를 받아왔지만 약은 필요 없게 되었다. 약이 없어도 나는 잠을 잘 잘 수 있게 되었다. 건네준 명함은 하나의 제스추어였을 뿐 나는 그녀가 있는 병실을 알아내었고 반년 후 이 병원이 요양원으로 바뀌면서 신경정신과가 없어졌어도 그녀를 더 이상 놓치지 않게 되었다. 말없이 사라진 그녀를 찾아 헤맨지 삼 년 만이었다.

나는 자작나무 꼭대기를 바라보고 있는 그녀에게 다가가 짐짓 장난스레 그녀의 시야를 막고 서본다. 그녀는 나를 보지도 않고 고개를 옆으로 빼고 다시 계속 창밖을 주시한다.

"많이 좋아졌어요. 떠는 증상이 거의 사라졌습니다."

그러고 보니 눈을 찡긋거리거나 오른쪽 팔을 떠는 증상도 보이지 않는다.

"조카님의 정성이 이제 효과를 발휘하나봅니다."

요양보호사는 급히 옆방으로 가며 덕담처럼 내뱉는다.

"나 왔어."

나는 요양보호사의 말을 못들은 척 들고 있던 봉지를 내려놓고 의자에 앉는다. 그리고 바짝 마른 그녀의 손을 잡는다. 부드러웠던 피부의 감촉은 사라지고 도드라진 뼈의 감촉이 억세게 느껴진다. 그녀는 잠시 내게 눈길을 주더니 다시 무심한 표정으로 창밖을 본다. 순간 그 무심함이 왠지 과장된 것처럼 보인다. 혹시 기

억이 돌아온 것일까? 나는 멈칫하다가 그럴리가, 하며 도리질을
하곤 제과점에서 사온 미니 슈크림 빵을 꺼내놓는다. 그리고 그
녀의 왼손 손바닥을 펴서 슈크림 하나를 올려놓는다. 그녀의 눈
길이 슈크림을 보고 나를 바라본다. 슈크림을 보고 웃는 것인지
나를 보고 웃는 것인지 알수 없지만 입가에 희미한 미소가 돌며
표정이 환해진다. 한주일 동안 흰머리가 더 늘어난 것 같다. 머리
도 누가 잘랐는지 듬성듬성 잡초 뽑은 자리 같다. 영락없이 버즘
이 핀 바보 영구 헤어스타일이다. 누가 머리를 이따위로 깎았느
냐고 성을 내보려다 참는다. 성을 낼 자격도 없고 성을 내야할 대
상도 모른다. 그냥 겨울이 오면 그녀에게 빨간 목도리를 선물해
줄까 하고 잠시 생각한다. 흰머리에는 빨간색이 너무 잘 어울리
기 때문이다. 그러다가 갑자기 가슴 한쪽이 무두질을 당한 것처
럼 아프다. 다가오는 겨울에 나는 여기 없을 텐데…. 그걸 어떻게
알려줄 것인가. 빨간 목도리쯤이야 우편으로 보낼 수도 있는 문
제지만.

"조카분이 오셔서 좋으신가봐요."

그녀가 행복한 표정으로 슈크림을 먹고 있자 옆방으로 갔던 요
양보호사가 어느 새 와서 또 거든다. 그녀가 고개를 들더니 히~
웃는다. 나는 미소로 답하며 속으로 생각한다. 저들은 정말 내가
조카라고 믿고 있을까?

나는 그녀의 어깨와 팔을 주무르고 문지른다. 떨리는 증상이
가라앉은 것은 마사지 덕분인지도 모른다. 예전에 그녀를 애무하

던 느낌이 드는 걸까? 그녀가 고양이처럼 갸르릉, 소리를 낸다. 이마에는 땀이 배이기 시작한다. 나는 물수건으로 그녀의 얼굴과 목과 손을 닦아준다. 그녀가 비로소 나에게 초점을 맞추고 주의 깊게 바라본다. 한때 빛났던 그 눈으로. 때로는 경멸과 조소를 담아 나를 향하던 그 눈으로. 잠시 눈빛이 흔들리더니 이마를 찡그리며 그만 눈을 감아버린다. 나는 그녀를 눕게 하고 가져온 기저귀와 면 속옷을 사물함에 넣어놓는다. 지난번 가져다 놓은 기저귀가 많이 남아 있다.

"그 환자는 이제 기저귀 사용 잘 안하더라고요. 화장실도 끝끝내 혼자 가려고 애쓰고요. 말은 못하지만 자존심이 센 사람이었던가봐요. 아무튼 뭔가 많이 좋아진 느낌이에요. 그나마 이쁜 치매여서 다행이에요. 폭력성향도 없어 보이고."

요양보호사가 방을 나가면서 또 한마디 한다. 고마운 일이다. 옆에서 소식이라도 전해 주고 있으니. 나는 그를 좇아가 약간의 돈을 건넨다. 목욕이라도 한 번 더 해주라는 뜻에서다.

"다음엔 머리 손질도 좀 이쁘게 해주세요."

내가 미소를 띠며 얘기하자 요양보호사는 앞치마 주머니에 얼른 집어넣고 고개를 끄덕인다. 머리 손질은 요양보호사의 소관은 아니지만 신경을 써주면 그만큼 나아질 것이다.

다시 방으로 들어가니 기저귀를 갈아주던 그 남편은 보이지 않고 맞은편 창가에 팔십 넘었다는 할머니가 바닥에 베개를 던지며 욕을 퍼붓는다. 이가 빠져 발음이 분명치는 않은데 굉장히 험한

욕설이다. 침대난간을 잡고 흔드는 것으로 보아 내려와 폭력이라
도 휘두를 기세다. 흰머리 하나 없이 검은 머리칼에 숱도 많은 이
할머니는 하나밖에 없는 아들이 사고로 죽어서 며느리는 재가하
고 남은 손주들을 걷어 키웠다는데 좀 애석하게 되었다. 봉양 받
을 시기에 치매가 와버렸다니. 또 다른 침대에서 잠을 자던 할머
니는 벌떡 일어나더니 갑자기 악악, 소리를 질러댄다. 옆방으로
갔던 요양보호사가 다시 돌아와 우선 그들의 기저귀를 살핀다.

　그녀는 눈을 감고 누워있다. 마치 이 상황을 지긋이 견디고 있
는 듯한 표정이다. 나는 자꾸만 그녀가 기억을 찾아가고 있는 지
도 모르겠다는 생각이 든다. 그녀는 자신에게 벌을 주기 위해 일
부러 치매라는 상황을 만들어 지옥 같은 상황 속으로 들어와 있
는 것만 같다. 파킨슨 병이야 일부러 만들 수는 없는 것이겠지
만⋯ 나는 의자를 당겨 앉아 이어폰 하나를 그녀의 귀에 꽂아주
고 스마트폰의 플레이를 누른다. 예전에 그녀가 내 방 침대에 걸
터앉아 자주 들었던 노래다. 그녀는 내 방에 있던 빨간색 제네바
오디오 스피커를 좋아했다. 내가 카페를 했을 때 사용했던 것이
라 음질이 좋았기 때문이다. 이제는 그마저도 팔아 없앴지만.

　　어둠이 느껴져~ 그래서 난 편한 걸~
　　저 바람을 재워, 잠이 드는 날 깨워~
　　제발 깨우지 마. 어차피 난 다시 떨어질 테니까.
　　아무리 걸어도 눈뜨면 제자리야.
　　끝이다 서보면 또다시 처음이야.

시간은 내 몸을 죄며 쫓아오고 여기 이렇게…

깨우지마, 깨우지마.

그녀가 갑자기 이어폰을 빼 던지고 내 손을 가져가 자신의 가슴에 대더니 으~ 으~ 하며 짐승 소리를 내다가 아파! 하고 숨을 토하듯 말한다. 눈가에는 눈물이 고여있다.

"어머, 은할머니가 말을 하네요, 첨 들어봐요!"

요양보호사가 기저귀를 들고 나가다가 놀란 표정으로 쳐다본다. 그러고 보니 이곳에 온 지 일 년 몇 개월 만에 처음 그녀의 목소리를 들었다. 윤기가 빠진 새된 목소리지만 분명 그녀가 낸 소리가 맞다. 모두들 그녀를 바라보자 그녀는 갑자기 시치미를 떼듯 내 손을 팽개치고 모로 돌아 누우며 홑이불을 머리까지 뒤집어쓴다.

뭐지? 혹시 내 상상이 맞는 걸까? 기억이 돌아온 걸까? 나는 이어폰을 집어넣고 슬그머니 그녀의 한손을 잡아본다. 차가웠던 손이 점점 따듯해지는 것 같다. 그러자 그녀는 내 손을 뿌리치고 다시 홑이불을 재차 뒤집어쓴다. 햇빛이 강하게 들어 올 시간이라 창문에 커튼이 내려진다. 그늘 속에서 왠지 그녀가 덮은 홑이불이 조금 흔들리는 것도 같다. 아무래도 그녀는 치매를 가장해 이곳으로 숨어든 것 같다. 자신을 벌 주기 위해.

"자, 여기요~ 간호사한테 허락받았어요."

요양보호사가 센스 있게 휠체어를 가져다준다. 바쁜 와중에도 신경 써주는 것이 고맙다. 목요일에는 노래교실이니 색종이 접기니 하는 프로그램들이 없는 경우도 있어서 병실 밖으로 데리고 나가본다. 기껏 나가봐야 자작나무가 있는 손바닥만한 뒤뜰 뿐이다. 축축한 그늘에 두 그루의 자작나무가 큰 키를 자랑하고 있는데 추운지방에 있어야 할 자작나무가 있는 것이 놀랍고 신기할 따름이다. 디근자 형태로 있는 담벽 한구석에는 빈 박스들이 제멋대로 부려져있다. 언젠가 그녀는 길을 지나다가 쓰레기로 버려진 빈 박스들을 보며 말했었다.

"나도 저렇게 될 것만 같아. 알맹이는 다 빼앗기고 빈 껍데기로 있다가 어느 순간 함부로 버려지는…"

나는 나무 밑에 휠체어를 세워놓고 다리를 구부리고 앉아 그녀의 눈을 들여다본다.

"나, 누군지 알아? 몰라? 기억하는 거지? 진짜루 나 기억나는 거지?"

나는 짐짓 개구장이 표정으로 웃으며 묻는다. 그녀는 내가 웃는 것을 좋아했다. 작은 이를 드러내면서 장난스럽게 웃는 게 개구쟁이 어린아이 같다는 것이다. 그녀는 당황한 표정이 되어 눈길을 이리저리 돌리다가 볼까지 붉어진다. 뭐지? 정말 기억이 돌아온 건 아닐까? 그렇다면 얼마나 다행인가. 시냅스가 통하는 길만 바로잡는다면 뇌세포의 손실 없이 그녀의 기억은 바로 돌아올 것이라고 강하게 믿어본다. 그러나 기억이 돌아오는 것이 과연 그녀에게 좋은 일인지는 알 수 없다. 어쩌면 그녀가 과거의 어떤 기억을 견딜 수 없어 일부러 자신의 기억을 파괴했을 수도 있는 일이다. 몇 년 전 타이완에서는 어떤 남자가 실신했다가 깨어났는데 27년의 기억이 사라졌다고 한다. 더위 때문에 뇌세포가 탔다고 하는데 세포가 살아날 가능성은 없다고 했다. 그녀의 기억이 돌아온다면 부디 아픈 기억을 간직한 뇌세포만 타버렸기를 바라본다.

작년 초에 한국에 잠깐 온 그녀의 언니를 만났었다. 요양병원이 요양원으로 바뀌면서 그녀가 시설에 재입원할 수 있는 등급이 필요해서였다. 연구원인 남편을 따라 오래 전부터 미국생활을 했다는 언니는 그녀처럼 행색은 검소하지만 표정은 남다른 자신감과 당당함이 숨어있었다. 언니에게는 그에 더해 어떤 책임감까지 더해진 품위와 권위가 엿보였지만.

"어떤 연유로 우리 수경이를 도와주고 있는지는 모르겠지만, 흔한 표현으로 사기꾼은 아닐 것으로 믿어요. 사기 칠 아무 것도 남아있지 않은 애니까."

나는 그냥 편하게 미소를 띤 채 바라보았다. 고개를 끄덕이거나 미국식 제스추어로 어깨를 올리며 손을 벌리거나 해 볼 타임은 아닌 것 같았다.

"기분 상하지 않았음 좋겠어요. 내가 좀 직설적으로 말하는 편이라…"

그건 그녀도 마찬가지라고 하려다가 자주색 립스틱이 발라진 언니의 입꼬리가 올라가는 것을 보며 그녀에게도 같은 색 립스틱을 사다줘 볼까 하는 생각을 해본다. 그러다 이 판국에 그런 생각을 하는 자신이 우스워서 하하 웃어버리고 말았다.

"뭐, 크게 도움된 게 있어야 말이지요."

적절치 못한 웃음인 것 같아 급하게 한마디 던진다.

"한국인들처럼 뭐 어떤 관계냐, 그런 건 묻지 않겠어요. 병원에선 조카라고 해서 웬 조카인가 했지만. 한국엔 인척이 없어서… 그냥 고마워서 한 번 보고 싶었고… 수경이 인생이 너무 불쌍해서… 아는지 모르지만 쟤가 저렇게 된 게 다 못된 놈 만나서지요. 전 남편이…"

그냥 카페에 자주 오던 손님이었는데요, 하려다 거친 숨을 몰아쉬며 성난 소리를 이어가는 언니의 기세에 눌려 입을 다문다.

"겨우 삼 년 살다 헤어진 전 남편이란 놈이 애를 핑계로 여지껏 우리 수경이한테 애 양육비쪼로 돈을 받아 처먹더니 애가 교통사고로 죽었다는데도 가짜 사진을 보내주며 계속 돈을 요구해왔다는 것을 알게 되었기 때문이지요. 수경이가 폐가 안 좋아서 양육권을 남편에게 줬더랬거든요. 세상에 어쩌다 그런 악한 놈을 만났는지… 사망보험금 가로챈 것도 모자랐는지 죽은 애 양육비까지 받아처먹을 생각을 하다니… 내가 소송을 걸까도 생각해보고 언론에 제보해서 그놈 인생을… 그 놈이 글쎄 그 돈 받아서 재혼해서 낳은 지 새끼 유학보내는데 썼나본데 더 분통이 터져서 내가 돌 지경이라니까. 그런데 수경이는 고소나 소송 대신 모든 게 제 잘못이라며 그냥 지 스스로 무너져 버린거지…"

이건 뭔가? 몇 년전 인터넷 기사에서 어떤 여자가 갓난아이를 버리고 다른 사람과 재혼했는데 그 갓난아이가 커서 군생활을 하는 중에 북한과의 교전이 일어났고 그 와중에 사망했다. 문제는 그 유족보상금을 생모라는 이유로 반을 받아 재혼해서 낳은 아들의 교육비로 쓰겠다고 다툼을 벌여서 공분을 샀던 그런 이야기와 같은 맥락인가?.

다 모두 현재의 아이가 중요한가보다. 눈앞에 있어야만 감정의 교류가 일어나고 사는 목적과 책임이 생기는가보다. 나를 낳았던 어머니도 얼굴 한번 보겠다고 형을 졸라 찾아갔지만 눈길조차 주지 않았다. 코앞에 있는 네 번째 아이를 위해 과거의 세 아들들은 없는 취급을 했다. 그래도 두 형들은 아버지라도 있는 상태였지만 나는 아버지가 없었는데도 버려진 것이다. 잘못도 없는데 나는 고아가 되었다. 그나마 큰형이 거두지 않았다면 나는 정말 고아원으로 갈 뻔했다. 눈에 안 보이면 인연이 끊어진 타인이 되는 것은 잠깐이다. 자신의 행복을 맨 앞에 둔 사람에게는 아무도 모성을 강요할 수 없다. 참 쓸데없는 이야기들이다. 누구들은 자신의 기구한 인생이야기를 대하소설에 비유하지만 나는 식상하다. 나는 그냥 몇 줄로 요약해 낼 수 있는 인생을 살기 원한다.

좁은 골목으로도 바람이 파고들어와 자작나무 꼭대기를 훑으며 지나간다. 흔들리는 나뭇잎들의 소리가 상쾌하다.

"참 신기해 여기에 웬 자작나무라니…"

그녀가 꼭대기를 올려다보고 있는 사이 나는 혼잣말을 하며 휴대폰으로 자작나무를 검색해본다. 꽃말이 '당신을 기다리기겠어요'란다. 자작나무에도 꽃이 피다니, 나는 휴대폰을 주머니에 넣고 잠시 그녀를 바라본다. '자작나무 꽃말이 당신을 기다리겠어요라네' 라든가 아니면 '나 이젠 여기 못 와. 멀리 갈 거거든.' 둘 중에 어느 것을 그녀에게 말해 주어야하나 생각하다가 그냥 둘 다 포기하고 그녀를 병실로 데려다 놓는다.

더운 바람이 느리게 움직이고 있는 좁은 골목길을 한없이 돌고 돌아도 날은 쉽게 어두워지지 않는다. 계획했던 일, 계획했던 말을 해내지 못했기 때문인가. 쉽게 집에 들어가지지가 않는다. 그게 뭐 별거라고. 뭔 대수라고. 그냥 떠나면 될 일이다.

일찍부터 켜져 있는 가로등 밑에서 담배를 연거푸 피고 있는데 어디선가 왁자한 소리와 함께 고기냄새가 코를 강하게 자극한다. 길 건너편에 자리 잡은 '엄지' 포장마차에 벌써 불이 켜져 있고 천막은 자극적인 주홍색으로 물들어 있다. 손님이 많은지 제법 소란스럽다. 뱃속이 출출하다는 생각에 요기라도 할까 들어가 본다. 낯익은 얼굴이 보인다. 젊은 '영감탱이' 김씨가 혼자 술과 안주를 놓고 마시고 있다. 언젠가 보도블록을 교체하고 있는 현장을 지난 적이 있는데 그곳에서 김씨를 본적이 있었다. 다른 사람들은 슬슬 눈치껏 일하는 것 같은데 김씨 혼자만 진중한 표정으로 일을 하고 있었다. 그런데 지금이 딱 그 표정이다. 게다가 술

잔 옆에는 어울리지 않게 시집 한 권이 놓여 있다.

"같이 앉아도 될까요?"

"앉으슈. 낯익은 얼굴이네."

김씨가 힐긋 보더니 표정의 변화없이 소줏잔을 탁, 소리나게 앞으로 밀어놓는다.

"새벽에 일 나가야 돼서 술은 사양할게요."

나는 앉자마자 김치 삼겹살을 시킨다.

"무슨 일을 하는데 새벽에 나가슈. 책상물림만 할 것 같은 얼굴이구만."

"요즘엔 투잡, 쓰리잡이 유행인데 책상에만 앉아있어서 먹고 살겠어요?"

나는 농쪼로 쿡, 웃으며 얘기한다.

"어이구 먹여 살릴 식구가 많은 모양이네. 나처럼 애 없이 사는 것도 방법이지. 그래도 용수. 요즘 일자리 구하기도 만만치 않던데."

"하하. 농담입니다. 전 아직 미혼이랍니다. 근데 어부인이랑 싸우셨나요? 이 시간에 여긴 웬일로…"

"우리 어부인을 아시요? 하긴 소문이 짜하다는 것을 진작부터 알긴 하지만… 싸운 게 아니고 친군지 후배인지가 찾아와서 자릴 비켜 준거요. 하고 싶은 얘기 실컷 하라고… 뭐, 숨길 것도 없지만 요즘 옐로하우스가 철거되고 어쩌고 한다고 예전 알던 사람들이 가끔 찾아오긴 하네만…"

그는 크지도 작지도 않지만 딴에는 은밀한 소리로 말한다. 나는 아, 하고 고개를 끄덕여주고 그의 잔에 술을 따라준다. 잔을 잡는 그의 손가락이 옹이가 많이 지고 투박스러운데다 화상을 입었는지 반쯤은 피부가 벗겨져 있다.

"아, 이거? 오래 전 흉터지."

그는 내 눈길을 좇아 자신의 손을 흘끔 보더니 술을 한 입에 털어 넣는다.

"어릴 때지. 몇 살이었나? 12살? 그때 동네 누나 아니었으면 타죽었을 테고… 그 누나가 지금 소위 말하는 어부인이고… 하하. 이십 년 연상이라고 소문났다며? 그건 아니고 한 바퀴만 돈 나이지…"

여기도 드라마 인생이구만… 어릴 때 목숨을 구해 준 여자를 우연히 유곽에서 만났고 보은으로 같이 산다는 건가? 나는 속으로 생각하며 푹 익은 김치 삼겹살을 집어먹는다.

반쯤 걷어 올린 주홍빛 비닐 천막 아래로 길 건너 공터가 보인다. 잡풀이 자라고 있는 공터에는 크고 작은 빈 박스들이 널브러져 있다. '쓰레기 투척 엄금'이라는 팻말이 무색하다.

"뭘 걱정있수?"

남자는 자작을 한 잔 더하고는 은근하지만 친절한 목소리로 묻는다. 대답할 기색이 없자 다시 혼자 소리를 한다.

"댁도 파이팅이 없는 얼굴이야. 파이팅이 없는 사람은 야망도 없지. 나도 그렇지만…"

"남자라고 꼭 야망이 있어야 한다는 법은 없지요."

"그럼, 그럼. 파이팅 할 대상도 없고 있어도 엿 같고… 그냥 내가 편한 가정 이루고 사는 게 행복이지 남이 뭐라하던."

남자는 내가 여느 사람들처럼 자신의 부인에 관한 호기심이 지대할 것으로 생각했는지 계속 뭔가를 설명하고 싶어 한다.

"예전에 하천을 끼고 있는 둘레 길을 걸은 적이 있지. 한쪽은 아파트촌이었지만 다른 한쪽이 공장지대여서 하천 물이 많이 더러웠지. 그래도 오리도 떠다니고 날개가 하얀 큰 새도 가끔 날아들기도 하고 그러드만. 그런데 어느 날 아침 산책을 하는데 저 멀리로 보이는 수면 위에 그야말로 보석가루를 뿌린 듯이 물결이 반짝거리는 것이 보이는 거야. 너무 근사해서 맑고 깨끗하고 환해 보이는 그곳을 향해 부지런히 걸어갔지. 그런데 가까이 다가갈수록 보석가루는 사라지고 맑고 환하고 투명한 수면도 칙칙해지기 시작했지. 거기도 역시 오염된 물이었지만 햇빛이 비치자 반짝거린 거였어. 그걸 햇빛효과라고 하지 않나?"

그런가? 아니 것 같은데… 그러나 나는 도리질 하는 대신 묵묵히 고개를 끄덕여주고 먹기에 열중한다.

"내가 예전에 '밴디드 퀸'이라는 영화를 본 적이 있거든. 뭐 산적 여왕이라는 뜻인데 실제로 어떤 여류 혁명가를 그린 거라네. 그런데 나는 그걸 보면서도 느낀 게 여자는 남자하기 나름이라는 거. 여자를 개 같은 인생으로 만드는 것도 남자, 그런 여자를 여왕으로 만드는 것도 남자, 우리 어부인은 지금 여엿한 시인이라네.

집에는 누구누구 이름도 모르는 사람들의 시집으로 넘쳐나지. 고양이를 안고 안락의자에 앉아 시를 읊고 있는 늙은 여자, 나는 그걸 내 야망으로 대신하고 있고 후회도 안 하지."

나는 그가 왜 술잔 옆에 시집을 두고 있었는지 이해하고 웃음이 나왔지만 근육만 실룩거리고 소리는 나오지 않았다.

"고민 가득한 얼굴인데 한번 털어나 보슈. 이럴 때나 털어놓는 거지. 난 어디 가서 말 옮길 주제도 못되니까 안심하고. 내가 그래도 인생을 더 살았으니 혹시 도움 될지 또 아우?"

남자는 다시 술잔을 건넨다. 나는 내민 술을 입안에 털어 넣고 그의 눈길을 피해 천막 밖으로 시선을 돌린다. 날이 언제 어두워졌는지 버려진 공터에는 긴 막대에 걸린 알전구가 빛을 내고 있다. 비가 내리고 있는지 알전구 주위로 희끗희끗한 가느다란 금들이 그어지고 있다.

"좀 무더운 것 같더니 비가 오긴 하네."

그가 내 시선을 좇아 밖을 본다.

"예전에 사귀던 여자가 있었는데 지금 요양원에 있어요."

나는 그를 보지 않고 혼잣말처럼 중얼거린다

"보살펴 줄 사람 아무도 없어요. 삼 년 동안 내가 가끔 가봤는데 근데 이제 난 여길 떠나야 해요. 외국에 가서 외국 여자랑 결혼해서 살 건데 그 여자가 계속 걸려요. 결혼한 사이도 아니고 책임질 사이도 아니고, 더구나 나이도 많고, 예쁘지도 않고… 제기랄, 이거 뭐죠? 내가 왜 쉽게 버릴 수가 없는 거죠? 다른 여자들은 가볍게 버릴 수 있었는데…"

"으음… 혹시 자신을 버리는 것 같은 마음이 드는 건 아닌가? 아니면 서로 간에 뼛속 깊은 외로움을 나눈 사이인 거라든지. 나도 그런 경험이 있었지. 그건 아마 사랑, 아니 사랑보다 더한, 뭐랄까 연대? 아냐, 그냥 병을 앓고 있는 거지. 외로움이라는 병."

그는 진중한 표정으로 정성스럽게 얘기한다.

갑자기 뭔가 번쩍하더니 천둥소리가 들리고 순식간에 가느다란 빗줄기가 굵은 빗줄기로 변해 요란스럽게 쏟아지기 시작한다.

"아이고, 일기예보도 잘 안 맞네. 뭔 소나기야. 시원하기는 하네."

그가 내 시선을 좇아 공터를 바라보며 수다쟁이 아줌마 같은 소리를 낸다. 건너편 공터는 빗줄기에 뿌옇게 가려지고 있다. 나는 눈을 크게 뜨고 굵은 빗줄기 속에서 빈 박스들이 형편없이 젖어들어 형체도 없이 허물어지는 것을 본다.

"외로움은 고독보다 더 힘든 거라지. 고독은 스스로 선택할 수도 있는 거지만 외로움은 선택하지도 않았지만 연기처럼 스며들어서 몸을 휘감고 뼛속으로 파고들어 영혼을 잠식하지… 뭐 영국엔 외로움을 해결하는 장관을 따로 만들었다던데 그게 어떻게 소용된다는 건지…"

나는 빗속으로 달려 나가 비에 젖은 빈 박스들을 들고 뛰어 들어오고 싶지만 몸이 움직여지지 않는다. 대신 가슴 속에 뭉쳐져 있던 뜨겁고 아픈 무엇이 꾸역꾸역 목으로 치받더니 그예 울음으로 터지고 만다.

외면

1.

들창 밖으로 오토바이 지나가는 소리가 들린다. 벌써 일곱 시가 지났나보다. 누군가가 꼭 이 시간이면 요란한 소리를 내며 골목을 지나간다. 햇빛이 골목으로 연한 손바닥 만한 창문 앞에서 머뭇거리는 것이 보인다. 아직 살아있는 건가? 운경 씨는 눈을 감고 손끝과 발끝을 움직여본다. 뻘밭에 누운 것처럼 온몸이 무겁게 가라앉은 느낌은 있어도 확실히 죽지는 않은 것 같다. 지난밤 육신을 이루고 있는 관절 마디마디가 쑤시는 통증에 잠을 못 이루고 있다가 시계가 4시를 가리키는 것을 보고야 까무러지듯이 잠이 들었던 것 같다. 잠들기 전까지 제발 잠자다가 죽게 해달라고 수천 번을 기도했건만 아침은 어김없이 오고, 팔십 두 해를 살아온 삶은 또다시 계속될 모양이다.

"언니, 일어나!"

운경 씨는 안방을 향해 소리를 지른다. 탁하고 건조한 목소리가 열려있는 세 개의 미닫이 문을 지나 안방까지 이르렀을 텐데도 등을 보이고 누워있는 언니에게서는 기척이 없다. 대신 여섯 시에 자동으로 켜지게 해놓은 티브이에서 뉴스 소리만 자근자근 흘러나오고 있다. 혹시 일 난거 아닌가? 문득 불길한 마음이 들어 운경 씨는 에구구, 비명을 지르며 몸을 일으킨다. 하루를 움직이기 위한 몸을 풀 여유도 없이 강제로 일으키는 육신의 마디마디에서는 우드득, 소리와 함께 말할 수 없는 통증이 느껴진다. 낡고 녹이 슬어 마치 손만 대면 가루가 되어 사그라질 것 같은 삭은 몸뚱인데도 신경은 날카롭게 살아있어서 낱낱의 통증을 감지하고 있다. 진통제는 하도 먹어서 그런지 이제는 위험하다는 수치까지 양을 늘려도 별 무효과다.

"언니, 일어나. 괜찮은 거야?"

운경 씨는 안방으로 건너가 조심스럽게 벽을 향해 모로 누운 작은 어깨를 흔들어본다. 평소 때는 운경 씨보다 먼저 일어나 예전에 돌아가신 어머니처럼 장롱 앞에서 부스럭거리던 사람인데 혹시나? 하는 생각이 들어 와락 무섬증이 든다. 그러나 왠지 아직은 언니가 먼저 일을 당하지 않으리라는 믿음이 남아있다. 언니는 평소 운경 씨처럼 그렇게 죽음을 염원하지는 않는 것 같기 때문이다. 돌봐줄 자식이 없으니 내 몸 내가 챙겨야 한다며 일주일에 두 번씩 병원에 다니면서 건강관리를 해온지도 수십 년이 넘은 터다. 그래도 자연의 섭리는 거스를 수 없는지 가끔씩 퇴화에서 오는 통증을 호소하기는 해도 운경 씨 만큼은 아니었다.

운경 씨의 예감대로 언니는 조금 뒤채다가 이내 몸을 일으킨다. 검정색과 갈색으로 얼룩덜룩하게 염색된 성긴 머리칼 사이로 두피가 훤히 드러나 보인다. 예전의 그 깐깐, 도도하던 모습은 이제 짐작도 할 수 없다.

"벌써 아침이네. 아유, 왜 이렇게 몸이 고단하니, 이제 병원 갔다 온 거 빼고 암 것도 한 게 없는데 몸이 꼭 물에 젖은 솜 같이 천근만근이다. 아이구, 죽겠네…"

언니는 일어나 앉아 다리부터 두드린다.

"봄이라 그런가봐. 벌써 사월이잖아."

"그러게… 넌 어떠니?"

"그냥, 그래. 안 죽고 살았으니 또 움직거려야지…"

자매는 이렇게 서로의 생사를 확인한 뒤 할 일을 찾는다.

언니 인경 씨는 세면을 끝내고 주방으로 가고 동생 운경 씨는 두 개의 요강을 처리하기 위해 화장실로 간다. 디귿자 모양의 한옥이지만 화장실과 주방은 소위 입식이라는 것으로 바꾸어 놓은 지 오래다. 그래도 나이를 먹다보니 자다가 일어나서 화장실 가는 몇 걸음도 보통 성가신 일이 아니어서 두 사람은 각자의 방에 요강을 놓고서야 잘 준비를 한다.

그런데다 운경 씨는 오래 전에 이집 화장실에서 안 좋은 일을 경험했다. 살아온지 육십 몇 해를 넘겼을 때이니 벌써 이십 년이

나 지난 일이다. 운경 씨가 화장실에서 발을 씻고 나오려는 순간 슬리퍼를 신은 발이 대책 없이 미끄러지기 시작한 것이다. 재빨리 화장실 문짝을 잡고 중심을 잡으려 했지만 하필 그 문짝의 경첩이 힘없이 떨어져나가는 바람에 운경 씨는 별 수 없이 문짝을 안고 벌렁 나자빠지고 말았다. 그 바람에 척추의 중간 위치에 있는 디스크가 두 개나 바스러지고 말았다. 그 이후부터 운경 씨의 꼿꼿하던 등은 점점 구부러져 반 곱사등이가 되어버렸다. 여학교를 다니던 시절 육상선수며 테니스 선수를 했었고 그 외에도 자전거며 스케이트 등, 수영만 뺀 온갖 운동을 즐겼던 운경 씨의 후리후리하던 체격은 이제는 짐작조차 할 수 없는 일이 되었다.

운경 씨는 두 개의 요강을 깨끗이 씻어 낸 다음 마루 끝에 있는 커다란 청소기를 끌어내어 끙끙거리는 소리를 내며 안방부터 밀기 시작한다. 무겁기도 하고 드르륵거리는 소리도 요란해서 은근히 짜증이 일지만 그래도 무릎을 꿇고 쓸고 닦는 것보다도 나을 성싶다. 수 년 동안은 등뼈가 너무 아파서 진통제를 달고 살다가 약발이 듣지 않으면 뼈에다 직접 주사를 맞기도 했었는데 얼마 전부터 갑자기 심해진 무릎의 통증은 이젠 등뼈의 아픔을 잊게 할 정도로 극심한 고통거리다.

손끝에 물 묻혀본 일이 별로 없는 언니는 집안일을 직접 하는 대신 도움 될 만한 가전제품을 운경 씨에게 안기는 것으로 할 일 다한 듯이 만족해하는 것 같다. 그러나 새로 산 전기밥솥이며, 자동세탁기, 청소기가 있어도 운경 씨는 그것을 별로 애용하지 않는다. 복잡한 기능의 밥솥은 2인용의 밥을 하기엔 너무 크고, 빨래도 기계가 빤 것은 때가 잘 지지않는다고 생각하기 때문이다. 청소기도 사용이 끝난 후의 뒤처리가 번거로워서 그냥 하던 대로 총채로 먼지를 털어내고 빗자루로 쓸고 또 걸레를 빨아 닦아야 속이 시원했다. 그러나 이즘 들어 점점 무릎에 가해지는 통증이 숨이 멎을 정도로 심해지자 하는 수 없이 무작스럽게 큰 청소기를 밀어보고 있는 중이다. 그래도 편한 것은 별로 모르겠다. 어깨와 팔 힘을 필요로 하는데 굽어진 등 때문인지 힘들기는 마찬가지이다. 몸이 아플 때는 만사 제치고 누워있고도 싶지만 언니의 히스테리컬한 잔소리가 듣기 싫어 환자노릇도 할 수 없다. 멀쩡한 아들, 며느리까지 두고 내가 웬 식모살이인지… 통증 때문에 신음 소리를 깨무는 운경 씨의 눈가에 스르르 물기가 돈다.

간신히 청소를 끝낸 운경 씨가 숨을 몰아쉬며 안방으로 들어가니 언니 인경 씨가 조그만 다과상에 아침을 차려놓고 기다리고 있다. 언니가 맡은 일은 아침 식사와 저녁에 자리끼를 떠놓는 일뿐이다. 그리고 아침은 항상 토스트와 우유다. 식빵 두 조각 속에 사과와 잼, 김을 넣고 우유를 먹는 것인데, 언니가 이렇게 서양식의 아침 식사를 하기 시작한 것은 운경 씨가 이 집에 오기 전부터였다. 아마도 오랫동안 집안일을 돌보아주던 사람이 고향으로 내려간 뒤 혼자 살림이라는 것을 해볼 요량으로 택했던 식사방법인지도 모르겠다.

처음 운경 씨는 밀가루 음식이 받지 않아 아침 먹기가 거북했었다. 그러나 객이 집주인의 식성을 바꿀 수는 없는 일이어서 참고 먹다보니 이젠 습관이 되어 그런지 더 이상 위장이 저항하지는 않는 것 같다. 서로가 원하지 않았지만 이십 년의 세월을 함께 늙어가다 보니 차츰 주인과 객의 구분도 사라진 것일까? 그러다가 운경 씨는 혼자 푸시시 웃고만다. 스스로 생각해도 자신의 생각이 어이없는 것이기 때문이다. 모르긴 몰라도 언니의 주인의식은 무덤 속까지 지니고 갈 것이었다. 그리고 그 주인의식은 객과 대비되는 것이 아니라 하인과 대비되는 주인의식이라는 것을 운경 씨는 너무나 잘 알고 있다.

운경 씨는 말없이 꾸역꾸역 빵조각을 밀어 넣는 둘 사이의 침묵이 무거워 슬쩍 입을 떼 본다.

"언니, 우리 어렸을 때 살던 그 중림동 집, 생각나? 대문이 아주 컸던…"

"글쎄… 생각은 나지, 근데 그 집이 아직 그대로 있겠니?"

"그럼, 그때 행랑채에 살던 행랑 아범네 아들 딸 이름 생각나?"

"몰라, 그런 것까지 뭐 하러 기억하니?"

"난 지금도 생각난다. 남자애는 너구리고, 여자애는 행주였어. 내가 그 이름 듣고 너무 우스워서 학교가다 말고 도로 엄마한테 막 뛰어가서 '엄마 쟤네들 이름이 너구리고, 행주래' 하면서 깔깔대고 웃었다가 엄마한테 혼났잖아. 하하, 지금 생각해도 웃긴다."

운경 씨는 갑자기 어린 시절로 돌아간 듯 숙이고 있던 고개를 뒤로 젖히며 웃다가 사레 들리고 만다. 입속의 내용물이 일부 앞으로 튀어나갔다.

"야, 드러! 너는 도대체 나이를 어디로 먹었기에 아직 그 모양이니. 내가 그건 생각 안 나도 소학교 다닐 때 니가 딴 데로 샐까 봐 소 몰듯이 너를 몰고 다니던 생각은 난다. 너 별명이 흰말 궁둥이었잖아. 얼굴은 밀가루 바른 것처럼 하얗고 납데데한데다가 또 얼마나 경중거리면서 사방 돌아다녔게. 내가 너랑 같이 학교 다니면서 집으로 옳게 데려오느라고 얼마나 고생했는지 아니? 너 안 데리고 오면 나만 야단맞았단 말야!"

인경 씨는 예의 그 카랑하고 새된 목소리로 소리를 팩 지른다. 운경 씨는 소 몰듯 했다는 언니의 말에 잠깐 기분이 나빠져 마주 쏘아줄까도 생각했지만 그냥 참기로 한다. 대신, '언니 목청은 늙지도 않아' 하고 웃어준다. 그렇지만 속이 쓰리고 아픈 것은 어쩔 수 없다.

언니는 다른 사람들에게는 더할 나위 없이 고상한 인품을 내보이면서도 동생들에게는 함부로 대했다. 그런데다 운경 씨 밑으로 두 여동생이 있는데도 왜 그런지 유독 운경 씨에게만은 그 정도가 심했다. 남편과 자식들 거느리고 윤택한 생활을 유지하고 있는 동생들은 큰언니의 히스테리를 아직도 노처녀 히스테리로 치부하며 없는 데서 킥킥거리기도 한다. 그러나 막상 큰언니와 함께 있을 때면 그 비위를 맞추느라 같이 운경 씨 흉잡는 것에 동조한다는 것을 운경 씨도 이미 알고 있다.

그들 자매에게 동생이 하나 더 있었지만 미국에서 살다가 몇 년 전에 죽고 말았다. 아니, 애초에 자매는 모두 일곱이나 되었었다. 그중 제일 가운데인 운경 씨만 키가 후리후리하게 컸고 나머지는 인물도, 몸매도 조그마하고 성격도 음전해서 두루 여성적인 풍모를 갖추었다. 그 중에 위로 둘은 보기 드문 미인 형에 속하기도 했는데 결혼을 한 후 몇 해 만에 그만 앞 다투어 죽고 말았다. 때문에 셋째이던 인경 언니가 졸지에 첫째가 되어 버리고 말았다. 그러나 위로 둘은 죽기 전에 결혼도 하고, 애도 낳고 했었지만 인경 씨의 경우엔 결혼은커녕 남자와 사귀어 본 적도 없고, 게다가 아버지마저 일찍 돌아가시는 바람에 가장노릇까지 떠맡아야 했다. 그게 해방이 되기 이 년 전이었다. 그러니까 언니는 그때부터 가장이라는 짐을 진 채 노처녀로 일생을 살아온 것이다. 그때문인지 언니는 살다가 화나는 일만 생기면 다 너희들 때문이라며 동생들에게 화풀이하기 일쑤다. 특히 운경 씨에게는 아주 마음 놓고 히스테리를 부리며 원수 대하듯 했는데, 그 정도가 심할 때마다 운경 씨는 어릴 적 집에서 키우던 개를 떠올렸다. 그 개는 쥐를 잡으면 바로 물어 죽이지 않고 앞발로 쥐를 뒤집었다 엎었다 하며 장난감처럼 갖고 놀았다. 그러면 쥐는 얼마 안가 내장이 터져 죽고 말았다.

언젠가 한 번 운경 씨는 언니에게 한바탕 대들어 본 적도 있었다. 동네사람들은 품위 있고 우아해 보이기는 해도 왠지 까다로워 보이는 인경 씨보다 아무와도 잘 어울리고 사람 좋아 보이는 운경 씨를 더 따랐다. 언니는 그것이 기분 나빴던 모양이다. 기회가 될 때마다 동네사람들에게 집 주인은 나고, 저애는 갈 데가 없어 내가 보살펴주고 있는 동생일 뿐이라고 알려주었다. 그러나 동네 사람들은 여전히 언니보다는 운경 씨에게 웃으며 인사하고 친절하게 말을 건넸다. 화가 난 언니는 작정을 하고 그들에게 아이스크림 등을 사줘가며 시시콜콜 운경 씨의 험담을 늘어놓기 시작했다. 언니를 제치고 시집을 간 것도, 하필 연애질 한 것이 아이 딸린 홀아비였던 것도, 또 그 남편이 바람쟁이였다가 나중에는 병을 얻어 십 년을 자리보전하고 앓다가 죽은 것도, 모두 동생이 언니를 제치고 시집 간 것에 대한 벌이라는 것이었다. 그리고 시집을 갔으면 죽이 되든 밥이 되든 친정에 손해를 끼치지는 말아야 하는데 툭하면 병에 걸려 친정 신세를 진 것도 모자라 이제는 늙어서까지 오갈 데 없는 신세가 되어 언니에게 기생하며 산다는 것이었다. 그러나 인경 씨의 애기가 여기서 끝났으면 좋았을 것을, 어느 날 부터는 거기에 자식들의 험담까지 덧붙이기 시작했다. 아들 며느리가 둘씩이나 있는데도 지들 시어미를 이십 년씩이나 보살피고 있는 내게 찾아오는 것은 고사하고 고맙다는 전화 한 통 없는 나쁜 것들로 시작해서 오죽 에미 노릇을 못했으면 제 속으로 난 자식들조차 내팽개치고 있겠느냐로 이어졌다. 운경 씨는 언니가 읊어대는 자신의 이야기는 참아낼 수 있었지만 자식들까지 거론되어 욕을 먹게 할 수는 없다는 생각에 악을 쓰고 대들었다.

"언니는 도대체 나를 뭘로 보는 거야. 동생으로 보는 거야? 식

모로 보는 거야? 어떻게 남들한테 재미삼아 동생 흉을 볼 수 있는 거지? 남이라도 그렇게 안 하겠다. 그리고 언니가 내 자식들에 대해 뭘 알아? 언니가 자식이나 낳아봤어, 애들을 길러보기나 했어, 오직 자기 자신만 아는 이기주의자인 주제에 뭘 안다고 떠들어?"

인경 씨는 동생의 기세에 움찔하긴 했어도 평소처럼 고개를 꼿꼿이 하고 입술을 오무리면서 야유하듯 대꾸했다.

"식모로 본다. 왜? 내가 너를 먹이고 재워주면서도 한 달에 십만 원씩 주지 않니, 흥!"

"좋아, 그럼 내가 나갈 테니까 십만 원 주고 다른 사람 써. 그 돈 받고 일하는 사람 있으면 내 손에 장을 지진다. 그리고 내가 어디 가서 이런 식으로 식모살이 할 거면 그거에 몇 갑절 받고도 남아, 알기나 알아? 난 이대로 아들 찾아가면 그만이야. 이 땅에 자식새끼가 셋씩이나 있고, 물 건너에도 하나 있어. 왜? 내가 갈 데 없을까봐? 난 혼자 남은 언니가 불쌍해서 여기 있는 거야. 그거나 알라구, 이 이기주의자, 신경질쟁이야!"

그러자 약이 잔뜩 오른 인경 씨가 머리끄덩이라도 잡을 기세로 마루를 건너왔다. 운경 씨는 언니의 코앞에서 문을 탁 닫아버리고는 곧바로 가방을 싸기 시작했다. 잠시 후 가방을 들고 마루로 나왔을 때 안방에서 흐느끼는 소리가 들렸다. 인경 씨가 방구석에 앉아 서럽게 흐느끼고 있는 소리였다. 참, 저는 잘도 모진 말을 해대면서 겨우 그 말 했다고 우는 꼴이라니… 생각해보니 언니는 혼자 잠들지 못할 만큼 겁쟁이였다. 때문에 운경 씨가 아들 집에 가서 제사를 지내고 오는 날에도 운경 씨는 혼자 잠 못드는 언니의 성격을 알기에 밤중에 허위허위 집으로 돌아오곤 했었던 것이다. 운경 씨가 떠나고난 뒤 혹시 다른 형제들이나 조카들이 언니에게 잘 해준다고 해도 항상 언니의 옆에서 시중들듯 생활해줄 사람은 없을 터였다. 운경 씨는 마루 끝에서 잠시 망설이다가 그만 방으로 들어와 가방을 다시 풀어놓고 말았다.

보저럼 선 싸움은 일견 운경 씨의 승리로 끝난 듯했지만 그러나 그것도 그때 뿐, 인경 씨의 주인의식은 조금도 달라지지 않았다. 오히려 예전보다 더 까탈스럽게 굴며 잔소리의 수위를 높였다. 운경 씨는 하는 수없이 속 편하게 나, 바보 됐소, 하는 태도로 일관하며 하루빨리 지방으로 전근 간 큰아들이 올라오기를 학수고대했다. 아들이 서울로 오면 이런 모욕적인 생활도 끝이라고 생각하며 참아왔던 것이다. 그러나 십여 년을 기다려온 큰아들은 다시 서울로 온 뒤에도 그렇게 장담했던 어머니 모셔가기를 차일피일 미루더니 그게 또 어영부영 십 년이 다 되어가고 있다. 딸아이의 말대로 애초에 있는 재산을 자식에게 다 주는 것이 아니었나보다. 미미한 재산이기는 해도 엄마가 죽을 때까지 쥐고 있는 것이 자식에게 대접받는 길이라고 딸이 말했을 때만 해도 운경 씨는 제 형제를 나쁘게 보는 딸의 생각을 모질게 나무랐다. 그러나 이제는 딸의 기우가 현실이 되었음을 깨닫게 되었고, 아무도 이십 년 된 어미의 기다림에 마음 쓰는 놈이 없다는 것을 뼈아프게 느끼고 있었다. 어미를 모시겠다며 재산의 많은 부분을 가

저간 큰아들놈은 이십 년 동안 한 달에 십만 원씩 통장에 넣어주는 것으로 자신의 효자됨을 자랑스러워하고 있다. 나머지 자식은 재산 많이 가져간 놈이 알아서 하겠지 하고 신경 쓰지 않는 눈치다. 운경 씨는 지난 이십 년동안 자식에게 십만 원을 받고 언니에게 십만 원을 받으며 살았던 이십 만원짜리 인생이 목에 걸린 가시 같아 피를 토하듯 어서 빨리 뱉어내고만 싶어진다.

"아이쿠, 늦겠다. 나 빨리 서예연습실 가야해."

운경 씨가 다 마신 우유 컵을 내려놓자 인경 씨가 서둘러 다과상을 들고 일어난다. 늦더라도 설거지는 할 모양이다. 책임감이 강한 사람이라 그런지 할 일은 미루지 않는 성격이다. 운경 씨는 굳이 대신 하겠다고 나서지 않는다.

"점심 먹고 올지도 몰라."

말끔하게 투피스 정장을 차려입은 언니가 대문을 나서면서 말한다. 운경 씨가 대문까지 따라 나가자 인경 씨가 활짝 미소를 보낸다. 아마도 오래전 직장생활을 하던 때의 기분이라도 들었던 모양이다. 언니는 젊은 시절부터 사십이 넘을 때까지의 긴 세월 동안 직장생활을 하였다. 그때 이렇듯 배웅을 받으며 대문을 나섰을 것이다. 다른 점이 있다면 코스모스처럼 가냘프던 몸집이 지금은 공처럼 둥실해졌다는 것이다. 그러나 그 세월의 간극은 아랑곳없이 골목을 나서는 언니의 걸음걸이는 아직도 꼿꼿하기만 하다.

2.

언니가 나간 뒤 운경 씨는 세수를 끝내고 화장대 앞에 다가앉는다. 노인대학에 가는 요일이긴 하지만 요사이는 얼굴 내미는 것도 왠지 육칠십 대의 젊은 사람들 보기에 부끄럽다는 생각이 든다. 노인대학을 다닌 지도 오래되었고 그러다보니 언제인가부터 제일 나이가 많아져 있었다.

"너무 오래 살았어…"

운경 씨는 거울을 보며 중얼거린다. 기운 없이 늘어진 팔꿈치는 무릎에 닿을 듯하고, 백발이 성성한 머리에 눈은 단추 구멍 만하게 쪼그라들었다. 틀니를 한 지도 오래 되었고, 최근에는 소리도 자주 놓치고 있다. 그런데 늙어가는 육신처럼 정신도 따라 소멸되었으면 좋으련만 정신의 노화는 아직 더디 오는 듯하다. 정신과 육신의 노화가 정비례되지 않는 것의 부작용은 육신의 통증이 더욱 명징하게 느껴진다는 것과 더불어 자식들이 어미의 생존을 지겨워하기 하는 심리까지도 생생하게 느낄 수 있다는 부분이다. 그것은 육신의 통증보다 더한 아픔이다.

지난번 운경 씨는 아들 집에서 행하는 남편의 제사에 참석했다가 오랜만에 보는 자식들에게 용기를 내어 꺼내기 힘든 말을 했다. 가사 노동으로 인해 점점 더 심해지는 낡은 육신의 고통을 호소해 본 것이다. 깐에는 이제는 제발 자식 곁에 있고 싶다는 마음을 내보인 것이다. 그런데 모두가 꿀 먹은 벙어리로만 앉아있었다. 그건 모시고 싶지 않으니 거기서 그렇게 살다 죽으라는 뜻이었다. 자존심이 상한 운경 씨는 그러나 지금 아니면 언제 또 이런 기회가 있을까 싶어 심지어는 안락사 했으면 좋겠다는 말까지 꺼내봤다. 그러나 또다시 아무도 대꾸하는 자식들이 없었다. 운경 씨는 무참한 기분이 되어 제사가 끝나자마자 일어섰다. 주무시고 가시라는 말을 한번이라도 하기를 기대했지만 인사치레라도 그런 말은 없었다. 엘리베이터를 탔는데도 큰며느리는 배웅도 하지 않고 방구석에 틀어박혀 나오지도 않는다. 손주 녀석들도 제 어미와 마찬가지로 행동하고 있다. 다른 때는 그나마 문 밖으로 얼굴을 비죽 내밀고 고개를 까닥하는 인사라도 하더니 이제는 그것마저도 생략하는가 보았다. 아마도 시어머니를 모시게 되면 어쩌나 하는 공포감 때문에 방구석에 틀어박혀 나오지 않는 것일 것이다. 그런데 실상 더 섭섭한 것은 제 마누라의 그런 행위를 용인하는 아들놈이었다. 게다가 그 아들놈은 피곤하다는 이유로 자가용은 모셔둔 채 전철을 태워 보내면서 결정적으로 쐐기를 박는 말을 했다.

"일이라 생각마시고 운동이라 생각하세요. 그럼 괜찮을 거예요."

작은 아들놈은 한술 더 떠서 제 차에 제식구들만 달랑 태우고 전철을 타러 걸어가는 에미 앞을 자랑스럽게 손을 흔들며 지나가 버렸다.

그날 운경 씨는 어두운 밤길을 단장을 휘둘러가며 허위허위 걸어오면서 수없이 중얼거렸다. '오냐. 고맙다. 효자 났네, 효자 났어! 늙은 에미 건강 위해 눈물겹게 걱정해주누나!

3.

운경 씨는 마루 끝에 앉아 분합문 너머를 바라본다. 햇빛 때문에 바깥쪽의 거실 마루는 길 잘 들은 호박색으로 반들거리고 있다. 예전엔 마당이었던 공간이다. 십여 년 전, 언니는 디근자로 뚫려 있던 허공에 새시로 유리 지붕을 만들고 마당 위에는 본래의 마루높이에 맞추어 새로운 마루를 깔아놓았다. 그렇게 되니 신발을 신고 다녀야 하는 마당의 이동 공간이 없어져버리고, 마치 아파트처럼 되어버렸다. 대문 열고 들어와 신발을 벗으면 곧장 한 공간이 되어버리기 때문이다. 더이상 마루 끝에 앉아 눈, 비 내리는 풍경을 볼 수 없는 것이 아쉽지만 그래도 지붕에 걸린 새시를 통해 아직 하늘을 볼 수도 있고 또 그 새시 위로 떨어지는 빗소리도 나름대로 운치 있게 들을 수 있어 다행이었다. 재미있는 것은 그 새시 문을 여닫을 수도 있다는 것이다. 이 당연한 것을 몰라서 한때는 한여름 뙤약볕에 새로 마련된 공간이 한증막 같이 되어 그 새시 위에다 다시 밀짚을 덮는 법석을 떨기도 했었다.

한옥을 제대로 보존하기란 쉬운 일이 아니었던가보다. 아주 오래 전에 건축학과 교수라는 사람이 와서 대들보나 서까래 같은 곳을 촬영해 가기도 했는데 인근의 한옥에 비해 보존이 잘 되어 있다는 말을 하며 언니에게 찬사를 보냈다. 그러나 언니는 매해 수리를 하던 집을 그 공사를 끝으로 더 이상 신경 쓰지 않았다. 새로운 공간에 등가구를 들여놓고 서양식으로 꾸민다거나 서까래가 드러난 원뿔모양의 천장에 구슬이 주렁주렁 달린 샹들리에를 달거나 했을 뿐 더 이상 기와를 새로 올리고, 기둥이며 마루에 니스를 새로 칠한다거나 하는 공사를 벌인 일은 없었다.

새삼스럽게 생각해 보니 이 집은 누구보다도 언니의 일생을 고스란히 떠안고 있다. 아버지가 갑자기 돌아가신 뒤 그 큰집에서 이 년을 버티며 살다가 규모가 작은 집으로 옮긴다고 온 것이 바로 이 집이었다. 처음 이곳으로 이사 왔을 때 언니는 스무 살이었고 운경 씨는 4년제 여학교를 갓 졸업한 열여덟이었다. 이곳으로 이사 온 뒤 언니는 본격적으로 가장의 책임을 지기 시작했다. 대동아전쟁 말기여서 결혼을 하거나 취업을 하지 않으면 정신대로 끌려나가야할 판이었는데 다행히 언니는 당시 유명했던 H산업 경리부에 취직을 하게 되었다. 정신대에 나가지 않으려고 유력한 가문의 여자들도 많이 응모했었다는데 언니 혼자만 뽑혔다고 자랑스러워한 적도 있었다. 동생들은 이 근처의 여학교로 전학해서 계속 학교를 다녔다. 전쟁 말기에 다른 동생들은 가급적 외출을 삼갔지만 운경 씨는 얼굴에 검댕을 묻히고 몰래 밖으로 나갔다가 어머니나 언니에게 지청구를 들은 기억도 있다. 왜 그렇게 호기심이 많고 알고 싶은 것들도 많았었는지…

운경 씨는 분합문 밖의 마루를 뚫어져라 바라본다. 그 마루 밑 어딘가에 예전의 수돗가가 눈에 보이는 듯하다. 처음엔 펌프질을 해서 물을 퍼올려 썼다가 나중에 수도를 놓았던 곳이다. 그 수돗가 주변 가득하게 피었던 색색의 분꽃더미도 환하게 떠오른다. 어머니는 수돗가 주변에 한 무더기 분꽃을 키우면서 그 씨를 받아 비누로 만들어 쓰기도 했다. 그래 그런지 어머니의 피부는 참으로 고왔었나. 77세를 실다 돌아기신 어머니는 말년에 언니에게 약간의 구박을 받았던 것 외에는 대체로 편안한 일생이셨던 것 같다. 역사적으로 다 함께 겪어야 했던 고생 외에는…

어머니가 언니에게 구박을 받았던 일 중의 하나는 등 뒤에 난 종기 때문이었다. 별로 대수롭지 않게 생각했던 종기는 점점 조금씩 커져가면서 식구들을 불편하게 했다. 손이 닿지 않는 곳이라 꼭 누군가가 고름을 짜내주고 고약을 붙여주어야 했기 때문이다. 처음에는 오랫동안 함께 살았던 가정부가 도와주기도 했었지만 그 가정부가 고향에 내려간 뒤 새로 들어온 가정부는 함께 살았던 정이 없어서인지 그런 일을 외면해버렸다. 따라서 그 일은 자연히 어머니와 한방을 쓰는 언니의 몫이 되었다. 가뜩이나 자신의 일생이 가족들 때문에 희생되고 있다는 생각이 팽배한 언니에게 그 일은 여간한 스트레스가 아니었을 것이다. 언니는 어머니를 병원에 모시고 다닐 때마다 한없이 신경질을 부렸고 어머니는 서러움에 눈물을 짜내야 했다.

그때 운경 씨는 남편의 병간호를 하다가도 짬을 내어 친정으로 가서 어머니의 고름 짜내는 일을 했다. 어느 때는 입으로 빨아내야 했던 적도 있었다. 손으로 짜내는 것보다 덜 아프다고 했기 때문이었다. 처음에 다른 형제들은 어머, 어머 하고 비명을 질렀지만 나중에는 당연히 운경 씨가 해야 할 일로 치부했다. 형제들은 운경 씨가 분담해야 할 어머니의 병원비 대신 몸으로라도 떼우는 것이 당연하다고 생각한 것이다. 그러나 만일 치료비를 분담할 수 있는 형편이었더라도 운경 씨는 어머니의 고통이 덜어질 수 있다면 입으로 빨아내는 수고쯤은 얼마든지 감당할 수 있다고 생각했었다. 그것은 누가 강요하지 않아도 당연히 자식이 해야 할 일이라고 생각했기 때문이다. 그런데 지금 운경 씨는 자신의 고통을 어느 자식도 애타하는 놈이 없다는 생각에 왈칵 서러움이 치밀어 오른다. 비교하지 말아야지… 시대가 변하고 생각이 변했는데… 잠잠했던 통증들이 갑자기 되살아나 온몸을 찔러대기 시작한다. 마치 가시철망으로 채찍질을 당하는 것 같은 아픔이다.

4.

개천가 양옆으로 노란 산수유 꽃이 줄지어 피어있다. 양지바른 곳이라 그런지 개나리는 벌써 연초록의 잎새를 내밀고 있다. 머지않아 노란 색의 행렬은 연초록의 행렬로 바뀔 것이다. 운경 씨는 한 손에 두부와 약봉지를 든 채 단장을 짚어가며 개천가를 천천히 걷는다. 성북천에서 내려오는 물은 한때 이곳을 거쳐 청계천으로 흘렀으나 지금은 물이 말라 바닥이 다 드러나 있다. 예전에 전쟁이 났을 때는 이 넓은 개천에 시체가 산처럼 쌓였던 적도 있었다. 그때 운경 씨는 임신 팔 개월의 몸으로 친정에 와 있었다. 남편은 6·25가 터지자 운경 씨를 친정에 맡기고 전처 자식만을 데리고 피난을 떠나버렸다. 남편이 월남한데다가 신문기자 신분이었기 때문에 잡히면 그 자리에서 총살당한다는 위험은 알고 있었지만 그래도 그때 운경 씨가 느꼈던 당혹감은 두고두고 목을 아프게 했다. 전쟁 탓이었기는 해도 그것은 명백히 버림받는 느낌이 들게 했기 때문이다.

언니는 혹까지 달고 온 운경 씨를 쌀쌀맞게 대했고 어머니 역시 가장인 언니의 눈치를 보느라고 운경 씨를 맘 놓고 보듬지도 못했다. 다행히 어렵게 낳은 갓난아이가 집안에 화기를 불러 넣었는지 운경 씨와 아기는 잠시 동안이나마 식구대접을 받기도 했었다. 거기에 더 다행스러웠던 것은 북에서 내려온 여맹위원인가 하는 여자가 수시로 들락거리며 언니에게 집은 자기가 지키고 있을 테니 북으로 가라는 말을 여러 번 했었다. 그러나 마침 갓 출산한 산모와 아기의 핑계를 대며 차일피일 미룰 수 있었고, 식구들은 얼마 안 가 수복을 맞을 수 있게 되었다.

남편과 다시 만난 것은 피난지인 부산에서였다. 한강 다리가 끊어지는 바람에 남편은 피난을 못 가고 당시의 살던 집으로 되돌아갔었다고 한다. 그리고 그 집의 마루 밑에서 지내다가 수복이 되어서야 밖으로 나올 수 있었다고 한다. 그때 먹지도 씻지도 못하고 햇빛까지 보지 못해서 그야말로 미라에다 긴 수염을 붙인 몰골이었다고 훗날 재미삼아 남편이 얘기하기도 했었지만 그러나 운경 씨는 웃지 않았다. 한 번 엇나간 믿음과 신뢰의 마음은 좀처럼 돌아오지 못했다. 당시의 전쟁은 운경 씨에게 역사적 상처보다 더 큰 개인적 상처로 기억되었다. 남편에 대한 신뢰가 사라지는 것처럼 큰 여자의 불행은 없다고 운경 씨는 생각했던 것이다. 그러나 지금은 자식에 대한 믿음의 배신 역시 그에 못지 않는다고 운경 씨는 생각하고 있다.

운경 씨는 두부를 냉장고에 집어넣은 다음 사온 약을 약병에 집어넣는다. 병이 꽉 차고도 넘친다. 이쯤이면 소위 치사량이 될 수도 있을 것이다. 그러니 안락사를 군이 남에게 부탁할 필요도 없다. 사실 그건 엄살처럼 들릴 수도 있을 것이다. 진짜 안락사는 수족을 마음대로 쓸 수 없는 사람에게나 해당될 것이었다. 그래서 그때 애들이 묵묵부답으로 아무 말이 없었던 것이었을까, 알아서 하라고?

5.

운경 씨는 샤워를 끝내고 향수를 살짝 뿌려본다. 오래 전에 사놓았던 것인데 이제야 사용을 해보는 것이다. 전에 노인대학에서 만났던 할머니가 자신의 몸에서 그렇게 냄새가 나느냐며 물은 적이 있었다. 자식들이며 손주들이 냄새 난다고 가까이 오지도 않고, 심지어는 방에서까지 냄새가 난다고 하면서 노골적으로 할머니가 어디로 없어지기를 바란다는 것이었다. 그 소리를 듣고 나서 장만했던 향수였다. 아직까지 언니나 자신에게서 냄새가 난다는 소리는 못 들었지만 혹시나 하는 마음에서였다. 갑자기 아들 내외가 와서 제 집으로 가자고 하는 일이 생겼을 때 나쁜 냄새 대신 좋은 냄새를 풍기고 싶다는 염원도 없지 않았다. 그런데 그 후로도 몇 년이 흐르고 난 뒤에야 갑자기 생각이 나서 처음 사용하게 된 것이다. 죽고 나면 화장을 할 육신이지만 잠깐이라도 향기 나는 노인으로 기억되고 싶은 것이다. 한때는 정신적으로 향기 나는 노인이 되고 싶은 적도 있었는데 아무도 원하는 사람이 없다보니 자연히 휘발되어 날아가버렸다. 아무도 노인의 지혜 따위는 원치 않을 것이다. 노인의 삭은 육신 속에는 삭은 정신만 들어 있을 거라고 착각하고 있기 때문이다.

운경 씨는 걷어놓은 빨래를 한쪽에 개켜놓고 반닫이 위에 늘어놓은 책들을 꺼내 정리하기 시작한다. 빌려온 책들은 누구네 집 것이라는 쪽지를 붙여 반닫이 위에 뉘어놓고, 남는 것들은 그 옆에 가지런히 세워놓아 구분해놓는다. 아주 오래 된 『문예춘추』라는 일본잡지 두 권과 에도가와 란포의 추리소설이 몇 권 눈에 띈다. 남편이 병석에 누워있을 때 읽어주던 책들이다. 그리고 모모한 스님네들이 쓴 수필이나 명상록뿐이다.

최근에는 책보는 일도 힘들어져 멀리했지만 얼마 전까지만 해도 운경 씨는 누워서도 책을 보는 독서광이었다. 그러나 이제 와서 생각해보니 그것 역시 모두 쓸모없는 짓이었다는 생각이 든다. 자식들이 원하는 것은 유식한 어미보다 억척같이 재산을 모아 미련 없이 자식에게 물려주는 어미일 것이다. 만일 결혼 후에 남편이 운경 씨의 교사생활을 막지 않았더라면 혹시 자식들에게 물려 줄 만족할만한 재산을 마련할 수 있지 않았을까? 그러나 그것이 최선이었을지는 아무도 알 수 없는 일이다. 아마도 남편의 반대를 무릅쓰고 사회로 나갔더라면 아이들은 포기해야했을 것이다. 아이들을 다른 사람 손에 키우게 할 수 없어 운경 씨는 직업을 포기하는 쪽을 택했다. 그리고 남편이 병으로 죽을 때까지 스무 해 결혼 생활의 반을 남편의 병간호로 보냈다. 자리에 누워 '나 아직 죽지 않았어!' 하고 몸부림을 치던 남편에게 동네의사는 항상 '선생님, 고통스러우시면 사모님과 연애하던 시절을 생각하세요' 하고 귀에 대고 속삭였다. 그러면 남편은 찡그리던 얼굴을 펴고 슬며시 미소를 짓기도 했다. 그러나 운경 씨는 자신이 결코 남편처럼 웃으며 죽지는 못할 것이라고 생각한다. 연애의 추억은 시시때때로 찾아들어오는 통증이 다 흡수해버렸다.

"얘! 이거 시작한다."

언니가 안방 침대에 앉아 소리친다. 평소에 즐겨보던 드라마가 시작하는 모양이다. 그러고 보니 여직 티브이를 켜지 않고 있었다. 언니와 운경 씨는 각자의 취향이 달라 각자의 방에 티브이를 놓고 있었다. 운경 씨는 영화나 자연 다큐멘터리를 즐겨보는 반면 언니 인경 씨는 뉴스나 시사프로를 자주 본다. 그리고는 집에 손님들이 찾아오는 날이면 국내외 정치나 경제에 대한 화제를 꺼내 성토를 하듯 열을 올리는 것이다. 그러나 요즘엔 그것도 힘에 부치는지 드라마에 취미를 붙이고 있다.

티브이의 스위치를 누르니 칠십 대로 나오는 할머니가 아들 며느리를 붙잡고 무엇이 잘 되었네, 잘못 되었네 하고 훈계를 하고 있다. 다 늙은 며느리는 억울하긴 하지만 그래도 웃는 표정을 지으며 잘못했다고 머리를 조아린다. 아들 역시 거짓말까지 해가며 어머니의 비위를 맞추려고 애를 쓴다. 그러나 손주들의 혼사 문제가 할머니 마음대로 되지 않았음을 알고 할머니는 역정을 내며 뒤로 쓰러지고 만다. 그러자 각방에서 식구들이 뛰어나와 할머니를 부여안고 난리법석을 피운다. 잠시 후에 할머니는 머리띠를 동여매고 먼 곳의 자손들까지 불러들여 일장 훈시를 한다. 할머니의 의견대로 모두 시행되는 것은 아니지만 적어도 존중받고 있는 것만은 확실히 보여주고 있는 것이다.

운경 씨는 저렇듯 자손들과 어울려 살며 할머니 노릇을 해본 기억이 없다. 어쩌다 이렇게 되었을까? 딸의 말대로 시어머니 노릇을 제대로 못한 것일 수도 있겠다. 아니면 좀 특별한 시어미가 되고 싶은 자만심 때문이었을지도 모르겠다. 운경 씨는 며느리를 처음 맞을 때 꽃을 사다가 신혼방을 장식해 주면서 며느리가 아닌 딸로 생각하고 살아야겠다고 다짐했었던 것이다. 참 부질없는 짓이었다. 며느리와 딸은 같을 수가 없다는 것을 너무 늦게 알았다.

운경 씨는 잠옷으로 갈아입고 화장대 위의 '잠'이라는 약병을 손에 쥔다. 화장해달라고 유서라도 써놓을까 생각하다가 운경 씨는 그만 두기로 한다. 유서라는 것을 쓰게 되면 혹시 아들에게 그 피해가 돌아갈지도 모른다. 어미를 자살하게 만든 불효의 혐의가 없을 수는 없을 것이다. 차라리 자연사처럼 잠자듯이 죽는 게 나을 것이다.

운경 씨는 이부자리 위에 앉아 조금씩 약을 삼키기 시작한다. 뭔가를 생각해야 될 것 같은데 아무 생각도 안 난다. 뱃속이 출렁거릴 때까지 물과 약을 삼키다가 문득 안방을 보니 언니는 무릎에 원적외선 치료기를 대놓은 채 티브이만 보고 있다. 치료기에서 나온 붉은 빛이 얼굴까지 물들이고 있다. 아마 내일 아침엔 저 얼굴빛이 흙빛이 될는지도 모르겠다. 혼자 두고 가는 것이 왠지 일부러 유기하는 것처럼 미안한 마음도 든다. 미우나 고우나 서로 부대끼며 산 것을 합해보면 사십 년도 넘는 세월 아닌가. 언니야, 미안하다. 그렇지만 앞으로 더 이상 무슨 영화가 남아있다고 맨살에 가시철망으로 채찍질 당하는 듯한 고통을 참고 살아야만 한단 말인가? 운경 씨는 다시 몇 개의 알약을 삼킨다. 왠지 눈물이 나올 것처럼 처량한 기분이 든다. 그러다 문득 언니가 시집을 안 간 것이 정말 나 때문일까 하는 궁금증이 들었다. 한번 물어나 보지… 운경 씨는 안방을 향해 소리 지른다.

"언니!"

"왜?"

"나 진짜 궁금한 게 하나 있는데…"

"미친 기집애, 어렸을 때부터 궁금해 하는 게 많더니 아직 까지니? 뭔데?"

"언니, 진짜로 시집 안 간 이유가 뭐야? 나 때문인 건 아니지? 혹시 살아오는 동안 남자에게 호되게 당한 적 있어? 강간이나 그런 거…"

"야, 무슨 그런 일이 있겠니? 숭하게스리… 그런 거 아냐. 그냥 전쟁 났을 때 대포 소리에 놀라 생리가 끊어진 이유도 있고… 그냥 남자가 싫어서였던 같기도 하고… 나도 잘 모르겠다. 팔자여서 그런가보지. 어쨌든 이젠 시집 안 간걸 다행으로 생각하니까, 뭐…"

"남자가 왜 싫었는데?"

"왜냐구? 글쎄… 깊이 생각해본 적이 없어서… 꼭 짚어내라면 기억나는 게 하나 있긴 해. 학교 졸업하기 전이던가? 매일 따라다니던 남학생이 하나 있었어. 사귀자는 거였지. 인물도 괜찮고, 목소리도 괜찮고 했는데 그렇다고 내가 남학생과 연애질 하는 성격은 아니었잖아? 그런데 어느 날인가 그 학생이 집 앞에 친구들과 함께 모여 있더라구. 그냥 평소처럼 지나가려는데 그 학생이 즈이 친구들에게 '애들아, 저 여학생 아주 예쁘지 않니?' 했어. 그런데 어떤 놈인가가 담박에 '야, 예쁘긴 뭐가 예쁘니? 얼굴에 곰보 자국도 있구만' 하는 거야. 만일 그때 집이 가까이에 있지 않았더

라면 난 아마 그 자리에서 쓰러졌을지도 몰라. 내 일생 그런 모욕
은 처음이었거든."

"언니가 무슨 곰보자국이 있어? 난 몰랐는데."

"코 옆에 두 개 있어, 얘."

"참내, 그깐 걸 가지고 트집 잡는 지놈은 얼마나 잘났대? 나 같
으면 그렇게 말하는 넌, 얼마나 잘 났니? 하고 흙이라도 한 줌 던
져버릴 텐데…"

"하하, 그 당시에 여자가 어떻게 그럴 수 있겠니. 아마 넌 왈가
닥이라 그랬을지도 모르지만. 그런데 내가 정작 미웠던 건 그런
말을 한 놈이 아니라, 그 말을 듣고도 아무 말이 없던 놈이야. 아
니, 지가 죽자고 따라다녔으면서 지 친구가 그런 말을 하는데도
가만있는 건 뭐니? 그건 저도 그 말이 옳다고 수긍하는 거잖아.
지가 정말 나를 좋아했다면 그 친구를 한 대 치던지 해서 날 모욕
한 대가를 치르게 하는 게 옳지 않겠니? 그러니까 그 놈은 진심으
로 날 좋아했던 게 아니라 그냥 한 번 갖고 놀려고 했던 거야. 더
러운 자식 누굴 뭘로 보고… 내가 지네들 상대나 될 줄 알았나보
지. 더 웃기는 건…"

언니는 어느 새 안방 침대에서 내려와 운경 씨에게로 건너왔
다. 운경 씨는 손에 쥐고 있던 약병을 이불 속에 밀어 넣었다.

"너, 혹시 옛날에 건축학과 교수라면서 우리 집에 와서 사진 찍
어간 사람 기억나니?"

"응, 퇴직교수라던 사람 기억나. 풍채가 좋았던 것 같기도 하고."

"알고 보니 그 놈이 바로 그 놈이었어. 나 쫓아다녔던 놈. 목소리 듣고 긴가민가했었는데 그후에 골목에서 마주쳤거든. 저도 나중에야 날 알아봤는지 말을 붙이더라. 우리 집에서 몇 집 건너에 이사 오게 될 거랬어. 자식들 다 결혼시키고 혼자 됐다나? 그러거나 말거나 쌀쌀맞게 대했는데 미안하다고 자꾸 그러더라. 뭐가 미안하다는 건지. 더 기분 나쁘더라. 혹시 그 놈이 이사 오게 되면 마주치는 게 싫어서 내가 이사 갈까 어쩔까도 고민했었는데, 며칠 후에 연탄가스 맡고 죽었다는 소리가 들리더라. 이사 오기 전 살던 집에서…"

"자살한 거래?"

"얘는 미쳤다고 자살을 하니? 다 늙어서 무슨 자살을 하니? 안 그래도 저절로 죽을 걸!"

언니는 순한 목소리로 얘기하다가 갑자기 팩하고 소리를 높인다. 그러고는 볼일 다 봤다는 듯이 안방으로 홱, 건너가 버린다. 운경 씨는 둥실해진 언니의 뒷모습에서 아직도 남아있는 오기를 본다.

드라마가 끝난 티브이에선 시사프로그램이 시작되고 있다. 화면에는 〈빨리 죽어야 하는데… '학대받는 노인들'〉이라는 굵은 글씨와 함께 쪽 지고 등 굽은 노인들의 초라한 흑백사진들이 스쳐지나간다. 근엄함 목소리가 그 사진들을 좇고 있다.

─최근 들어 노인 학대가 부쩍 늘어 더 이상 외면할 수 없는 사회문제로 야기되고 있습니다. 무엇보다 노인 학대 대부분이 아들

등 가족들에 의해 자행되고 있다는데 문제의 심각성이 크다고 합니다. 청주에 홀로 살고 있는 손 할머니는 자신의 아들을 경찰에 신고했는데, 아내와 이혼한 아들이 매일 저녁 술에 취해 할머니를 상습적으로 폭행했다고 합니다. 또한 슬하에 2남 2녀를 둔 오 할머니는 3년 전부터 함께 살던 장남이 집안에서 냄새가 난다며 갖은 욕설과 냉대를 일삼아 이웃의 도움으로 시설에…

운경 씨는 리모컨을 들어 티브이를 끈 다음 남아 있는 약들을 다시 삼키기 시작한다.

포트폴리오를 만드는 시간

I. 영혼의 살점

그의 눈은 하늘을 향해 열려있다. 이미 팔의 살점은 다 떨어져 나가 뼈만 남아있고 양쪽 가슴의 살점도 둥그렇게 도려져 있어 갈비뼈가 드러나 있지만 이를 드러낸 그의 입술은 희열을 느끼는 양 입꼬리가 살짝 올라가 있다. 고통이 극대화되면 희열이 느껴지는 것일까? 목울대로 묵직한 덩어리가 치받친다.

"자, 이 사진은 아다시피 백 조각으로 찢겨죽는 형벌을 받고 있는 중국인입니다."

스크린 속으로 윤 선생이 들어선다. 화면을 가린 그의 풍성한 고수머리 위로 처형자의 피흘리는 갈비뼈와 하늘을 우러르며 희미하게 웃는 듯한 얼굴이 흑백으로 이어진다.

"이름은 푸추리, 몽고족의 왕자를 암살했다는 죄목으로 사흘

동안이나 형 집행자에게 살점을 내어주고 있는 장면입니다."

수강생들 입에서 낮은 비명소리가 새어나온다. 암살자였다면 혹시 저 표정은 고통 따위에 굴복당하지 않겠다는 자신의 이념이나 신념에 대한 성취감이 아닐까? 그런 고통이라면 연민 대신 존경어린 환호를 바랄지도 모를 일이다. 이념이나 신념 없이 그저 막연한 기다림 하나로 살다가 영문 모를 심정으로 죽음을 맞이하고 흔적도 없이 사라지는 존재가 얼마나 많던가. 내팽개쳐진 죽음보다 참혹한 처형을 당한 죽음이 더 오래 기억될 것이니 아마도 저 알 수 없는 표정이 희열로 느껴질 수밖에 없는 까닭일 것이다.

"바타이유는 이 사진을 수시로 꺼내보면서 이런 말을 했다고 합니다. 황홀하기 그지없으면서도 차마 눈 뜨고 볼 수 없는 이미지, 고통의 광경을 담은 이미지를 관조 한다는 것은…"

윤 선생은 잠시 머뭇거리더니 "외우는 덴 소질 없어서 말이죠" 하고는 검정색 표지의 책을 집어 들고 나머지를 읽는다.

"자신의 감정을 극복하는 일이자 금기시된 성애적 지식을 해방시키는 일이다, 라고 하면서 책상서랍에 평생을 간직했다고 합니다. 누가요? 조르주 바타이유가요. 으음… 좀 알쏭달쏭하지요? 여러 번 읽었지만 나는 좀 와 닿지 않는 부분입니다. 성애적 지식이란 어떤 것일까, 하는 생각이 앞서서 그런가? 하하하."

조금은 과한 제스처로 웃어젖히는 윤 선생의 머리칼 위로 사진 속에서 흘러내린 검은 피가 이어질 것처럼 보인다.

스크린 앞에서 물러나 책상 위에 내려놓는 책 표지의 글자가 눈에 들어온다. 검정색 귀퉁이에 흰 칸을 나누어 주고 빨간 색 글자로 쓴 '타인의 고통', 손끝에 경련이 인다. 타인, 결국 아무리 사랑하는 사람이라도 자신을 빼놓고는 모두 다 타인이 아니던가, 비록 한 몸으로 있다가 열 달 만에 분리되는 부모 자식 지간이라 하더라도.

"자, 중요한 건 그게 아니고 제가 이 사진을 보여준 것은… 이 사진은 1905년에 찍혔습니다. 사진 찍은 사람은 미상으로 되어 있네요. 어쨌건 간에 이 사진으로 말미암아 우리는 1905년에 중국 땅에서 이러이러한 사람이 살았었고 또 이러저러한 사건이 있었다는 걸 확인할 수 있습니다. 그림이 아니라 사진이니까요. 자, 그러면 이때에 개인적으로는 무슨 일이 있었는지 말할 수 있는 사람."

"네에? 어머, 선생님도 우리가 그걸 어떻게 알아요? 그때엔 살지도 않았는데."

말소리가 빠른 것으로 보아 영어선생인 말희 씨 같다. 뒤돌아보기가 귀찮아서 조용히 앞만 바라본다.

"세계사와 구별되는 개인사라면 뭐, 선조의 선조, 그 선조들도 포함되겠지요. 꼭 나 혼자가 아니라."

강남에서 학원을 한다는 김 선생의 목소리다.

"정답입니다아~"

윤 선생이 코믹하게 대꾸하자 십여 명의 수강생들이 짧은 웃음

소리로 화답을 한다.

나는 눈을 감았다가 다시 한 번 스크린 속의 인물을 본다. 그의 눈은 계속 하늘을 응시하고 있다. 그 시선을 좇다보니 차츰 그 눈이 열망과 희열을 넘어 천천히 허무로 가 닿고 있다. '나 좀 데려가~, 제발 나 좀 데려 가다우~' 전화선을 통해 들려오던 어머니의 목소리는 절규에 가까웠지만 나는 할 말이 없었다. 보름 가까이 하루에 수십 번 받는 전화에 같은 말을 하기도 지쳤을 뿐더러 내가 할 수 있는 것이 없었다. 대꾸 없는 수화기 너머로 어머니의 고통이 팽창하다가 허무하게 꺼지는 것이 느껴졌지만 나는 정말 그때, 뭐라고 할 말이 없었다.

"아, 그러니까 내가 말하는 것은 세계사적 사건이 있던 시기에 개인사적 사건을 연결시킬 수 있는 사진이 있는지 찾아보자는 거예요. 수잔 손택의 말을 빌리자면, 아… 예를 들어서 그러니까 1900년에 찍힌 어느 사진이 그 당시에 사람들을 감동시켰다면 그 이유는 피사체 때문이었겠지만, 오늘날에도 그것이 사람들을 감동시킨다면 그 이유는 1900년에 촬영됐다는 바로 그 사실 때문이라는 거죠. 그걸 찾아보자는 거지요."

"그러면 선생님은 저 사진이 감동적이라는 말씀인가요? 누가 저 사진을 보고 감동을 받겠어요. 처참하기만 한데…"

말희 씨의 목소리가 급하게 끼어든다. 유감 있는 말투는 아니어도 빠른 말씨 때문에 경우에 따라 힐난조로 들리기도 한다.

"아니, 그건 아니고…"

"아, 혹시 여기서의 감동이란 '스튜디움'이나 '푼크툼', 뭐 그런 걸 말하는 거 아닐까요?"

유난히 아카데믹한 청년이 구석자리에서 한마디 거든다.

"물론 한 장의 사진에서 그런 걸 찾아낼 수는 있지요. 근데 오늘 얘기는 그쪽이 아니고… 아, 아니다. '푼크툼'은 어쨌든 개인이 느끼는 상처의 경험이니까 충분히 느낄 수 있는 거겠지요. 그걸 어떻게 이해시키느냐가 관건이긴 하지만요."

오늘따라 윤 선생은 뭔가 허둥지둥하는 느낌이 든다. 계절이 바뀌는 기간이라 그런가? 그는 환절기 때마다 비염으로 고생하며 심한 두통을 앓기도 했다.

"1905년이면… 을사늑약이 있었지요. 또 일본이 러일전쟁에서 승리한 해이기도 하고… 러시아에선 피의 일요일 사건이 일어났고…"

정년퇴직한지 오래되었다는 노 교수의 목소리가 윤 선생의 구세주로 나선다.

"그렇습니까? 아, 그렇군요. 또 혹시라도 개인사적으로는 기억나는 게 없습니까?"

다들 묵묵부답이다.

"아무래도 오늘 제가 사진을 잘못 선택한 것 같군요. 제가 어제 우연히 집에서 찾아낸 사진이 있는데 그게 1905년 거더군요. 너무 감격스러워서 그만… 같은 연도의 사진을 찾아내자는 것은 세계 속의 나를 한번 주제화시켜 보려했던 것이었습니다. 물론 오래된 사건이라면 개인사적으로 선대의 선대까지 올라갈 수 있겠지요. 흠… 어쨌든 이번이 마지막 과젠데… 여러분들 그동안 다른 과제들을 충분히 잘 해주셨는데 마지막 포트폴리오 주제는 그냥 제 생각대로 역사와 개인으로 밀고나가도 되겠지요?"

"어머, 안 돼요. 너무 막연해요. 더구나 세계사적 사진은 자신이 찍은 사진에 있을 리가 거의 없지 않을까요? 이건 내가 찍은 사진으로 구성해야 맞지 않아요?"

"그건 어느 연대를 잡느냐에 따라서 다르지요. 지금 현재에도 세계사적 사진은 얼마든지 찍을 수 있습니다. 물론 연대에 따라 즉, 아까 같은 경우에는 조상님의 사진을 연결시켜도 되는 거구요. 이건 일종의 기억 실험도 됩니다. 자기 작품을 십 년 후나 이십 년 후에 보았을 때 어떤 느낌이 들까? 그때의 느낌이 옳을까? 지금 현재의 느낌이 옳을까?를 비교해보는 거지요. 올해만 해도 벌써 굵직한 사건들이 많이 일어났지 않습니까? 러시아를 비롯한 여러 나라의 지진이라든가 새로운 교황 선출, 동계올림픽, 또 우리나라에서의 여자 대통령 출현, 그런가 하면 영국의 대처 수상 사망 등 써먹을 꺼리가 많다 이겁니다."

"하하. 재밌네요. 나, 여기 있었노라, 하는 걸 주장해보자는 건데. 아쉽게도 나처럼 나이 많은 사람한테는 기회가 많지 않겠는데요…"

윤 선생의 목소리에 힘이 생기자 퇴직 교수가 슬그머니 나선다.

"아, 아닙니다. 교수님은 젊은 사람들에겐 없을법한 사진들이 더 많을 수 있지 않겠습니까? 보람된 교육 현장에 계셨을 텐데요. 그리고 혹시 흥미 있는 세계사적 사진이 자신에게 없다면 얼마든지 보도 사진이나 잡지 사진을 활용하셔도 됩니다. 개인사적에 쓸 사진만 빼고요. 개인사적 사진도 연도 매칭에 따라서 집안에 있는 옛날 사진을 활용힐 수 있겠지요. 그러나 가능하면 자신이 직접 찍은 사진을 활용하시고 부득이 한 경우 칠대 삼 정도까진 인정하겠습니다. 재밌잖아요? 세계에서는 어떤 일이 일어나면 기록되어 알려지지만 평범한 개인의 일은 알려지지 않습니다. 누가 어떻게 살다 갔는지 어떻게 기억하겠습니까? 심지어 존재조차 기억되지 못하는 사람들이 부지기수지요. 그래서 사진으로나마 나도 그때 그곳에 있었다는 존재증명을 하자는 거지요. 어느 순간 우리 존재는 사라지지만 사진은 우리가 존재했다는 걸 증명해 준다 이 말입니다. 자. 끝내겠습니다. 포트폴리오 방식은 다들 기억하고 게시지요?"

윤 선생은 마카 펜을 집어 들고 스크린 뒤의 보드판으로 돌아선다. 화이트보드에 번호를 붙여 쓰면서 그는 자신이 쓰는 것을 읽는다.

"우선 타이틀이 있어야겠지요. 그리고 작가노트도 있어야 하고 장소 소개나 프로필 사진이 있어야겠고요. 아, 같은 장소면 더 좋을 거고요. 열 장 중에서 전체를 보여 줄 전경과 세부묘사가 있어야겠고 중간에 서프라이즈 즉, 익숙치 않은 것을 보여주면 좋아요. 그리고 그와 연결 되는 연결 컷, 즉 왜 나왔는가에 대한 힌트로 주어지는 것, 음… 마지막으로 클로징할 수 있는 것으로 구별해 놓으면 좋겠지요. 더 고급스러운 건 상투적인 것에서 벗어나 낯설게 하기로 가는 것도 좋고요…”

그는 마지막 글자를 쓰고 돌아서서 찌푸린 표정으로 앉아있는 수강생들을 향해 씨익, 웃음을 날린다. 세월이 흘렀는지 도련님 같았던 그의 풋풋한 미소가 어느 결에 소금에 절여진 채소처럼 숨이 죽어 보인다.

II. 병속의 시간

“아깐 왜 울었어요? 수업시간에 잠깐 눈물을 흘리던데. 왜? 갱년기인가?”

그가 붉어진 눈으로 소주잔을 거칠게 내려놓는다. 눈은 붉어져 있지만 화난 표정은 아니다. 오히려 빙글빙글, 약간의 비웃음기가 있는 웃는 얼굴이다. 햇빛이 역광을 받고 있는 그의 풍성한 고수머리를 빛나는 은발로 바꿔놓고 있다. 그 뒤로 빨갛고 파란 파라솔들이 줄지어 서있다. 야외 파라솔에 나와 앉아 있는 것은 둘 뿐이다. 바람은 차지만 다행히 볕은 따듯하다. 늦은 점심을 먹자더니 그는 나를 이리로 데려왔다.

“작업은 잘돼요?”

나는 시큰둥한 목소리로 대답대신 묻는다. 그는 최근 '타임 슬립'에 빠져있어 짧은 영상을 제작 중이다.

"뭐어? 아. 시간여행. 아, 어려워. 어려워… 언제 시간 내서 우리 '트웰브 몽키즈'나 보러갑시다. 몰랐는데 그 영화 크레딧에서 '라 즈떼'에서 영감을 받았다고 나온다던데 어떻게 만들어졌나 확인 좀 해보게, 제목이 구려서 안 봤던 건데 좀 볼까 하고."

"아이슈타인이 시간여행은 불가능하다고 못을 박았는데. 아직도예요?"

그는 못들은 척 네 번째 소주잔을 기울이고 있다. 무엇 때문인지 오는 내내 말이 없었고 기분도 울적해보였지만 신경 쓰지 않기로 한다.

가까운 선착장으로 작은 배가 들어오고 있다. 근처 섬으로 낚시를 갔었던 사람들인가 보다. 방파제 가장자리엔 낚싯대를 드리우고 서있는 사람들이 죽 늘어서있다. 예전에 그를 따라 낚싯배를 탄 적이 있다. 그는 선장을 인터뷰하려는 목적이었고 나는 그저 호기심으로 그의 들러리가 되었다. 그는 다큐 사진을 찍을 때 가끔 나를 조수나 들러리삼아 데리고 다닌 적이 있다. 일 년에 한두 번 정도였는데 십 년이 넘다보니 그게 알게 모르게 편한 사이로 만들어놓은 듯싶다. 한 번은 무당을 만나러 갔을 때였는데 무당은 대뜸 둘이 부부인가, 하고 물었다. 그는 심하게 펄쩍 뛰며 손사래를 쳤다. 뭐, 저렇게 까지야… 나는 내가 마치 그렇게 여기기나 했던 것처럼 계면쩍게 실실 웃었던 기억이 있다. 하지만 근래

2~3년 동안은 아무런 연락 없이 지내다가 수강실에서 우연히 만난 사이가 되었다. 우연히? 사실 우연히는 아니다. 나는 신문에서 그의 이름을 보았고 그는 내 이름을 볼 수 없었으니 그에게만 우연인 셈이다.

혹시 그는 십 년도 전, 첫 만남에서 갑자기 포옹을 해야 했던 해프닝을 아직 기억하고 있을까? 저녁을 먹고 헤어지는 자리에서 십여 명이 서로 악수를 하고 돌아서는데 마지막으로 그가 다가왔다. 술내를 풍기며 반가워요, 하는 것까진 좋았는데 다른 사람과 달리 그는 손을 내밀지 않고 팔을 활짝 벌리며 다가왔다. 갑작스런 제스처에 놀라 뒷걸음질 치는데 두 번째 발걸음을 떼어놓는 순간 발뒤꿈치에 허공이 느껴졌다. 어둠 속에 폭이 좁은 돌계단이 있었던 것이다. 순간 그를 잡지 않으면 뒤로 굴러 떨어지겠다는 생각이 들었다. 어? 하는 순간 그는 벌써 다가왔고 팔을 뻗치며 몸을 숙이는 순간 나는 급하게 그의 목을 끌어안게 되었다.

"어? 뭐야? 웬 썸씽?', '아, 진도 무시하는 사람들 또 있네."

주변에서 농담 섞인 야유를 했지만 '뒤에 계단이 있어서요'라는 말을 미처 하지 못했다. 그리고 시간이 지나버리자 아무도 기억하고 있지 않았기 때문에 굳이 그걸 상기시킬 필요도 없었다.

"그런데 말야⋯ 문희 씨, 나 아직 그거 기억한다. 처음 우리 모임에 나오던 날 상영했던 영화, 〈글로리아 두케〉였지. 음, 타다탕탕⋯"

그가 반쯤 감긴 눈으로 손가락 총을 만들어 쏘는 시늉을 하더니 풀썩 플라스틱 탁자 위로 얼굴을 묻는다. 뭘까? 이심전심인가? 내가 첫 모임에서의 헤프닝을 기억하고 있는 동안 공교롭게도 그는 그날에 상영했던 영화를 기억해내다니…

그는 무슨 꿈을 꾸고 있는 것 같다. 콧등이 실룩거린다. 어쩌면 그가 좋아하는 마르케의 〈라 즈떼〉에서처럼 미래에서 과거로 돌아와 죽음도 불사하고 이디서 본 듯한 낯익은 여자를 향해 달려가는 꿈을 꾸는지도 모르겠다. 미래는 현실에 불만족한 사람이 꾸는 꿈이기도 하지만 그의 경우는 불편을 느끼지 못하는 현실 때문에 미래를 꿈꾸는 것인지도 모르겠다. 영화는 여자를 만나지도 못한 채 끝이 났으니 그는 뫼비우스 띠처럼 수없이 미래에서 돌아와 희미한 기억 속의 여자를 향해 달려가는 일을 되풀이할 것 같다

주스를 한 모금 마시고 가방 밑에 있는 다이어리를 끌어당겨 펜으로 끄적거린다. '시간여행, 라 즈떼, 터미네이터, 아이 윌 비 백, 을 꾹꾹 눌러 쓰다가 문득 우리는, 우리가, '우리가 죽을 때 아무도 우리에 관해 말하지 않을 것이다' 라고 길게 쓴다. 뭐지? 아, 그렇지. 〈글로리아 두케〉라는 영화의 원 제목이다. 영화장면에서 특별히 기억나는 건 주인공 글로리아의 파란만장함 보다는 느닷없이 총을 쏴대어 주변 사람들을 죽게 만드는 장면이다. 갱인지 마약상들인지가 여럿이 앉아 차를 마시고 있었는데 마지막으로 컵을 받은 사람이 벌떡 일어나 소리를 지르며 마구잡이로 총을 쏘며 악을 썼다.

"뭐야, 찻잔이 없잖아! 우리 엄만 늘 찻잔에 받쳐서 차를 갖다 주었단 말이야!"

그게 그에겐 여러 사람을 죽일 수도 있는 이유였다. 남편도 가끔 밥상을 엎으며 소리 질렀다.

"우리 엄마처럼 정성이 없잖아, 정성이!"

요즘 들어 남편을 버리지 못해 대신 어머니가 버려진 것이 아닐까, 하는 생각이 들 때가 많다.

오렌지주스 병이 다 비워졌다. 낙서한 종이를 찢어 내고 병 속에 집어넣다가 다시 꺼내 뒷장에다 엄마, 미안해, 라고 크게 써 본다. 그리고 엄마, 사랑해, 라고도 쓴다. 종이에 여백이 남지 않도록 빼곡히 사랑 해, 를 써나간다. 깜지가 된 종이를 병속에 다시 집어넣고 뚜껑을 꼭 닫는다. 그리고 머플러를 풀러 그의 어깨에 덮어주고 가게 주인에게 그의 카메라 가방을 맡긴다.

"아마 이십 분 정도면 깨어날 거예요."

의아한 표정의 가게 주인을 뒤로 하고 모래밭으로 나간다. 오후의 햇살아래 은빛 배를 드러낸 먼 바다 위에 배가 한 척 떠 있다. 들고 있는 카메라로 그 배를 찍는다. 그가 본다면 질책할 사진이다. 그는 공간이 많은 사진을 아무런 정보가 없는 사진이라고 싫어한다. 공간 속의 심상을 인정하지 못한다. 그가 경험한 세계와 타인이 경험한 세계가 다른 까닭이다.

모래밭을 지나니 사람들의 발자국으로 단단해진 뻘이 나온다.

뻘에 박혀있는 커다란 폐선을 찍으려는데 어디선가 노래 소리가 들린다. '엄마, 엄마, 나 잠들면 울지 말고 웃어주우, 호숫가에 낙엽지면 날 잊지 말아주우.' 허름한 옷을 입은 단발머리 소녀가 폐선 뒤에서 걸어 나오다가 나를 보더니 노래를 멈추고 히죽 웃는다. 자세히 보니 머리에 꽃을 꽂고 있다. 카네이션인지 장미인지 분별하기 힘든 빛바랜 종이꽃이다. 소녀를 향해 카메라를 겨눈다. 가무잡잡한 피부에 주근깨가 많은 소녀의 얼굴이 가까이 다가오면서 활짝 웃더니 셔터를 누르는 순간 몸을 획 돌려 뛰어가 버린다.

물이 들어오기 시작하고 있다. 밀려오는 파도의 끝자락이 매번 잊지 않고 반짝거려준다. 갈매기가 날자 어디선가 개 한 마리가 뛰어오더니 날아다니는 갈매기들을 좇으며 놀고 있다. 꽃무늬 양산을 쓴 여인이 긴치마를 팔랑거리며 남자와 함께 한가롭게 모래밭을 걷고 있다. 모네던가? 인상파 그림 속에서 나올 법한 장면 같아 셔터를 누른다. 주인을 찾은 개가 이번에는 갈매기 대신 주인과 함께 어울리며 경중경중 뛰고 있다. 개에게 있어 오늘 하루는 분명 잊지 못할 즐거운 하루로 기억될 것 같다.

조금씩 밀려들어오는 파도가 고만고만한 바위들이 U자형으로 몰려 있는 곳에서 찰싹찰싹 부딪치는 소리를 내고 있다. 그곳에다 들고 온 주스 병을 던진다. 병이 둥둥 뜨면서 파도가 밀칠 때마다 들어올지 나갈지를 몰라 제자리를 맴돌고 있다. 파도가 만들어 낸 거품 속에서 병속에 있는 쭈그러진 글자들이 맴을 돈다. '엄마 미안, 즈떼, 아무도, 죽을 때, 우리, 해 말… 않을…다.' 자리를 바꾸어가며 물 위에 뜬 병을 향해 많은 샷을 날린다. 클로즈업 된 투명한 병 뒤로 물결은 반짝이고 하늘은 파랗고 흰 구름은 길게, 길게 하늘을 빗겨가고 있다.

바닷물이 차츰 발부리를 적시며 들어온다. 몇 발짝 뒷걸음질 치다보니 주스 병은 어느덧 U자형을 벗어나 넘실대는 파도를 타고 있다. 거품을 내던 파도의 부피가 점점 커지고 병은 둥실둥실 조금 더 멀리로 나아간다. 파도가 밀릴 때마다 점점 작아지는 병을 오래도록 바라보려니 갑자기 눈이 쿡쿡 쑤시기 시작한다. 내일은 결단코 병원에 가야할 것이다. 수면제가 떨어진지 일주일이 지났다. 발이 다 젖기 전에 서둘러 뒤돌아서는데 귓가에 얕은 파도소리 같은 것이 들린다. 파도소리는 점점 커지면서 '나 좀 데려가·~ 나 좀 데려 가다우~' 하는 소리로 변해 나를 따라온다. 나는 허겁지겁 모래밭을 빠져나온다. 모래밭에서 허우적거리는 나를 그가 멀리서 찍고 있는 것이 보인다.

III. 포트폴리오

누가 그랬던가? 사진이 갖고 있는 진실은 오십 퍼센트뿐이라고. 그러나 나는 어머니의 사진에서만큼은 백 퍼센트 이상의 것을 본다. 어떤 때는 전생에 어머니와 내가 연인이 아니었을까하는 생각이 들 정도로 나는 유난스럽게 어머니의 행, 불행에 민감했다. 그러나 영원한 것은 아무것도 없다. 변하고 변해서 그 끝을 알 수 없다. 나는 어머니가 처절하게 구원을 요청하는 순간에 손을 뻗지 못하고 외면했다. 이제 어머니의 육신은 흔적도 없이 사라졌고 영혼의 무참함만 남아있다.

첫 번째 사진−여름이다. 크고 둥근 테이블에 큰이모와 어머니가 앉아있고 가운데엔 두 사람의 어깨를 살짝 짚은 내가 서 있다. 왜 이 날 삼각대까지 가져가서 사진을 찍었는지는 기억나지 않는다. 그러나 큰이모와 어머니의 표정은 비교적 동등하다. 이 말은 항상 어머니를 볼 때 거만하게 비웃는 표정이었던 큰이모의 입가가 누그러져 있었기 때문이다. 오히려 이 날은 어머니의 표정이 평소와 다르게 조금 더 거만스러워 보인다. 어쩌면 자식에게 자랑스러움을 느낀 어떤 일이 있었는지도 모르겠다. 결혼도 하지 않았고 따라서 자식도 없는 큰이모에게서 어머니가 유일하게 자랑스러움을 느끼는 것은 자식뿐이었기 때문이다.

꼼꼼히 들여다보니 사진 왼쪽 끝에 널린 빨래의 한 귀퉁이가 보이는 것이 흠이지만 인물 뒤로 보이는 배경은 팔십 년 가까이 된 집임에도 불구하고 번들거리는 것이 전체적으로 부유한 느낌을 준다. 해마다 크고 작은 보수를 하고 니스 칠을 해대며 집안을 손질했기 때문이리라. 마지막으로 집 손질을 한 것은 디근자 마루의 공간을 메워버리고 디근자로 뚫린 하늘을 알미늄 새시로 덮어버린 일이다. 졸지에 디근자 마루가 대청마루가 되어버리고 지붕대신 창이 달린 머리 위에선 하늘이나 구름이 바로 보였다. 나중에는 쏟아지는 햇빛 때문에 실내가 온실처럼 더워지자 새시 위에 밀집을 덮어서 매우 이상스러운 지붕이 되어버리기는 했지만…

새로 생긴 마루에 큰이모는 등가구를 들여놓았다. 둥근 테이블에 레이스 천을 깔고 그 위엔 백자항아리를 올려놓았다. 그 백자항아리엔 지금 노란 개나리 조화가 가득하다. 사진으로 보아도 조화는 표가 난다. 백자항아리 뒤로 내가 만들어다 바친 등가구 수납함이 보인다. 수납함 옆에 부엌으로 나가는 미닫이문이 있고 그 옆 기둥 밑엔 또 골동품 항아리가 있으며 그 속에는 분홍장미의 조화가 꽂혀있다. 그 항아리 위쪽에는 안개꽃이 거꾸로 매달려 있고 또 그 오른쪽에는 서까래에 매달려 길게 내려온 샹들리에가 반쯤 모습을 보이고 있다. 한옥 천정에 샹들리에를 다는 것은 정말 큰이모 아니면 생각해 낼 수 없는 부분이다. 나는 이 이상스러운 조합을 첨단을 걷는 포스트모던이라고 칭찬 반, 비아냥 반으로 말해주곤 했다.

어머니가 그 포스트모던한 집으로 들어가게 된 것은 아버지가 돌아가시고 나서이다. 큰이모는 평생 손끝에 물 한방울 묻히지 않고 살아왔노라 자랑스럽게 얘기할 만큼 시대에 따라 식모, 가정부, 파출부 등을 쓰며 그 집에서 혼자 살아왔다. 마지막으로 가

사도우미로 불리던 사람이 나가게 되었을 때 어머니는 이제 누구를 부르는 대신 자신이 들어가 살겠다고 했다. 어머니는 살던 집을 팔아 결혼한 두 남동생들에게 나누어 주고 하녀살이를 자청한 것이다. 히스테리로 이름 난 노처녀 큰이모를 어머니가 떠안게 되자 더 이상 큰이모에게 시달리지 않아도 되는 작은 이모들이 좋아했고, 굳이 어머니를 보시지 않아도 되는 두 아들내외들도 좋아했다. 좋아하지 않은 사람은 나 혼자였다.

두 번째 사진—설날이다. 큰동생네서 차례를 지내고 어머니 혼자 찍은 사진이다. 어머니의 표정은 피카소의 우는 여자와 닮아있다. 어머니의 하녀살이는 이십 년이 되어가고 있었다. 큰이모는 노인이 되어도 오순도순 의지하며 사는 자매의 그림 대신 몸종을 부리고 사는 양반집 규수의 그림을 그리며 살았다. 하녀살이가 힘겨워진 팔순의 어머니는 이제 지방에서 서울로 오게 된 아들이 있는 집으로 가고 싶어했다. 그러나 어머니의 바람은 무시된 지 오래다.

세 번째 사진—몸빼바지를 입고 지팡이를 짚은 어머니가 대문 앞에 서있다. 한차례 손을 흔들고 난 후여서 어머니의 표정엔 아직 미소가 남아있다. 옷이 얇은 것으로 보아 아들네서 추석 명절을 지내고 온 후일 것이다. 사진 속에 남아있는 어머니의 미소가 새삼스럽게 심장에 찔린다. 사진이 찍힌 한 달 후쯤에 집이 팔리고 어머니의 영혼이 찢기는 시간들이 이어졌기 때문이다.

집이 팔리자 갑자기 작은 이모의 아들이 자식 없는 큰이모를 자기가 모시겠다며 큰이모와 함께 큰이모의 재산권까지 가져가 버렸다. 아니 채갔다는 표현이 더 합당할지도 모른다. 혹여 같이 살고 있는 어머니에게 재산권의 일부가 넘어갈까봐 계획적으로 불시에 큰이모를 빼돌린 것이다.

곧 헐어버릴 낡은 집은 하수도가 고장 나고 전등불도 희미해지면서 고적하고 음습한 기운이 돌기 시작했다. 그런데 어머니는 쉬이 떠나려하지 않았다. 아니 사실은 떠나지 않은 것이 아니라 떠날 수가 없었던 것이다. 표면적으로는 큰이모가 재산을 나누어 주겠다던 약속을 믿고 기다리는 것이라곤 했지만 어느 자식도 어머니를 모셔가겠다고 나서지 않았기 때문이다. 어머니는 밤마다 밀려드는 공포와 사투를 벌이다시피 하면서 이제나 저제나 누구라도 와서 데려가주기를 기다렸다. 폐가와 같은 곳에서 홀로 잠드는 기간이 길어지나 어머니의 영혼은 유리되어 몽유병 환자처럼 떠돌기도 하고 헛소리와 환각증세도 나타나기 시작했다. 그러나 한 달이 지나고 두 달이 지나도 어머니의 위안이며 자존심이었던 자식들은 며칠에 한 번 삐죽 얼굴을 디밀 뿐 아무런 약속 없이 그냥 가버리곤 했다. 석 달이 지나면서 집을 산 사람들이 철거작업을 시작한다고 으름장을 놓기 시작할 때쯤에야 어머니는 마지막 힘을 짜내어 막내의 집으로 향했다.

네 번째 사진―어버이날이다, 어머니는 가슴에 붉은 카네이션을 꽂고 동네 놀이터에 앉아있다. 흰머리는 수세미처럼 솟아 있고 아무런 표정이 없이 눈만 멍하고, 퀭하다. 큰 동생이 의젓하게 옆에 서있지만 어머니는 아무도 없는 곳에 혼자 있는 사람처럼 무심하게 먼 데를 바라보고 있다. 근처 노인대학에라도 다닐 수 있도록 서류를 만들고 치매 예방 치원에서 색칠공부를 하라며 만다라 수십 장과 색연필과 가방을 사다드렸지만 어머니는 한 장도 색칠하지 않았다. 막내의 집에 도착하자마자 어머니에게 쏟아진 비난과 괄시는 전혀 예상치 못했던 수준이었지만 그렇다고 큰아들이 나서서 해결해주지도 않았다. 큰아들은 그저 어머니가 막내에게서 붙박이로 있어야한다는 무언의 암시를 줄 뿐이다.

"나 왜 이렇게 오래 사니? 나 안락사 시켜다오."

어머니가 내게 속삭일 때마다 나는 속으로 눈물을 흘리면서 말했다.

"엄마, 오래 살고 싶은 거구나? 오래 살고 싶은 사람이 그런 말 한다데?"

나는 보이지 않는 칼로 내 가슴을 찌르며 어떻게 할 힘이 없는 나를 원망했지만 뾰족한 수가 없었다.

다섯 번째 사진―야산이다. 연기가 피어오르는 산소 옆에서 어머니가 활짝 웃고 있다. 낯선 느낌이 들 정도로 어머니는 행복해 보인다. 연기를 피우는 사람은 배다른 오빠다. 옷차림이나 부러진 나뭇가지 등을 태우는 것을 보아 한식날 풍경이다. 이젠 더 이상 아버지의 병수발을 들지 않아도 되기 때문에 웃는 것인가? 아니면 자식들이 다 모여 있어 웃는 것일까? 아니면 유머를 좋아하는 오빠가 무슨 말을 했던 것일까? 오래 되어서 기억나질 않는다. 어머니도 웃고 동생들도 웃고 조카들도 웃는다. 그런데 웃는 사진을 보는데 왜 눈물이 나는 걸까.

어머니의 거취가 문제 되어 차라리 내가 모시겠다고 했을 때 다들 깜짝 놀라며 내가 모신다는 것은 불가능한 일이라고 말했다. 그래서 그럼 가까운 곳에 방을 얻어드리면 수시로 들락거리며 모시겠다고 했지만 이번에는 다들 침묵했다. 방 얻을 돈을 나누어 책임지자고 말했을 때 오빠네 올케는 말했다. '지들 엄만데 왜 우리한테까지 신경 쓰게 만들어!'

여섯 번째 사진—어머니는 환자복을 입고 침대 위에 앉아있다. 어머니는 낯선 곳에 대한 공포와 긴장감을 지닌 채 나름대로 새로운 일상을 시작한 각오가 되어 있는 듯한 표정이다. 그러나 그때만 해도 눈치채지 못했다. 어머니의 생각과 내 생각이 다를 수 있다는 것을. 나는 구박받는 막냇동생네보다 말을 나눌 사람들이 있는 요양병원이 더 어머니에게 좋을 것이라고 판단했던 것이다. 새벽이면 저마다 직장으로 학교로 다 나가버리는 빈집에서 어머니는 난방비, 전기세를 아끼라는 아들의 엄포에 어두컴컴한

방에 누운 채 하루하루를 우두커니 보내며 살아왔다. 불을 켜도, 티비를 크게 틀어도, 화장실에 오래 있어도 아들이 짜증을 내는 바람에 어머니는 달팽이집 같은 이불 속으로 들어가 쉬이 얼굴을 내비치지 못했다. 반년이 지나자 막내는 집 근처 요양병원에 모신다며 형에게서 받아오던 어머니의 생활비를 더 요구했다. 나는 오히려 잘 됐다는 생각이 들어 요양병원 행을 찬성했다. 더 이상 혼자 빈집 지킴이가 되지 않아도 되었기 때문이다. 나는 노인들이 요양병원 가는 것을 왜 두려워하는지 너무 늦게 알았다.

일곱 번째 사진―아직 오인용 병실이다. 어머니는 베개에 장시간 눌린 비죽한 머리를 하고 침대에 앉아 앞에 서 있는 오빠와 큰동생을 바라보고 있다. 이 사진이 찍힌 날에 막내동생은 누나도 자식인데 왜 병원비를 대지 않느냐고 호통을 쳤다. 큰동생이 만류해도 계속 불만을 내비치자 구부정하게 고개를 수그리고 앉아 있던 어머니가 고개를 바짝 들고 내쏘듯이 말했다.

"니들, 누나 은공 모르면 안 된다. 니들 어릴 때 누나가 벌어 니들 공부시킨 거 잊었냐? 그리고 지금 누나가 힘든 형편인거 몰라서 하는 소리야? 병든 남편 돌보는 게 어디 쉬운 일이냐? 내가 해봐서 다 안다. 더군다나 배 서방 성질이 개떡 같아서 어디 시간이나 자유롭게 쓸 수 있겠디? 거기다 빚 갚아야지, 생활비 벌어야지, 애 학비 대야지. 니들이 그런 누나한테 고린 동전 한푼 보태준 적 있어?"

어머니가 조금 더 말을 이을라치자 막내가 목울대를 키우며 소리친다.

"그러게 누가 그런 바보짓하래? 아니 누가 이혼한 남편 받아주고 병수발 들면서 대신 빚쟁이 되래? 아니 우리들보다 머리 좋고 똑똑하다고 귀애 하던 인물이 겨우 그 꼬라지야? 벌써 몇 년째 애맨 사람 피해주는 거야. 병신같이… 아, 누나가 엄마 모셨으면 좀 좋았잖아?"

여덟 번째 사진―어머니는 사각의 흰 국화꽃 틀 안에 갇혀있다. 이십 년도 더 되어 보이는 오래된 사진 속에서 어머니는 웃을 듯 말 듯 애매한 표정을 짓고 있다. 병실 생활 몇 달 후 어머니는 자식들이 올 때마다 울 듯이 말했다. '나 빈집에 혼자 있어도 좋으니 집에 가게 해줘~' 그러나 아무도 대꾸하는 자식들이 없었다. 어머니는 십 분이 멀다하고 화장실을 다녀왔고 배설을 하지 못해 몸이 풍선처럼 부풀어 올랐다. 게다가 병실마저 적막강산이 되어 버렸다. 같은 병실을 쓰던 사람들 중 누구는 죽고, 누구는 집으로 돌아가고 하면서 하나 둘씩 사라진 것이다. 밤이면 어머니는 혼자 있는 병실이 무섭다며 울면서 전화를 했다. 철거되기 전 폐가 같은 이모 집에 있었을 때처럼 환청과 환각에 시달리기도 했다. 그러나 자식들은 어머니가 있을 곳은 그곳뿐이라며 미동도 하지 않았다. 내가 갈 때마다 병실이라도 사람들 있는 곳으로 옮겨달라고 병원 측에 요구했지만 자식들에게 내팽겨쳐진 듯한 환자에게 관심 가져주지는 않았다.

설상가상으로 기숙사에 있던 아이가 아르바이트를 하던 중 허리를 다쳐 집으로 돌아오는 바람에 그나마 일주에 한번 가던 병원도 소홀해지고 말았다. 아이의 수술 때문에 노심초사하고 있을 때 어머니의 애절함을 담은 전화가 걸려오기 시작했다.

"애야, 나 좀 데려가~ 나 좀 데려기다우~"

인내심 많았던 어머니가 얼마나 힘들었으면 기어코 내게 이런 전화를 했을까, 를 생각할 여유가 그때엔 없었다. 어머니는 하루에 이, 삼십 번을 마치 어디론가 끌려가다 도망쳐 나온 사람처럼 급박한 목소리로 전화했다. 내가 처한 상황을 설명해도 어머니 귀에는 들리지 않는 것 같았다. 심한 날은 전화를 끊은 지 오 분 뒤에 또 전화벨이 울리는 지경이 되었다. 어머니는 내가 마지막 구원자라도 되는 것처럼 절박하게 애원했다.

"애야, 나 좀 데려가다우~, 나 좀 데려가~"

어머니의 전화질이 보름이 넘어갈 무렵에야 나는 결단을 내리고 어머니를 모셔오기로 했다. 비록 좁은 방에 눕지 못하고 앉아 있을 망정 당분간이라도 모실 테니 둘 중 누구라도 너희들의 새 자가용으로 어머니를 집으로 모셔오도록 종용했다. 이 핑계 저 핑계로 사흘이 지나더니 갑자기 어머니를 다른 좋은 병원으로 옮겨 부종도 치료하고 간병인도 붙였다는 연락이 왔다. 그리고 다시 그 며칠 후에 어머니가 돌아가셨다는 소식이 왔다. 유동식 줄을 자꾸 뽑아버려서 사지를 침대에 묶어놓기까지 했다지만 음식 거부 때문에 오는 합병증 때문에 갑자기 돌아가셨다는 의구심 가는 전언이었다.

아홉 번째 사진―낡은 흑백사진이다. 일제 강점기 시대 고등교육을 받은 어머니는 양재학원을 졸업하던 날 자신이 만든 하얀 드레스를 입고 기념사진을 찍었다. 머리도 신식으로 퍼머를 한 모습이다. 어머니의 양재솜씨는 내 어릴 적 사진 속에서도 커다란 비단리본과 프릴이 많은 스커트로 남아있다. 살짝 미소 지은 어머니의 눈 속에는 생에 대한 막연한 기대가 엿보인다. 어쩌면 이때 어머니는 누군가를 연모하고 있었는지도 모르겠다.

열 번째 사진―파도에 떠 있는 주스 병 사진이다. 하늘은 파랗고 멀리 수평선 위로 배가 떠 있다. 앞쪽으로 난 세 줄의 파도결이 유난히 희게 빛난다. 초점이 병에 맞지 않고 파도에 맞은 탓이지만 어쨌든 사진의 주인공은 파도를 타고 멀리 나아가는 병이다. 그 병속의 시간이다.

병속의 시간들이 파도를 타고 나아가면 미래로 가게 될까? 과거로 가게 될까? 만일 과거로 가게 된다면 어머니가 돌아가시기 전의 시간, 영혼이 찢겨나가는 고통 속에 놓여있던 그 시간으로 가고 싶다. 어차피 올 수밖에 없는 죽음이었더라도 죽음에 이르는 그 순간까지 배신감과 분노, 공포와 외로움, 무참함 대신 세상의 모든 아름다운 것들로 채워주고 싶다. 사랑받았던 기억, 사랑

했던 기억, 웃음소리, 나뭇잎을 스치는 바람소리, 노랫소리, 그리고 쉴 새 없이 어머니를 부르며 뛰놀던 아이들의 목소리를… 그리고 그 시간을 거슬러 타임 슬립을 하다보면 어쩌면 어머니가 행복을 느꼈던 그 시간 언저리와 닿을 수 있지 않을까?

오늘 밤에는 오른쪽으로 누워 자아겠다. 왼쪽으로 누워 자다 어머니의 부고를 들었던 그 기억이 사라지면 수면제 없이 잠을 잘 이룰 수 있을 것도 같다.

4